ヘル・オア・ハイウォーター３

夜が明けるなら

S・E・ジェイクス

冬斗亜紀〈訳〉

Daylight Again

by SE JAKES

translated by Aki Fuyuto

Monochrome Romance

Hell or High Water book3:
DAYLIGHT AGAIN
by SE JAKES

Japanese translation published by arrangement with
RIPTIDE PUBLISHING c/o Ethan Ellenberg Literary Agency
through The English Agency(Japan)Ltd.

DAYLIGHT AGAIN

夜が明けるなら
ヘル・オア・ハイウォーター
Hell or High Water 3

SE JAKES
translated by Aki Fuyuto
illustrated by Ami Oyamada

［絵］小山田あみ
［訳］冬斗亜紀
S・E・ジェイクス

トム・ブードロウ
傭兵、元FBI。36歳。
プロフェット
（エリヤ・ドリュース）
元海軍特殊部隊（SEALs）。
CIAの工作員でもあった。31歳
CHARACTERS

キリアン
プロフェットの階下に暮らす男。
イギリス人。スパイ。
マル
プロフェットの
海軍特殊部隊の仲間。
ジョン・モース
プロフェットの幼なじみ。
生死不明。

生存者たちへ

世界にはふたつの光がある――物を照らし出す光と、目をくらませる光と。

ジェイムズ・サーバー

陽の光がもう尽きるよ

ウィリアム・シェイクスピア『ロミオとジュリエット』

1

闇の中で目が開いた瞬間、何が起きているのかプロフェットにはよくわかっていた。

視線の先で、寝室の闇がより集まってむき出しのコンクリートに変わっていく。窓もベッドも消え、ただの監房になっていく。プロフェットを閉じこめて。

ねじれたシーツ。マットレスにうつ伏せに横たわって、動けない。腕も足も自由だとわかっていたし、くり返し己に言い聞かせもしたが、どうしようもない。フラッシュバックの渦が、すべてを巻きこんでいく。

プロフェットも今はただ流される。逃げ道はない、どれだけ抗（あらが）っても。

「畜生が」

呟きは壁にはね返った。

ほぼ十一年前、この監房で目ざめて、まったく同じ言葉を呟いたのだった。テロリストから救い出された筈が、そのままＣＩＡの手に落ちただけだと悟った瞬間。そして次の地獄めぐりへの心の準備をした。どちみち、プロフェットの辞書の中ではＣＩＡは善玉なんぞではない。

フラッシュバックの中でも珍しいやつが来たものだが、今日、予感はあった――目の診察を受けた日はそうなのだ。普段より激しいトレーニングで少しは安らかに眠れるかと望みをかけたが、どうやら過去の亡霊はちょいと顔を出していくことに決めたらしい。

腹に吐き気が渦巻く。かつて――肩ごしに、そこに立つ黒い野戦服姿の男を見てまばたきしたあの時のように。あの時は、顔を床につけて冷たいコンクリートにつながれていた。今、シユッとホースがきしむ音がして冷水を浴びせられると、現実ではないとわかっていても、針が刺さるように冷たいしぶきが肌に散った。

だがあの時のプロフェットは、すっかり麻痺していた。ジョンの死もハルの死も、作戦がぶっ潰れたことも信じられず。ほかの隊員がどうなったのかもわからなかったが、聞きはしなかった。聞けば連中にも狙いが向くだけだ。それに大体、誰もプロフェットから話を聞こうともしなかった。こいつらはただプロフェットの心を折ろうとしている。

恐怖、怒り、絶望と汗の混じった臭いに圧倒されかかる。こんなところまでがと、驚くようなところが痛んだ。水が肌を滴り落ち、野戦服のズボンを濡らし、身じろぐたびにコンクリートに擦れた認識票(ドッグタグ)が胸にくいこんだ。

アザルに捕らえられた時、ドッグタグはテロリストに奪われた。ご丁寧にも、ＣＩＡの誰かが見つけ出してプロフェットの首に戻してくれたのだ。

もうこの先、二度と身につけることはない。

いい加減にしろ――目を覚ませ。これは現実じゃない。

なのに、肩ごしに、ランシングが監房に入ってくるところが見えた。男は扉の鍵を閉める。手をのばして、監視カメラと廊下のライトを切る。ひどく静かだった。この四日間よりもはるかに――そう、プロフェットは分を数え、時間を数えて、ＣＩＡからこの腐った場所にどれだけ長く閉じこめられているのか把握していた。ジョンが運転するハンヴィーに銃弾がぶちこまれてからどれだけ経つかを。ハルをこの手で殺してから、どれだけ経つかを……ハルとハルの持つ核爆弾の専門知識がテロリストの手に落ちるのを防ぐために。

「ジョンはどこだ？」

ランシングがたずねた。

顔を戻し、床に額をつけ、プロフェットは同じやりとりをくり返すまいとする。

「軍法務官(JAG)を呼べよ」

「何か要求できる立場か」

ランシングがのしかかり、その膝でプロフェットの膝を床のコンクリートへめりこませる。

プロフェットは膝を開かれて足首を鎖で床に固定されていた。誰も蹴り殺せないように。

ランシングは、プロフェットの裂けた野戦服のズボンに手をかけ、せせら笑った。

「お前と、お前のオトコの計画だったんだろう？」

ＣＩＡの手に落ちたこの数日、もう散々聞かれた。どうやらランシングは、プロフェットがアザルとつるんでいたと思っているらしい。おまけに現場には一つの死体もなく、それこそジョンもアザルも、ハルの死体すら見つからないときては、プロフェットは——そしてジョンも——どこから見ても有罪というわけだ。

アザルは死んだ。その点については、プロフェットは疑う余地なく言いきれる。だがジョンは……？

肩ごしに目を向けた。

「自分が捕まる計画なんか立てるかよ。俺としちゃ、あれは罠だったと思うね」投げやりに言う。「大体お前はあの作戦についてどんくらいよく知ってんだっけ？」

「このクソッたれのクズ野郎が」

ランシングがののしる。今回の作戦は頭から終わりまで、そもそもこのランシングの指揮だったのだ。

無駄な抵抗でランシングを楽しませてやるものかと、プロフェットは動かない。ランシングが自分のズボンを下ろす音が聞こえると、やっと無関心な目を背後に向けた。

「ちゃんと勃(た)つのかよ？」

プロフェットの顔をコンクリートの床へ叩きつけ、ランシングが背にのしかかってくる。プロフェットを蹂躙しながら絶え間なく脅しを浴びせ、彼の人生すべてを叩きつぶしてやると並べ立てた。

「お前が人生で誰かに出会ったら？　そいつを消してやる。隊の仲間たちみんな、犬を狩るみたいに狩り出して、お前と接触したとわかった瞬間にぶち殺す。お前の家族も、お前が組むのパートナーもズタズタにしてやる——仕事だろうがそれ以外の相手だろうが。てめえは俺のキャリアで一番の大仕事をぶち壊しにしやがったんだ、償ってもらうぞ。てめえが俺の前にジョンを引きずってくるまでな」

その脅しをランシングが実行するような真似はさせなかったが、それでもプロフェットは、人生からランシングの影を拭い去ることはできなかった。次から次へとパートナーを変え、隊の仲間とも最小限のコンタクトしか取らず……そして一夜の行きずりを除けば、どんな相手も作らなかった。トムまでは。

今、自分の部屋のベッドの上で、プロフェットは目をきつくとじ、己に言い聞かせる。これは現実じゃない、と。もう、この瞬間にも目が覚めると。

何があろうと、ランシングをトムに近づけやしないと。

それを思うと今にも過呼吸に陥りそうだ。悪態をつく。祈った。

やがて、やっとランシングが絶頂を迎えられないままプロフェットから己を引き抜く——まあ少なくともコンドームは装着している。言い返しも抗(あらが)いもしないプロフェット、イケないランシング——まるでプロフェットは自分が優位を取ったかのように感じるが、結局は、主導権などない。踏みにじられているのは彼だ。

だがそれもこの数時間後、尋問中、プロフェットがすんでのところでランシングを殺しそうになるまでのことだ。一連の出来事が監視カメラに撮られ、映像がＣＩＡ内に出回り、プロフェットの悪名を轟かせるまで……そのせいで、ランシングには勝手にプロフェットを殺せなくなるまで。

あの映像が、プロフェットをお尋ね者にした――そしてＣＩＡいわく、引く手あまたの工作員に。

そしてプロフェットは、この密室でランシングにされたことを、誰にも語らなかった。だが二人の間に、それは常に横たわっていた。まあランシングにしてみりゃ尋問室でプロフェットにやられたことのほうがはるかに凶悪なのだろう、けっ、プロフェットとしてもそれで上等。

少なくとも、そう自分に思いこませてきた。こんな夜以外は。

ランシングの重みが体の上から去ると、後はもう己に、フラッシュバックから脱け出すよう念じるだけだ。もういいだろ、プロフェット……現実じゃない……目を開けてまわりを見ろ――。

目を開けて見るがいい。まだそんなことができるうちに。いつかは、それも――。

「クソが」

己を罵(ののし)った。無理に頭を上げ、まばたきして、監房が自分の部屋へと戻っていくのを待つ。両手を動かした。起き上がる。着ているのはスウェットで、ボロボロの戦闘服ではない。首にかかる認識票もない。体が激しく震えていた。ベッドの端のブランケットをつかみに動いた時、窓枠に座って外の闇を見つめている人影に気付いた。

フラッシュバックには終わりがない。

「とっとと失せやがれ」とプロフェットはうなった。

「俺を呼び戻しつづけてんのはてめえだろうがよ、プロフ」

ジョンが答えた。

ジョン・モース。彼の親友、初恋、SEALs（シールズ）の仲間。プロフェットとともに捕らえられた男。プロフェットが口を割らなかったせいで撃ち殺された筈の男。テロリストたちのリーダーかもしれない、そうじゃないかもしれない男。

その失踪によって、プロフェットの人生を変えた男。どんな形であれ。

その生存を、プロフェットがかたくなに信じる男。揺るがぬ証拠をこの目で見るまでは。ここまで死の証拠はゼロ。やってくるジョンの幽霊以外は。これが意味するのはジョンの死ではなくプロフェットのＰＴＳＤだけだ。

だが、畜生が——目の前の男はプロフェットと変わらずリアルに見えた。砂漠用の戦闘服をまとって。最後にプロフェットが見た時のまま。日焼けして。物憂げに。プロフェットを見ている。

「お前が俺を呼び戻してんだよ」

「クソッたれが。お祓いでもしに行けってか」

「そんなの効くかよ」

　プロフェットは疲れた溜息をついた。

「ならオススメは何だ、お利口ちゃん?」

「捨てろ。もう解放しろ」ジョンはそう告げる。「でないといつか死ぬぞ、お前」

　プロフェットはジョンに背を向けた。

「それならそれでいいさ」

「この強情が。もう俺は手遅れだ。お前はまだ間に合う。やめろ、プロフ。もう……俺たちの思い出のために。もうやめろ」

　何か引っつかんで亡霊に投げつけてやろうとくるりと振り向き、プロフェットは自分が一人になっていたのに気付いた。

　——お前はずっと一人だろ。

　窓の開閉音を聞きながら、プロフェットは今の幻覚が目の病であるかのように両目をこすった。

　ジョンが座っていた場所を見つめた時、ドアノブがガチャッと鳴る音が聞こえた。その音はひどく低く、そのくせうす汚れた記憶のこだまのようで、寝室が監獄へ逆戻りしていくわけではないと悟るまで数秒かかった。

座ったまま、音を聞き分けようとする……一つは寝室の窓の外から、もう一つは家の中から、ドアのきしみ、窓の外のドンという何かの音……。

悪態をつき、プロフェットはベッドから出た。本棚に、洋服ダンスに手をすべらせ、自室だと己を納得させる。向き直り、窓の外へ目をやった。

ジョンの姿はなし。それでも体が震えていた。

何かが迫っている。プロフェットの人生に。トムが、彼とランシングのあの映像を引っさげて現れた時から——まさしく予兆——わかっていた。

また、カチャカチャッと音が聞こえる。フラッシュバックで過敏になっているだけかもしれないが、そうは思えない。本当にそこに誰かいるなら、そいつはわざわざモーションセンサーをかわして来たのだ。ドアの方へ向かったが、まだ体がたよりなく、糖蜜の中でも泳いでいるかのようだった。

玄関先へ出ていったところで、タックルをくらってバランスを崩したが、床へ叩きつけられる寸前に身をひねって相手を下敷きに——。

トミー。

トミーが、プロフェットの体を素早く返し、組み敷いて、つかんだ両手首を頭上の床へ押さえつける。トミーが、プロフェットの悪態や思考より早くキスを仕掛け、すべての熱をこめた痛むほどのキスの中、これからの展開をプロフェットに告げてくる。

こんな宣言なら大歓迎だ。プロフェットを押さえつけてすべて大丈夫だと教えてほしい。この男ならそれができる。それでもプロフェットは抗うのをやめたりはしないが。感覚は磨いておきたいし、あっさりこいつの思い通りになってやるものか——ひけらかすようにすべてのセキュリティを抜けてきた、このフーディーニ野郎に。

だがはね起きようとしたプロフェットにトムが体重をかけ、体勢をうまく使ってプロフェットを床へ押さえこむ。プロフェットの両腿を膝ではさみ、締めつけてきた。

「どうせすぐ俺に脚開いてほしくなるクセによ」

キスをほどいて耳朶を噛むのに熱中しはじめたトムへ、プロフェットは呟いた。

「ああ、俺のために脚開いてくれるんだろ？」

トムは母音を甘ったるく引きずり、熱い息をプロフェットの頬にくぐもらせ、腰をゆっくり、規則的に揺すって二人の屹立(きつりつ)を擦(こす)り合わせている。

「畜生、イイな、これ——」

「クソ野郎が」プロフェットはうなる。トムのずしりとした重みで床へ留められて。「練習してきやがったな」

「格闘戦の、それともファックの？」

プロフェットの両手首をがっちりとひとまとめにつかみ、トムはもう片手をスウェットの前にのばしてくる。

「俺が知るかよ」

だが戦いもファックもトムはいつもうまい。プロフェットがこの男に教えてやりたいのは、それより先のことだ。

じろりと彼を眺め回したトムの目つきは獰猛としか言いようのないもので、その濃密さにプロフェットの体が震える。

「そうだな、お前が俺の下で倒れてるからには、ひとつはもう決着したな。次に、お前のズボンが下がってるからには……」

トムの手がプロフェットの内腿を、熱く、図々しく這う。指関節の背で穴を押されて、プロフェットは呻きを殺そうとした。

「な？　すぐ、俺のを挿れてやるよ」

プロフェットの脚がさらに開いて、動きを邪魔するトムの両膝をぐいと押す。

「ああ、それでいい……受け入れろ」

トムにさとされて、クソくらえと言おうにももう無理だった。トムの指が入ってきた今、この瞬間は。数回ひねられて、体を開かれ、性感を擦られると、プロフェットはトムの動きに合わせて腰を押し上げていた。

「いいね。それが見たかった」

「いいねとか言ってんじゃねえ、てめえ」

プロフェットはうなったが、その声は熱がむき出しで、感じているのがあからさまだ。トムが指を足し、ひねって、プロフェットから屈服の呻きを引きずり出す。敏感な場所をかすめる指先の快感に、肌がぶるっと震えた。プロフェットの両腕は頭上にのびたまま、トムの拘束を振りほどこうともしていない。行為が終わる頃にはケツに床のラグの痕がついているだろうが、かまうか。トムがいる。ここに。帰ってきたのだ。無事に――。

今は、プロフェットもそうだ。

「来いよ――自分で動け」

うながされ、プロフェットはリズムに合わせて腰を揺する。トムに満たされ、焦らされ、おかしくなるほど――。

トムの囁きは甘いくらいだった。

「マジでいいよな、お前が俺に言われた通りにして、与えられるものだけに溺れて……お前を嚙んで、ファックしてやるよ。俺の名を叫ばせてやる、手始めにな。全部忘れさせてやるよ、俺のこと以外……お前にしてやりたいことが山ほどある」

「なら、やれよ」プロフェットは自制するより早く喘いでいた。「やってくれ、トミー……お前が要るんだ、お前にはわからねえくらい……」

だが、たとえ理由はわからなくとも、トムには伝わっていた。トムはプロフェットの肩に歯を立て、それから体を起こしてジーンズを下ろし、蹴り脱いだ。靴は、プロフェットにタックルしてくる前にもう脱いである。ここまで計画済みということだ。

もしトムがもう少し早く来ていたら——フラッシュバックから抜け出せないうちに……。

乳首を嚙まれて、プロフェットの体がビクッとはねた。集中しろという、トムからの警告。喜んで。視線をとばして、トムのペニスに梯子のように並んだバーベルピアスを見た——ここまで勃起していると、なおのこと見事な眺めだ。太腿をそっと押し広げられ、プロフェットは片足をトムのふくらはぎにひっかける。ファックさせてやる気満々で。

「残念、お前の思う通りにできると思うな」

トムが言い放つ。返事をできる前に、プロフェットはごろりと横倒しにされた。後ろへ回りこんだトムが太腿の間に膝を割り入れ、体勢を作る。その間、プロフェットは無為にラグを引っつかんでいた。

「まだイクなよ」

その命令に従うのには全力が要った。トムの屹立が激しく、ぐいと突きこまれてきて、息が奪われる。そして、性感を突かれたプロフェットは喜んで敗北を受け入れ、胸と腹に精液をぶちまけていた。呻き、トムのものを締めつける。悪態を吐き散らすトムも絶頂をこらえているのがわかる。

トムが荒々しくプロフェットの尻を叩いた。二回。

「しょうがねえだろうが」プロフェットは呻いた。頬がラグに擦れる。「もう一回ヤれるぞ。

さっさとしろ」

「この野郎。こっちも二回……飛行機の中でしごいてきたんだよ……これのために」

トムがやっと言葉をつなぐ。

「来る前にジェルまで塗ってきたってか」

体の内側にトムの脈動を感じる。プロフェットのペニスも半ば勃っていた。

「計画的な性格なんでな」

トムは腰を揺すり、陰嚢までプロフェットの尻に押しつける。プロフェットは、これ以上深くくわえこめるかのようにトムに体を押しつけようとしたが、トムが小さく笑って腰を引く。じっくり、濃密に愉しむ気だ。

トムの意識のすべてがプロフェットに向けられている。その手でプロフェットを押さえつけては、肌を愛撫し、また押さえこむ。所有するような、奪うような手。痕が残るほどの。そういうのが好きなのはトムのほうだが、今ならプロフェットにも、この絡み合いの後にまで肌にトムが残る楽しみがわかる。

ふたたびつながり合い、ふたたびたしかめ合う——離れていた時間も二人の間にあるものを薄められはしないと。トムはどこにも消えないとまた約束し、プロフェットはそれを受け入れる。プロフェットの指はパイル地のカーペットをかきむしり、息は荒く、ペニスは信じられないほど固い。しばらくイケる気はしないが。

彼のタマはそこのところが理解できていないらしく、ぐっと張りつめる。トムが腕を回してプロフェットの腹に精液をなすりつけ、それを使ってプロフェットの屹立をゆっくりと、気がおかしくなるくらいゆっくりとしごいた。トムの大きく日焼けした手の中にペニスの亀頭が消えるのを見つめると、一気にほとばしりそうな快感がせり上がる。

それを制御して、もっと長く味わおうとした。すべてゆだねて、ほしいままにトムに奪われるのは……こんな無力さなら、大歓迎だ。プロフェットの内をガチガチに固く、力強く、トムが擦る。プロフェットの全身がドクドクと脈を打った。

「畜生が……トム——マジで凄えいいぞコレ——」

一息に言葉を吐き出す。

「マジで、凄えいいだろ、ベイビー」

トムがくり返す。いつもプロフェットが我を失った時に見せる微笑みで。

自制心なんか、トムに関しちゃとっくに失っている。だがそんなこと死んでも認めてやるか。言葉に出しては。

二度と。

「トミー……」

そして、トムは囁き返す。「リヤ」と、耳元で、切羽詰まった声で。プロフェットはぶるっと震え、途端にその声と同じほど切羽詰まっていた。

勿論、トムは見逃さない。その瞬間を選んで、プロフェットを何より激しく犯しはじめる。祈りの中で十字を切るがごとく、くり返し、くり返しプロフェットの本名を呼びながら。その名をこんなふうに響かせられるのはトムだけだ。誰からも「リヤ」なんて愛称で呼ばれたことはなかったが、ニューオーリンズで、トムはその名を呼んで自分のものにしてしまい、二人のセックスの時にはいつもそう呼んだ。まるで、自分がプロフェットを深く知っていると証明するように。まるで、プロフェットがその名を許し、トムに踏みこませた今、もう後戻りはないと知らしめるように。

プロフェットは何も言えなかった。言葉がないわけではなく、ただ口から出る声がとにかく意味不明だ。全身に刺激と官能がたぎり、トムに貫かれることだけに集中し、この一瞬、トムに奪われるためだけに存在している。横倒しのプロフェットの片足をトムが腹に向かって折り曲げ、より深く貫こうと……プロフェットはただ無力だ。片腕は自分の下敷きになってろくに動かせないし、もう片手は何か支えをつかもうとしていたが、あきらめて顔をラグに押しつけ、ただトムに完全に奪いつくされるしかない。

「トミー！」

絶頂が、さっきのオーガズムからすぐとは思えぬ強烈さで押し寄せ、プロフェットは叫んだ。数秒、ほとんど麻痺したようで、筋肉が硬直し、トムの屹立に貫かれてただビクビクッと痙攣する。

「リヤ……そうだ、ベイビー……くそっ、くっ……」

次の瞬間トムが、プロフェットに引きずられるように達し、勢いに溺れていく。コンドームごしに彼の脈動がプロフェットに伝わってくる。

コンドームなんかもうじきやめだ。もうすぐ。すぐにでも。

トムの重みがぐったりとのしかかってくる数秒、プロフェットは後でこの話をしようと心に書き留めた。腕をのばし、トムの汗まみれの髪に指をくぐらせ、ぐっと引き寄せてキスをした。トムの舌がプロフェットの口腔を征服し、彼なりのやり方で、自分が許すまで終わりではないと告げてくる。

そしてまさに、まだ終わりにする気はない。そこから先はぼやけて……トムが体を引いてプロフェットを仰向けに返し、じっくりとなめ、吸い、プロフェットの肌のすべてにふれていった。それをプロフェットはおだやかに許し、どこかぼんやりとオーガズムのかすみに包まれていた。

もっとも、またイケないほどではない——実際イッたし、トムに口でされながらほとんどドライオーガズムのような状態で熱い絶頂を迎えた。おかげですっかりわけがわからなくなって、呻くことしかできず、強烈な快感をどうしようもない。ただ横たわり、ラグの上で生け贄のように体を開いて、トム以外のことを忘れ去った。

2

肉体がやっと満ち足りて、すっかり落ちつくと、トムは脚の間から顔を上げてプロフェットを見つめた。

「俺がいない間、マスもかいてなかったのかよ？」

プロフェットの笑いは低く、満足しきったもので、その灰色の目もいつもの嵐のような石灰色より青みを帯びている。

「一日二回抜いてたさ、ああ」

「やっぱまだまだガキなのか、色々と」

「その通りだよ、この年寄りが」

トムはプロフェットにのしかかってまた組みしく。何の抵抗もなかった。

「言ってろよ。声も出せなくしてやるぞ」

プロフェットが弱く笑った。

「そりゃ楽しみだ」

ひどく満足げに、骨抜きになったようにぐったりのびている。どうにかベッドに運んでやらないとプロフェットをタックルで倒したまさにここで二人して眠ることになりそうだ。

二人は毎回、トムが遠くから帰ってきたり長い仕事明けの時、このゲームをやった。ジョークとして始まったものが賭けになり、今ではトムのプライドの元でもあった。

タックルした時のプロフェットは震えていたが、フラッシュバックのすぐ後だなど、まず認めやしないのはわかっていた。トムも聞きはしないが、見ればわかる程度の経験はある。だがもしあそこで、プロフェットをなだめようなどと手を止めていたら？　ケツに一撃くらうのがオチだ——色気ゼロの意味で。

トムはカウチのブランケットを引き寄せた。クッションも。二人でそれを分け合い、暗がりのカーペットの上で身を丸める。

たかだか二週間の留守だったが、ニューオーリンズから戻って以来最長の不在だ。その間に何か新情報が届いたのなら、それがプロフェットのフラッシュバックの引き金を引いたというなら、今夜はまだ聞きたくなかった。

「朝までここにいる気か？」

「ひとさまの家の玄関先でタックルしてくるような奴に言われたくねえな」

「自分の家と思ってくつろげってお前が言ったんだろ」

プロフェットは鼻で笑ったが、その間もトムの髪に指をくぐらせている。沼沢地（バイユー）を去って四ヵ月、プロフェットとトムが一緒に暮らして四ヵ月、だが二人のどちらもこの同居を永続的なものにしようとか、そんな話はしなかった。トムがいきなり住まいから追い出され、プロフェットはそんな彼を自分の家につれて帰った、そこで話は片付いた。

　ここで暮らし出してから四日目に、トムはEE（エクストリーム・エスケープ）社の任務に出かけた。戻ってみると、トムがかかえこんでいた十二箱ほどの荷物がすべて荷ほどきされ、プロフェットの持ち物とすっかり入り混じっていた。

　当然のようなその景色に、トムはおかしなくらいの衝撃を受けた。プロフェットは手に負えないほどに抗うが、ひとたび折れると完全に、とことん優雅に、屈服を受け入れる。行動こそが、どんな言葉よりも鮮やかにプロフェットを語るのだ。

　この時間が、避けられぬ嵐の——今にもやってくるだろう嵐の——前の平穏にすぎないと二人ともわかっていたが、互いに何も言わず、この暮らしの何気なさを大事にしていた。きっと、どちらにとってもほとんど初めての、普通に近い暮らしだろうと、トムは思う。その中でどちらもたまに自分を持て余しはしたが、大体はうまくやっていた。とてもうまく。

　プロフェットが顔を横に向け、トムを見た。

「お前にああ呼ばれるのが、好きだ」

　知ってはいても、プロフェットが口に出して認めたのは初めてだった。トムがプロフェットの本名を知ってから何ヵ月も経つが、セックス以外の時に呼んだことはない。

トムはプロフェットの鎖骨にキスをし、さっとまなざしを上げて、目を合わせた。

「エリヤが預言者(プロフェット)だったとかいう単純な話じゃない、お前にもその手の、俺と同じ感覚がある。ヤバいもんを予感する」

「お前と同じってわけじゃない、トミー。そう見えてもな。俺は人より早く物事に気がつく、それがキモいブードゥーっぽく見えるってだけだ」

トムは指の背でプロフェットの頬をなでた。

「俺は好きだよ。お前らしい」

プロフェットの顔がさっと赤らんだ。ひねくれた返事を返しもしない。ただほとんど照れた微笑みだけで、話題を変えてきた。

「旅は問題なかったか?」

「ブリザードまではな」

「あんなのちょっとした粉雪だろ」と小馬鹿にされる。

「三十センチはあったぞ」

「ここの裏庭に沼でも作ればお前ももっと我が家にいる気分になれるかな?」

ニューヨーク州北部の冬は、今年は荒れていた。四日間の遅延とルート変更の末、トムはやっとここに帰りついた。長い間、帰ってきたと心から感じられる場所はほかになかった。

トムはプロフェットに答える。

「もうそんな気分さ」

「書類は片づけてきたか？」

「コープがやっといてくれるってよ」

　プロフェットは片腕を頭の後ろで折った。

「早く帰るような用が？」

「今さら気がついたとかな……」

　着陸するとコープはトムの肩をパンと叩いて「ほらとっとと行け。俺のことはロレスが迎えに来るから、フィルへの報告はまかせろ」と言ったのだった。

　トムはその申し出を受けた。主には、近ごろの例に洩れず、今回もごく単純な任務だったからだ。短期の、大物ビジネスマンのボディガード、いつも通りのルーチンワークで何のトラブルもなし。対象人物が女を引っかけてきたところに愛人が押しかけてきた件は別にして。

　トムとコープがその場をとりなした後、結局男は、女たちと三人で楽しんでいた。

　今、のびをしたプロフェットの肋骨を、トムは指でたどる。ここ最近で一番締まった体をしている——戦いに臨むプロボクサーなみにせっせと鍛えていたせいだ。ジョン・モース絡みである以上、状況はそれと大差ないだろうと、トムは思う。トム自身、そなえようと機会あらば己を鍛えてきた。

　プロフェットを一人で戦わせはしない。

「お前がいないと、いつものEE社じゃない。皆そう言ってるよ」

こんな話をしたいかどうかトム自身にもわからなかったが、口から出てしまったからには――。

「お前に戻ってきてほしいんだと思うよ」

「コープが?」

「わからないふりをするな。フィルのことだって、知ってんだろ」

プロフェットは眉を寄せた。

「余韻を味わってる最中に海兵隊員(マリーン)のことなんか考えたくもねえな」

「来いよ……ベッドへ行こう」

トムは半ばプロフェットを引きずり、またイカせてやるからという約束で釣って寝室まで歩かせた。勿論、プロフェットは頭が枕についた瞬間、ことんと眠ってしまったが。トムは何か食べるものをあさりに行って、ターキーサンドとチップスを手にベッドへ戻った。

ナイトテーブルに皿を置くと、隅の窓辺に何かの影が見えた。近づき、いくらかの砂をすくい上げる。

手のひらの砂を眺め、トムは洋服ダンスの上にある箱の周囲に砂が散らばっていたことがあったのを思い出した。プロフェットがまたあの箱から何か取り出したのか。

立ち上がり、箱のところへ行くと、トムは手のひらの砂をそっと、あるべき場所へと払い落とした。

3

一回目の呼出音で、プロフェットは携帯を引っつかんだ。動いたせいで上にかぶさるトムがもぞもぞして何か呟いたが、完全には目覚めない。プロフェットは真夜中の電話には慣れていた。大体はマルやキングからで、情報をよこしたり定時連絡を入れてくる。

だが今回は、ザックだった。

プロフェットの最初の上官は、「どうした?」と聞かれるやいなや一気にまくし立てた。

『お前の力が要る、プロフ。ディーンがまずいことになった』

闇の中でプロフェットは窓の外を見つめた。ぼってりとした雪片が舞い落ち、眼下の道はすでに白く、静まり返り、トムの寝息が胸に温かくかかる。これは現実だ。

「全部話してくれ」

大尉（LT）は話した。すべての問題を聞いてから、プロフェットは告げた。

「二十四時間でそっちに行く」

電話を切ってからも、少しの間、闇の中で横たわっていた。

二日前、LTの夢を見たのだ。先週も数回。きっと、昔の隊員たちとメールばかりでなく定期的に話すようになったせいだと思おうとしてきた。癒えることなどない古傷に近づきすぎているせいだと。

だがトムの——そしてこいつのブードゥーの——そばにいる間に気付いたが、プロフェット自身の直感も、この一年で強まってきている。そしてプロフェットの人生では、ぞっとするような偶然が、時に平然と起きる。天にいる誰かさんの冗談のように。

また同時に、少しずつ見えるようになっていた——自分がどれほどの過去を抱えこんでいるのか、そしてわずかでも安らぎを望むなら、その過去をほどいていくしかないのだと。だから、トムに踏みこませた。トムが箱のまま放置してきた荷物をまず物理的にほどいたのもそのひとつだ。腰を据えろとトムに強いるために。なにしろ、他人をうまく受け入れられないのはプロフェットだけではない。

実際、トムの所持品をほどいたのは自分よりトムのためだった。プロフェットにとって、トムはもう至るところに住みついているのと同じだ——プロフェットの家に、部屋に、心の中に。そしてプロフェットにだって、幽霊を手放す頃合いだということくらいわかっているのだ。たとえ、自分のためにはもう手遅れでも。

トムの護衛仕事や他の任務については、二人のリズムは出来上がっていた。連絡が来るとトムはコープと出かける。プロフェットは、トムに何かあれば無事じゃすまさないとコープを脅す。コープは失せろとプロフェットに言い返す。そしてトムが不在の間、プロフェットはひたすら人生最大のミッションの計画を練ってすごす。なにしろ、ごく精巧な罠で、トランプの城のように脆いそれをガッチリ固めていく必要があった。

ある日、帰ってきたトムの手首の、プロフェットとの初任務以来ずっとつけていたブレスレットの下に、タトゥがひとつ増えていた。まさに、ブレスレットをそのまま肌に彫りこんだようなタトゥ。

「俺からは二度と誰にも外せない」

プロフェットが口にしなかった問いへの、それがトムの答えだった。この男はニューオーリンズで拘留された時やむなくブレスレットを外し、その後もプロフェットがはめてやるまで待っていたのだ。

迷信深いブードゥー野郎が。

だがたしかに、トムに見えないよう、プロフェットはこっそりと微笑んでいた。タトゥの存在を知ってからは、舌でそれをたどり、歯を立て、トムに痕を残し、自分の思いを曇りなく示そうとした。

いつかトムがほかのあれこれに気付いたら――プロフェットの目や隠しているほかのすべてに――彼は去っていくかもしれないが、その時はその時だ、心が引きちぎられてもいいとあきらめていた。もう一度。今回は、前よりひどいだろう。ずっとひどい——前より深く知り、深く感じ、深く愛したから。

プロフェットの会話の響きが変わったことに、すぐさまトムは気付いた。半ば眠っていてさえ、いつもの情報交換の会話と緊急事態との差は分かる——そしてプロフェットの口調は後者のものだった。

ベッドからすべり出したトムがリビングへ向かうと、プロフェットは窓辺に腰かけ、動かず、外を見つめていた。トムのほうを見もしなかったが、気付いていないわけがない。

何も聞かず、トムはただキッチンへ行ってコーヒーを淹れた。必要になるだろう。マグにコーヒーを注ぎ、プロフェットのマグには何トンもの砂糖とミルクを入れた時、かたわらにプロフェットが立った。マグに手をのばし、トムの裸の肩に無精ひげの頬を擦り付ける。プロフェットはよく、色々な部分にこういうことをやった。頬ずりをしたり、噛んだり、トムにマーキングするのだ。きっとほとんど無意識に。

自分のコーヒーを一口飲んだところでトムの体がカウンターに押しつけられ、背中にぴたりとプロフェットの胸板が合わさる。この数週間であまり眠れていないが、今やすっかり覚醒していた。

プロフェットがようやく言った。

「俺は、ジブチ共和国へ行かねえと」

「次の段階か？」

プロフェットが鼻を鳴らし、体が離れたので、トムは彼へ向き直った。

「違えよ。俺の昔の上官からの頼みごとさ。やっぱり元ＳＥＡＬｓの弟が、何年もジブチに住んで仕事をしてるんだ。そいつが誘拐された。ＬＴはもう身代金を持って現地に飛んでる」

そこで言葉を切り、つけ足した。

「で、違う、これはジョン絡みの件じゃねえよ」

「確実か？」

「ＬＴの引退はあの任務より前だ。弟のディーンも、俺とジョンが入隊するより前に」

プロフェットの携帯が、メッセージ着信の音を立てた。いくつかキーを押してから、また顔を上げてトムを見る。

「一緒に来てくれるか？」

その顔は真剣そのもので、まるでトムが断るかもと、本気で考えているようでもあった。誘われようが誘われまいが、トムが同行しないとでも思うのか。

その上、こんなふうにたのまれて？　もうそれですべてだ。

「俺たちはいつ発つ？」

プロフェットは小さな、ほとんどはにかんだような笑みを浮かべ、ひょいと下を向いてさらにメールを打ちこんだ。

「二時間後」

「もしジョン絡みだったとしても、俺の返事は同じだったぞ」

「わかってるよ」

何とか飲めるほど冷めてきたコーヒーをトムは数口で素早く飲み干し、もう一杯マグに注いだ。

「俺はざっとシャワー浴びてくる」

プロフェットは携帯を見たまま答えた。

「俺も行く。ただ、まずフィルに連絡しとけ、な?」

「わかった。事情は話していいのか」

チラッと、プロフェットが目を上げた。

「フィルも知ってる相手だ。ああ、かまわねえ」

「どうしてLTが自分のほうにたのんでこないのかとは思われないか?」

プロフェットの目がじっとトムを見た。

「思わねえよ」

なら、いい。トムは廊下へ、プロフェットにタックルした時に放り出したままだったバッグを取りに行った。フィルが電話に答えるのを待ちながら床からブランケットとクッションを拾い上げ、カウチにのせると、バッグの中の着替えを取り替えに寝室へ持っていった。

『話せ』

フィルが怒鳴った。いつもの挨拶だ。とは言え、早朝五時ではいつもより荒っぽい。

「トムです。プロフェットと、ひと仕事しに出かけます」

長い沈黙があった。

『誰のトラブルだ？』

「ディーンという名の男で、プロフの昔の上官の弟？」

フィルはいくらか悪態を吐き散らし、それから命じた。

『説得しろ、行かせるな』

ほう、情のかけらもなしか。

「本気か、フィル？」

『冗談に聞こえたか？　お前はあいつに影響力がある。それを使え』

ほんの一瞬、トムは目の前で布を振られた雄牛の気分がわかった——さっと視界が赤く曇り、電話を壁に叩きつけてやりたくなる。深く息を吸い、歯を食いしばって言い返した。

「俺たちは、行く」

フィルがまた悪態をついた。

『せめてディーンを助けた後、ＬＴがそれ以上プロフェットに何もさせないようしっかり見張っとけ。そのくらいあいつのためにしてやれるだろう、トム？』

そこで電話は切れた。トムの返事を聞く気はないらしい。結構、聞いてもどうせ気に入るまい。フィルは、プロフェットと同じく、トムがあれこれ言わずに命令に従うものだと考えている。大体プロフェットをつれ戻してくれとトムに頼んできたくせに、フィルはまだプロフェットの秘密を明かそうともしない。

プロフェットは、九ヵ月前にＥＥ社を辞めた。それからの様子を見ても、復帰する気はさらさらないらしい。戻ってほしいと、フィルがどれほど願おうが。まあトムだってＥＥ社への残留を承知したのは、訓練を積んでプロフェットにとってもっといいパートナーになるためだ。たとえこの先二人がどんな道を、どんな仕事を選ぶことになろうと。ジョン絡みの厄介をすべて片付けた後で。

プロフェットがＥＥ社を辞めたのが良かったのか悪かったのか、それはまだ結論待ちだが、トムにはそれはどうでもいい。細かいことはかまわない——この道を行くことさえできるなら。これまで起きたことすべてが、プロフェットとの人生の一部だ。その道筋、そして次への一歩。その一秒たりとも失う気はない。

現状、すべてが終わった後、トムがＥＥ社に戻るかどうかもかなり微妙な問題と言えた。シャワーに向かい、目が冴えるほどの冷水を浴びる。ジョン・モース絡みについては、マルやキリアンの動向は把握できているし、目下のところはＬＴの弟に集中できる。

誰かへの忠誠心から行動するプロフェットを見るのは、時に痛々しくもあった。どうやら、フィルにとってもそうなのか。

何分かした頃、プロフェットがガラスドアのシャワーブースに入ってきた。すでに頭が計画モードに切り替わっているのだろう、気もそぞろに石鹸を取り損ねていた。三回も。しかもそのまま素手で胸を洗い出したものだから、トムがその手をどかして水温を上げ、石鹸を泡立ててやった。

これは――シャワーを一緒に浴びて、プロフェットの心が別にある時に世話を焼くのは、いつものことだ。ルーティン。トムなりにこうしてシャワーでプロフェットを落ちつかせていると思うのが好きだ。こんな時、トムの手はそう優しくはない。プロフェットをごしごし洗うのも、また一種の、そっけない前戯。それにプロフェットが計画を練っている時のこの様子はよく理解できたが、こうさりげなく壁を作られると、どうしても一線を引かれていた頃のプロフェットを思い出してしまう。

「フィルが、俺に好きに休みを取れと」

プロフェットの髪をすすぎながら、トムは軽い嘘をつく。

プロフェットが鼻で笑った。

「あいつは、俺にお前をぴったりくっつかせてできる限りＬＴに近づけないとか、行くなと説得させたいんだろ」目を開ける。「それと、違う、盗み聞きしたわけじゃねえ。でもな、まあバカでもわかるこった。特に、お前の任務があれだけ短期で楽なもんばっかときちゃな」

トムはムッとする。

「楽？」

「国際的な紛争地帯での戦闘任務ってわけでもねえだろ」プロフェットが指摘した。「閃光弾やグレネードも使わねえ。それ抜きでマジな任務と呼べるかよ」

そう、プロフェットは相変わらずムカつく男のままだ。正直、ほっとしそうなくらいに。してやらないが。

「なら俺をつれてくのもやめたらどうだ。お前の荷物運びをさせたいだけか」

「お前にはそれくらいがお似合いかな？」

トムはふうっと息をついた。

「お前、わざと俺を苛つかせてるだろ。何か魂胆が？」

「ある」温かな、広げた手がトムの胸に置かれる。「だからあきらめとけ、トミー」

「任務前のお前が根性悪だってことをか？」

「そうだよ」

プロフェットの目に、トムにも見覚えのある危険な輝きがともる。

プロフェットの相手をするのは、手榴弾や対人地雷への対処とそれほど大差ない。正しいところで圧力をゆるめ、正しいところで強気に押しきらなければ、こちらが爆死する。

もっとも、プロフェットのほうだってきっと、トムの相手も変わらないと言うだろう。

「そりゃよかった。そうでなきゃお前が本物かどうか疑うくらいだ」

プロフェットは鼻を鳴らし、そしてそれきり、二人は平常運転に戻った。

4

プライベートジェットのおかげで空港のセキュリティを通らずに歩きながら、トムはたずねた。

「お前のコネか？」

プロフェットが首を振る。

「ＬＴのさ。もっとも、充分な距離まで飛んでってはもらえねェがな。人目を引かないように、目的地へは延々、車で行くぞ」

「飛行中に細かいことは話してくれるんだろ」

「お前がひと寝入りした後でな」とうなずいた。「お前、どうせこの六日間で何だ、二十四時間は移動でつぶしたか？」

大体当たりだが、プロフェットこそろくに寝てないだろうと言い返したい衝動を、トムはこらえた。かわりにうなずいて、とりあえず波風は立てない。何と言っても、プロフェットから学ぶことが山ほどある。あらゆる意味で。山ほど。そしてトムは学ぶ気だった。教師としては、プロフェット以上の相手などいない。

二人は自家用機専用の駐機場へ向かった。エコノミー席のフライトよりはるかにありがたい。武器を持ったまま乗れるのもいい。

プロフェットは、どうやら武器庫持参だ。肩に二つ、大きなバッグを無造作にかついだ彼が人波を軽々と抜けていくと、カチャカチャと音が鳴る。先に行くにつれ人の数は減り、急ぎ足のスーツ姿たちをやりすごしながら、トムは自分があの一員でなくてよかったと思う。

二人が小さな飛行機に乗りこむと、現れた機長がタックルのようなハグをプロフェットに浴びせた。

「よお、会えてうれしいよ」

プロフェットが微笑む。

「ミッチ、こいつはトムだ。ミッチが軍にいた頃、合同作戦で何回かつき合いがあってな」

海軍のパイロット。納得だ。

今度はやたら細い男が、首をひょいとつきだした。

「よっ、プロフェット」

「どんな調子だ、ジン？」

「問題ない、すぐ出るよ」ジンが保証する。「あらゆる事態に対処できるか確認してるだけさ。どんな突発事態でもいいように」

最後の一言は気軽に放たれた。あまりにも当然のように。プロフェットも前に似たようなことを言っていたと、トムは目を向けたが、プロフェット当人は「普通の空の旅って感じじゃないな」とトムに言われても空々しく眉を上げてみせるだけだった。

ミッチがプロフェットの肩をばんと叩く。

「心配すんな、トム。これが初めてってわけじゃないさ。届けを出して飛んでるわけじゃないからたまに着陸がややこしかったりもするが、ちょいと余分に準備してりゃそこもうまくいく」

ミッチが機外へ出ていくと、トムはプロフェットにつめよった。

「お前だな、お前のせいだな？」

「俺？　俺たちの旅に面倒を呼んできたのはてめェだろ、ブードゥー」

「俺のせいだって思わされてきたけどな。でも、もしかして、ずっとお前が原因だったんじゃないのか？」

トムは、二人で乗った飛行機での出来事を思い返していく。心臓発作すれすれの乗客が一件。

次はエンジンの失速——離陸滑走路を移動中に。加えて手配された次の便にいた、飛行中に取り押さえられたほどへべれけの乗客……。

ジンが二人のそばを抜けた。

「プロフェットのそばじゃ、どんなことだって起きんのさ。タイヤが外れる——言っとくがパンクじゃないぜ、転がってったんだ。翼から着陸装置が吹きとぶ。機内をアヒルが歩く。ほら、色々さ」

「アヒル？」

トムが聞き返すと、プロフェットがうんざりしたような溜息をついた。

「あれは俺じゃねェって、わかってんだろうが」とジンに言う。「あのアヒルがどうやって乗ってきたかなんて俺が知るかよ」

トムは呻いた。ずっとこれまで、自分こそが災厄の元だと思ってきたのだ——その間ずっと、隣にはしゃべって歩く諸悪の根源がいたというのに。死の天使の生まれかわり。

「ってことはつまり、もしこの飛行機が空から落っこったなら……」

「こいつのせいだろ」

ジンが言いながら、ぐいとプロフェットを指す。全員が話を切り、やって来た男が入り口にドサッとパラシュートを下ろしてから敬礼して去っていくのを見つめた。

「あれが念のためってやつさ」

「冗談だろ？」トムはジンのほうを向く。「マジで言ってないよな、まさか？」

「残念ながら、マジだ。でも心配するな、これまで二回しか使ってねえ」

プロフェットがそう言いながらトムを座席の方へつれて行った。シートが向かい合わせに四席一組で配置されている。プロフェットは窓際に陣取ってトムを隣に座らせた。これなら向かいの席に両足をのせられる。

「あのな、俺は飛行機から飛び降りたことはないんだぞ」トムはその点を強調する。「とにかく、ＦＢＩアカデミーからこっち」

「あいつらお前ら半人前に何教えてんだ？」プロフェットが聞き返す。「まあいい。俺にひっついて飛べばいいさ。前の相手もそうやって飛んでやった」

「誰もお前のパートナーになりたがらないわけだよ」

プロフェットがせせら笑った。

「やりゃ気に入るって。とにかく丁度いい高度まで来といて非常扉から飛び出すのはヤダとかゴネんなよ」

正直、そうしたい。だがトムはぼそっと「クソが」と、とにかくプロフェットに向けて呟き、シートにもたれて目をとじた。ミッチが「四分で離陸」と報告する。

トムはシートベルトを締め、イヤホンを着けた。曲のボリュームを上げて思考をしめ出したが、離陸はスムーズで順調だった。巡高高度に達するとシートベルト着用ランプが消え、二人ともさっさとベルトを外したが、途端に機体がぐっと右手に傾いてトムの体はプロフェットに叩きつけられた。プロフェットがトムの肘掛けをつかんで、二人してシートから投げ出されるのを防ぐ。

コクピットでげらげらと笑っている声がスピーカーから流れてきた。

「笑えねえぞ、ミッチ！」とプロフェットが怒鳴る。

「この辺じゃお楽しみは自分で作るしかねェからな」

ミッチが怒鳴り返す。トムはきっぱり言った

「お前ら全員イカれてる」

「同意だ」

ジンが通りすぎながらそう言ってトムにクッションを投げた。プロフェットのもくろみ通り、トムはあっという間に眠りに引きこまれ、八時間後、目を覚ました時にはかなりすっきりしていた。

「よお、眠れるお姫様。腹減ってねえか?」

プロフェットに聞かれる。トムは両手で髪をぐしゃっとかき混ぜた。

「食いたいね、ああ。ちょっとだけヘルシーなやつを何か」

「何か食いもんあるか?」

プロフェットが大声で前に聞く。

「どこ探しゃいいかわかってるだろうが」ジンが怒鳴り返した。「俺はスチュワーデスじゃねえぞ」

「最近じゃキャビンアテンダントって言うんだぞ」

教えてやってから、プロフェットは調理室にのりこんでいった。しばらくガサガサ、ドタンと騒がせた挙句、ドーナツ、炭酸の缶、ベーグルを持って戻り、トムにそれを放り投げてきた。

「ヘルシーなやつって言ってたからな」

「これがお前にはヘルシーか？」

「ばっちりだ。何つってもバター抜きだぞ」

プロフェットはもっともらしくうなずいてみせる。また去っていくと、今度は自分とトムにコーヒーを持って戻った。二人で食べる間もプロフェットはノートパソコンに地図を表示させ、ルートを引いていく。すでに何時間もやっていたようだ。脳内で。そして紙の上で。

「誘拐した犯人とその目的は、見当ついてるんだな？」

やがて、トムはそうたずねた。

プロフェットが陰気にうなずいた。

「反乱軍。金目当て。奴らの新しい商売ってところさ。大物に手を出さなきゃ政府がのり出してくることもねえ、家族はいくらでも払うって知ってんのさ」

トムが身じろぎし、楽な体勢に戻ろうとする二人のブーツが軽く当たった。

「向こうは、ディーンが元軍人だって知ってるのか？」

「その情報は表に出てねえと思うな、ああ。だがLTとディーンの家は本物の金持ちだし、そっちは隠すのが難しい。ディーンの財団は家族が金出してるからな。ディーンはその財団の顔として、あちこちで講演してる。その上、時間を見つけちゃ財団所有のクリニックに顔も出してる」

プロフェットはコーヒーをふうっと吹き、何口か飲んだ。

「パーフェクト。丁度いい甘さだ。お前のもだぞ——飲んでみろよ」

トムは自分のコーヒーを見つめた。コーヒー入りの砂糖、というところだ。

「それで、ディーンはいい標的だったと。ボディガードは？　どうしてEE社にたのまない？」

プロフェットは首を振った。

「ディーンとLTは、軍を辞めたばかりの奴を雇うのが好きなのさ」

「で、そいつらがしくじったと」

人選は考え直したほうがよさそうだ。

プロフェットは手を——ドーナツを持っているほうの手を——振り回し、当然のようにあたりに粉砂糖が舞いとんだ。

「一人は殺されて、一人はディーンと一緒にさらわれた。反乱軍がディーンに目をつけた時点で、もう大して手の打ちようはねえよ。聞いたところじゃ、向こうは大勢で、その場の全員の命が危険だった。最初の撃ち合いの後、ディーンは逆らわずに同行した。反乱軍のほうも、病院や建物にはそれ以上手出しせず引き上げた」

　トムはうなずき、自分のコーヒーをプロフェットに渡す。プロフェットはたちまちその半ばをごくごくと流しこんだ。

「LTのところに身代金の要求が入ったと言ってたな？」

「ああ。彼は別の飛行機で、直接ジブチに入る。向こうもそれでLTと金の動きが追えるってわけだ。俺らは時間差で入る」

　プロフェットはじっと考えこみながら咀嚼（そしゃく）していたが、全身はほとんど実際に震えている。ここから四時間の旅を、それどころか次の一時間さえ、この調子でどうのりきっていく気なのかトムには理解不能だ。

　彼らの機は夜中の着陸予定で、場合によっては余計な注目を引きかねない時間だが、プロフェットには計画があった。ディーンが監禁されている場所の航空写真もある。数時間、トムはその写真を分析し、プロフェットがルートを指し示した。二人で武器について話し合った。戦略について。様々な行動パターンについて。予想外の事態について。

「LTは自分が仕切ろうとするだろうが、そうさせる気はないからな」

　途中で、プロフェットはそうトムに伝える。

「個人的感情が入るから？」

「しばらく現場から遠ざかってもいる」と説明した。「彼は頑固(ベア)になるだろうがな。可愛くないほうの熊(ベア)にな」

トムは眉を上げる。

「親父(ベア)タイプが好きだとは知らなかったな」

「言ったろ、俺は意外性の男なのさ」

小馬鹿にした顔で見やり、トムは「サプライズならこっちも負けねえぞ」と呟いた。

「期待してるよ」プロフェットがふっと真顔になった。「お前、今、不安か？」

「ああ」

「よかった。俺もだよ」

シートによりかかり、目をとじて、プロフェットはすぐさま眠りに落ちた。見事な訓練ぶりに、トムは感心させられる。それと、プロフェットがどれだけわずかな眠りしか要さないかに。かつてトムの先輩、オリーがくり返し教えようとしてくれたが、どうしてもトムは深い眠りに入ることができなかった。プロフェットも教えると言ったが、今のところトムは断ってきた。

そこで、グーグルアースの地図をじっくり眺め、また空港からホテルへの迂回路のルートを引いた。このホテルから、ＬＴのところへ向かうのだ。

プロフェットはＬＴの話はあまりせず、ただＬＴとディーンに多額の財産があること、それが公開情報であることは話した。身代金を払ったところで泥沼になりかねないことは誰もがよくわかっている——次の、さらに高額狙いの誘拐の呼び水になりかねないと。

ディーンには二人しか護衛がついていなかったとも、プロフェットは言っていた。今さらその不備を指摘したところで正論には遅いし、トムは何も言わなかった。だがどう考えても二人で足りたわけがない。そもそも、財産があるなら護衛を雇う金が惜しいということもあるまい。こちらの人数を見せつけるだけで、この手の誘拐を事前に防ぐことだってできたかもしれないのだ。だが、そんなことくらいLTだって充分認識していただろう。

一瞬、LTのこういう杜撰なところがフィルがああもLTを目の敵にする理由なのだろうかと、トムは思う。それとも、もっと根深いものがあるのか。

「お前の脳ミソがきしむ音が聞こえるぞ」

プロフェットの声は、起き抜けでざらついていた。のびをして、それからどけと言うかわりにのしのしとトムを踏みつけて通路に出ていく。戻ってきた時にはコーヒーを二つ手にしていた。

また踏まれる前にと、トムは席を立つかまえでいた。だがそれより早くプロフェットから熱々のコーヒーを手渡され、やむなくカップのバランスを取りながら、乗りこえていくプロフェットをおとなしく見ているしかなかった。

勿論プロフェットと斜向かいの席に移ってもいいいし、それで丸くおさまる話だが、例の〝部屋にこっそり入って相手を転がす〟ゲーム同様、これもお互いの遊びのひとつだ。たとえ火傷の危険とセットでも。

「じゃあお前は、LTの縁でディーンと?」

「ああ。ディーンが除隊してからだけどな。俺が入隊して一年くらいの頃か」

一口コーヒーを飲んで、トムは今回のコーヒーが自分の好みぴったりなのに気付く。まったく、この男に殺意がわいた頃に、こんな可愛い真似を……。

「ディーンは、ジョンのことも知ってたか?」

「いいや。二人は会ったこともねえ」プロフェットは、トムが分析していたグーグルアースの画面へちらりと目をやった。「FBIでこの手の件の担当は?」

「何件か」

誘拐犯がどれほど頭の回る相手か見きわめるためには、捜査側の機転や判断力も要される。

「嫌な終わり方をしたことは?」

「一度な」トムは認める。「だが、誘拐された女性にとってじゃない」

「パートナー?」

「ああ」

プロフェットはひとつうなずいた。

「そいつに警告は?」

「した」

プロフェットの視線がトムの腕をなぞり、タトゥを隠すブレスレットで止まった。

「俺はそのパートナーとは違うぞ、トミー」

「毎度毎度それを言うつもりかよ？」

「言って聞かせる必要があるみたいだからな。てめえは、そろそろ〝パートナーを殺しちまうのがボク怖い〟のレベルは卒業できたかよ？」

「お前は本当に根性悪だよ」とトムは呟く。

「お前はいつまでもそいつに慣れねえよな。だからお似合いだ、だろ？」

「お前を殴るかキスするか迷うね」

「大体は両方やるのが正解だ」プロフェットが忠告してくれた。「ま、お楽しみはとっといたほうがいいかもな、今は」

そろそろ降下開始だ、スピーカーからのミッチの声によれば。だがトムはプロフェットの上腕にさっと強い一撃を叩きつけると、顔を引っつかんで引き寄せ……無茶苦茶にキスをした。シートに押さえつけ、腰を擦りつけて……二人とも、シートベルト着用までろくに時間がないのはわかっていた。

荒々しく、熱っぽく、押しつけた腰を揺すって、次の瞬間にはどちらも自分のズボンを引き下ろしていた。トムは互いのペニスをまとめて握りこみ、一気にしごく。プロフェットがのばしてきた手で性器のピアスをひねられると、トムはたちまち達していた。プロフェットもすぐ続き、震えながら、トムの唇の中に何か囁く。二人とも一度もキスをやめていなかった。

トムは息をつこうと、わずかな隙間を作る。二人はそのまま、額を合わせ、喘いだ。微笑みながら。

たしかに、とトムは思う。プロフェットにいつまでも慣れないのは、いいことなのかもしれない。

5

地面が近づくと、途端にプロフェットはさらに落ちつきを失った。シートベルトは締めていたが、前のめりになって窓の外と扉へ交互に視線をとばす。まるで飛行機の着陸がのろければそこから今すぐ飛び出すぞ、という様子で。車輪が地面にふれた瞬間、ベルトを外してトムを乗りこえようとする。まだ機体が貧弱な滑走路の上で小さく跳ねているというのに。舗装などない路面はでこぼこだ。ミッチから幾度「おとなしく座ってやがれ」と怒鳴られてもプロフェットは止まらず、トムは二人の機嫌が互いに感染しているのかと思う——特にプロフェットがミッチに「口出すな」とうなるのを見て。

そして、ミッチは黙った。

トムは書類を集め、できるだけのバッグを担いだ。なにしろプロフェットはすでに滑走路の雑草まみれの縁に立ち、銃を手に、手配してあった車を確認していた。トムは、プロフェットから安全確認のサインが出るのを待った。今以上にあの男の神経を逆なでしたくはない。

やがて、やっとプロフェットが腕を振る。車まで来たトムへ、プロフェットは後部のドアを開けながら「残りの装備は俺が取ってくる。チェックした後で車を無人にしたくねえ」と言った。

トムも同意だ。飛行機からたかだか六メートルほどだが、その六メートルでプロフェットならどれだけのことができるか知っている。トムは両肩にバッグをまとめてかつぎ、周囲を見回した——一帯にはまるきり人気がないが、明らかに、即席の着陸ポイントとしてくり返し使われているようだ。

「ジャーナリストがよく来るのさ」

プロフェットが説明し、トムにキーを渡して車に荷物を積みこむと、ミッチとジンに別れの手を振って、乗りこんだ。トムが目的地を携帯に入力し、ナビに従って走り出す横で、プロフェットはシートの下に武器を隠している。

「つまり、俺らもジャーナリスト？」

プロフェットはうなずき、小さな書類入れを手渡した。中には新しい身分証や証明書類が、きっと入国スタンプを捺された偽造パスポートこみで、入っているのだろう。トムはそれを尻ポケットにしまうと、元の身分証をプロフェットへ渡した。プロフェットがそれを自分のバッグにしまいこむ。これで新しい身分が二人の存在を隠してくれる。

「ブードゥーにビビッと来るもんはねェか、ケイジャン？」

いきなり、プロフェットがたずねた。

そして、そう、たしかにいくらか引っかかるものはあったが、この手の任務につきものの感覚過敏のせいなのかはまだわからない。トムは肩をすくめ、ただ道に集中した。

一時間もしないうちに、小さな、柵で囲まれたホテルの前に車を入れていた。ビーチが近いのでいわゆる観光客用のホテルがある。テロリストの巣にも違いないが。これだけ海が近く、出国や入国を妨げるものがろくにないのだ。

車を停め、二人は装備をすべて運び出す。ひとつとして車内に残していく気はない。見る者が見なければ、普通の荷物としか思わないだろう。

「チェックイン、やってくれるか。お前の身分証の名前でだ」

プロフェットは少なからずほかに気を取られている様子だった。携帯を取り出し、ロビーの横で立ち止まった。

「やっとくよ」

トムはフロントの受付に新しい身分証を見せた。特に警戒もされない。山ほどのジャーナリストがここを通りすぎていくのだろう。

キーを受けとったトムが向き直るより早く、プロフェットの声が聞こえた——大声で、怒鳴ってはいないが、明らかな命令の響きがトムの全身を震わせ、同時に神経を張りつめさせる。

「出てこいよ、マザーファッカー」

振り向くとプロフェットがロビーの中央に立ち、フロントに——そしてトムに——背を向け、ぐるりと前を見渡していた。誰もいない。それでもプロフェットは凄む。

「てめエが俺の見張りかよ？　上に干されてんのか、ああ？」

周囲には誰の姿もなかった。ホテルの受付を除けば。その受付はイカれてるのかという目でプロフェットを見つめている。

たしかに……そう見える。だがトムの感覚は今日ずっとぐらついていて、てっきり飛行機での移動や目前の任務のせいかと思っていたが——プロフェットといるとすっかりバランスが崩れるし——もしかしたらそうではなく……。

「プロフ——」

プロフェットはトムに目もくれなかった。

「出てこいよ、このゴミ野郎。てめえのみじめな一生で一度くらいタマのあるとこを見せやがれ」

ふっとプロフェットが動き、半分向きを変えて、トムに横顔を見せる。そこで止まった。長い廊下の入り口に影を落とす一群のヤシの木のほうを、まっすぐ見据えた。両腕は自然に垂らし、拳ではなくゆったり開いた手を軽く揺らしていた。トムがあまりにもよく知る姿。

戦いの準備。戦いを待ち受けている。

背丈はないががっしりした男の、カーキ色の上下を着た姿が、いきなりそこに現れていた。自分が誰を予期していたのか、トム自身さだかではない。キリアンあたりか？

だが何にせよ、あの映像で見た顔に、ここで会うとは思いもしていなかった。手錠でつながれていたテーブルでプロフェットがあやうく殺しかけた男。くり返し映像を見たトムは、相手の憎々しい顔は闇の中だろうと見間違えはしない。

この男を吹っ飛ばしたい衝動を、拳を握ってこらえた。だが長くはもたない。

「プロフェット」と男が呼んだ。

「そろそろ顔を見せる頃だと思ってたぜ、ランシング。こんなことしながら給料もらえてんのかよ？」

ランシングがニッと笑った。

「わかってるだろ、お前は俺の特別プロジェクトだからな」

ランシングの言い方にトムの肌がぞっとざわついたが、身じろぎもしなかった。待つ。見守る。プロフェットはあまりにも落ちつき払っている——ランシングもそれはわかっている筈だ。

一体どうして、プロフェットはこうも平然としていられる？

「今回は、俺に何の用だ？」とプロフェットがたずねた。

「お前こそ国外へ出る理由などないだろう」

「俺は出国禁止にはされてねェんでな」

プロフェットがぴしゃりと言い返す。

ランシングの視線が動き、トムへとすべった。

「共犯者連れか」静かに言った。「腕が落ちたな、プロフェット」

プロフェットが微笑む――そしてトムにはその瞬間、わかった。わざわざランシングが追ってこられるようにしたのはこいつの仕業なのだと。この男。トムにブードゥーで何か感じないかたずねたのもテストだったのだ。ぶち殺してやりたいが、今のところはランシングの首を引っこ抜いてやりたい衝動が勝る。

プロフェットが肩をすくめた。ニヤッとして。

「この十年、てめえはいつも俺より一歩出遅れてきたじゃねえか。やっとつかんだ手がかりを、俺の投げたエサかもしれないとは疑いもしなかったのかよ？」

ランシングの顔を、ちらっと陰がかすめた。ほんの一瞬。見間違いかとトムが思うほど。だが恐怖がにおう――トムのものでもプロフェットのものでもない恐怖が。

プロフェットはあえて、ランシングをここへ誘いこんだ。どんな目的であれ、ホテルのロビーでランシングを殺すためではなかっただろう。だが仇敵というのは厄介だ――直に対面した時の、己の反応は予測不可能。

大体は、プロフェットはトムの知る誰より強い自制心を持つ。だがそんなプロフェットが荒々しく、一瞬につめよって、不意打ちでランシングを床へ転がした瞬間にもトムは驚かなかった。

ランシングもあっさりとは倒れない。プロフェットと対等の体格ではない――ＣＩＡ局員は大抵よく鍛えているが――とは言え、ランシングにはプロフェットにあふれるものと同じ、混じり気のない、むき出しの憤怒が満ち満ちていた。そして二人とも、もはやその怒りを隠しもしていない。

トムの胃がねじれた。止めには入らない。プロフェットから求められない限り。これはプロフェットが挑むべき戦いだ――戦いのことならトムにもよくわかる。

トムはあの映像で見たのだ、プロフェットがランシングを、彼のチームの目の前で圧倒するところを。ランシングを人質に取り、半ば殺しかけながら、プロフェットは笑っていた。となればランシングにとってこれはプロフェットと同じほどに私情絡みであり、それをごまかす気もすでにない。拳を握りしめるトムの前で、プロフェットとランシングが転げ回り、拳が肉を打つ音が響き、呻きや悪態が宙にこだました。

ちらりと振り向くと、ホテルのフロント係はまだデスクの後ろにいたが、じりじりと背後のキャビネットへにじり寄ろうとしていた。銃か、緊急通報ボタンか。トムは向き直って銃を抜いた。

「おとなしくしてろ。セキュリティを呼んだのか？」

フロント係は目を大きくして、首を振った。

「怪我をさせる気はない。何を見たか忘れてくれれば」トムは丸めた札束を取り出し、歩みよって手渡した。「わかったか？」

「とても、よく」

「よかった。ロビーの監視映像はどこで見る？」

フロント係が指さした。

「常時監視か」

「いえ、巡回パトロールが来るだけ。俺が映像を見て通報する」キャビネットも指した。「機材がそこに。無線も。今夜は暇で――夕飯から帰ってきた時、ついしまいっぱなしで」

「命拾いしたな。ではロッカーに入ってもらおうか」

「でも――」

「安心しろ、誰かが後で見つけてくれる。とにかくこの先三十分、中でじっとしてろ。音を立てるな。それでその金はお前のだ。ほら、鍵をよこせ」

フロント係は熱心にうなずいて、小さな鍵の輪を渡すと、いそいそとロッカーへ入っていった。トムはロッカーの鍵を閉めてドアノブの下に椅子をあてがったが、その間も戦いの音が背後で響き、相変わらずの激しさがうかがえる。

二つキーを試した末、三つ目のキーでキャビネットの監視カメラがあらわれた。巻き戻し、自分とプロフェットが映る部分をすべて消すと、カメラの電源を切る。

体を起こした時、やたら静かになっていることに気付いた。カウンターをさっと回りこむと、プロフェットが倒れたランシングを見下ろして立っていた。

「死んじゃいない」

そうプロフェットが告げる。今にもその事実を書き換えてしまいたそうで、欲求を必死で押さえているように見えた。

トムはすぐさまプロフェットのそばへ行き、肩に手をのせて、自分のほうへ目を向けさせた。

「ここまでだ」

「こいつをこのままにしていけるか」

プロフェットはそう絞り出し、足元で仰向けにのびているランシングとトムに交互に視線をやった。

答える自分の声に、トムは己の決断を聞く。

「お前は、これ以上何もしない。俺がやる。お前はＬＴのところへ向かえ。今すぐに」

プロフェットは彼をまっすぐ見据えた。

「すでに俺の手は汚れてるのにか？」

「俺の手がこれから汚れるほどじゃないさ。後から追いつく」

トムにはわかっていた。プロフェットがトムを受け入れられるか、彼の力をたよりにして対等と認める日がくるのか——未来が今、この瞬間にかかっているのだと。ここが分岐点だ。

プロフェットが彼を見つめた。

「てめえムカついてんのかよ」

「まったくその通りさ。お前にハメられたんだからな」

「そりゃ冗談のつもりかよ、T？　俺は一歩たりともお前をあの男に近づけたかねえよ」

「ならその手であいつをどうする気だった」

「真実を吐かせるのさ、今回こそはな。お前をLTのほうへ向かわせるつもりだった」

「じゃあ予定はそのまま、役の交換といくぞ」

「どうして」

トムはプロフェットの頬骨の上の痣を、まるで癒せるかのようになぞった。

「あの男はもう、お前からあまりにも多くを奪いすぎてる」

「たしかにな。だがこれ以上は何も奪わせねェよ。お前の手を汚させたり——」

トムはプロフェットの肩を手で、強く叩いた。

「行け、プロフェット。装備を引っつかんでここから出てけ。話は終わりだ。後は俺にまかせろ」

　プロフェットは鋭い息を吸い、ほとんど正気づいたように見えた。ランシングを見下ろし、またトムを見る。

「どのくらい遅れるつもりだ」

「何時間か後から行く。もう少しかかるかも」

　プロフェットがうなずいた。何か言おうと口を開けたが、トムが先に言った。

「行け、プロフ。今すぐ」

　そしてプロフェットは、言葉通りにした。バッグをいくつか肩にかつぎ、こわばった足取りでホテルを出て車へ向かう。

　トムは肩にランシングを、逆の肩に自分のバッグをかつぎ、階段へ向かった。チェックインした部屋よりも下の階の、離れた部屋のキーをフロントから失敬する。本当なら別のホテルに移りたいところだ。ランシングが単独行動かどうかも不明なのだ。だがこの男が叩きのめされて十五分経っても助けが来る気配はない。

　この先も、トムは誰の手も届かせるつもりはなかった。

「お前はひとつの駒にすぎないのさ」

ランシングが、いかにも平然と言った。

また十五分が経っていた。ランシングを叩き起こそうとピッチャーに水を入れてきたところだ。だが今、振り向いたトムは、じっとこちらを見ているがっしりした金髪の男を眺めた。

プロフェットにぶちのめされてなお、この男が自力で覚醒したということが、トムの警戒心を高める。隙を作るつもりなどない以上、きつくランシングを縛ってすべての武器を取り上げ、武器になりそうなものもすべて遠ざけてある。だが、ランシングの回復力の高さは心しておく必要がありそうだ。

室内が盗聴されていないかどうか調べた。テレビをつける。部屋は見晴らしがよく、ビーチが正面だ。波は最高のノイズ源だ、うまくいけばランシングをバルコニーに引っ張り出したとしても悲鳴を消してくれるだろう。

やるとしても後だが。今はまず——。

「CIAはジョン・モースは戦死(KIA)だと報告しているな」

ランシングが鼻を鳴らす。

「そりゃプロフェットの奴がお前にそう言ってるだけだろ」

「CIAは死体を見つけたと言っていた」

キリアンが、プロフェットにそう言ったのだが。CIA側ではその情報を認めも否定もしていない。

「だから、そいつはプロフェットがお前に言ってるだけだろ。死体なんかあったら俺がここまで来る必要がどこにある？」

「つまり、あんたは自分の組織から嘘をつかれてるってわけだ」

「それか、お前にその情報をよこした奴が嘘つきかだな」

痛いところだ、特にその情報源がキリアンときては。

「プロフェットはお前に、アザルを殺したと言っただろ」

「それがあそこには死体なんかなくてな。つまりプロフェットは許可されてない殺しをしたと白状し――」

「自分の身を守るためだろう」

「相手を武装解除して尋問のために捕らえることだってできたさ。だがそうはしなかった。そして突如として、アザルは行方知れずになった」

「あんたは本気で、プロフェットがジョンと一緒にそれを仕組んだと思ってるのか？」

ランシングは微笑んだ。

「本当に思ってるさ。お前はあいつに操られてんだ。ジョンもそうだったよ。一度でも考えたことはないか、仕切ってんのがジョンじゃなくて、すべての糸を裏で引いてんのは、お前のパ、パ、パートナーじゃないかって？　奴のおなじみのやり口で？　昔ながらのな」

「そりゃ是非詳しく聞きたいね」

ランシングの笑みが歪んだ。

「どうせ何もわかっちゃいないだろうがよ」

警告抜きで、トムは手の甲でランシングを殴りつけた。椅子が床に倒れて跳ねるほどの勢いで。数秒後、ランシングが呻くように言った。

「てめえをぶち殺すぞ、トム・ブードロウ。プロフェットにもそう約束してやったよ、何年も前にな。奴の人生を地獄にしてやるって。その通りになるぞ。手始めはまずてめえだ」

トムはぐいっとランシングを、椅子と一緒に引き起こし、また殴った。今回は横隔膜と肋骨を狙ってリズムよく二発叩きこみ、ランシングの息を奪う。やっと息を取り戻したランシングの声は低く、抑揚がなかった。

「俺を気絶させちまいたいんだろ……エリヤ・ドリュースについて聞きたくないことを知るのが怖いんだろ。奴と寝たパートナーがお前だけだと思うか？　奴をかばって口裏を合わせたパートナーがお前だけだと？　よく考えろ」

トムは腕組みし、プロフェットを破滅させようと強烈な執着をむき出しにする男を眺めた。それから背後へ回りこみ、ランシングの指へ手をのばす。

「トム、命が惜しけりゃ――」

ランシングは最後まで言えなかった。指を二本、立て続けにへし折られて咆哮を上げる男を、トムは問いただす。

「ジョンが、アザルに協力して自分の部隊への襲撃計画に加担したという証拠はあるのか？」

ランシングが、両目をギラつかせてトムをにらんだ。

「ある」

「だがプロフェットが噛んでたとは証明できないだろ」

「ＣＩＡは、俺に何年もこの件を探らせてる。根拠としちゃそれで充分だろ」

「そう思ってたなら、どうしてプロフェットを拷問しといて、わざわざ解放した」

「あいつの足取りを追うためさ。いつか必ず、ジョンのところまで俺をつれていってくれるからな。もうおかげで随分と近づいた。お前はどうせ、それもただの偶然だと言うんだろ？」

またランシングを殴りつけてやりたかったが、駄目だ、その一言が刺さったとこの男に教えるわけにはいかない。

「なあ、お前はプロフェットの話をべらべらしゃべるふりをしてるが、聞く価値のあることは何も言わないな、ＣＩＡ。お前らはプロフェットにジョンは死んだと言った。なのにお前はジョンがテロ組織を仕切ってると言い出す。それも、プロフェットと組んで。だがプロフェットのことは自由に動き回らせている。なんの筋も通ってないな」

「お前が知ってる情報なんて、プロフェットが投げ与えたかけらだけだろうが。ちょっとでも考えてみたか、自分が汚れ仕事の役として利用されてるだけかもしれないって？　お前だけじゃなく、ＥＥ社と、ＳＥＡＬｓのチーム全員が？」

ランシングはニヤついていた。

「プロフェットに聞いてみたらどうだ、ろくな収入源もない筈なのにこの十一年間どうやって昔のチームがうまくやってこれたのか」

「彼らなりのやり方があるんだろ。だがお前の言うことも一理ある——十一年間だぞ。お前もプロフェットを知ってるだろ、そこまで気の長い男じゃない」

ランシングは、トムを小馬鹿にするようにせせら笑った。

「股じゃなくて頭で考えろよ、プロフェットはいざとなれば辛抱強い奴さ。ジョン・モースもな。コインの裏表って奴だ。プロフェットはまるで友達を心配してるみたいなツラをしてみせる。お前らはジョンを殺しにつっこむ——そこで別のテロリストを殺して終わりって寸法だ」

「テロリストを殺すのはあんたたちの最優先事項なんじゃないのか？」とトムが反問する。

「テロリストの身柄確保が、最優先事項だ」ランシングが訂正した。「プロフェットとジョンにとってサディークは邪魔者だ——奴らの前にいるのはもうサディークだけだ。あいつがいなくなりゃ、ジョンとプロフェットだけがすべての情報を握って、これまでサディークやほかのテロリスト連中にも無理だったことまでできるようになる」

ランシングは椅子の上でごそごそ動き、トムはそれを注意深く見ながら、拘束が緩んでないかどうか、いつのまにか武器になるものを手に入れていないかどうかと、周囲を回る。ランシングは肩ごしに彼を見て、たずねた。

「知ってるか、プロフェットが何年もかけて核研究者を手元に集めてるのを？　身柄を守るという名目で、な。一人の人間に、そこまでの力が集中していいと思うか？」

それは、トムがこれまで考えたことのない見方だった。

「専門家をＣＩＡの好きにまかせておくよりはマシなんじゃないか」

「すっかり奴に丸めこまれてんな」

ランシングが吐き捨てる。

その鼻からは血が垂れていた。唇も三か所切れている。

だが、目はまだ決意に燃えていた。

――この男は、正義は己にあると盲信しているのだ。

なんて野郎だ。

ランシングは、じっくりとトムを眺めた。

「プロフェットが核専門家をかくまってるなんて知らなかったんだろ、お前？」

いや、トムはゲイリーとその家族については知っている。ただほかの専門家たちにもプロフェットが目を配っているとは知らなかった。

筋は通る。たった一ヵ月で終わり、というタイプの仕事ではないのだし。特にプロフェット――あの義務感と使命感をずしりと背負った男が、ただ人々に背を向けて忘れ去るわけがない。

それらの専門家の存在をトムに話さなかったことにも理はある。話せば危険の増大を招くだけだ、対象者の身に、その家族の身に、そしてトムの身に。ランシングを見つめてトムの思考は目まぐるしく走る。完全な情報はひとつもない、だがそこは問題ではない。ジョンが生きていると、ＣＩＡ諜報員の口から聞けたからには……。

畜生。一体、あの任務で何が起きたのだ？　そしてその前、プロフェットとジョンが車にハルを乗せるまでの何時間か、何日間か、何週間かに……。

「お前がここに残って俺の相手をしてるのはどうしてだろうなあ、トム？」

ランシングの凝視。トムを読みとろうとするように。いい感覚ではなかった。

トムはきっぱりと、確信をこめて答える。

「あいつにお前を殺させないためだ」

「いいや、違うね。お前はプロフェットを守ろうとしてるわけじゃない、それ以上にあいつを疑ってんのさ。知りたいんだろ？　そうでなきゃ後に残ったりはしないさ。それともあいつに尻尾ふりふり、都合のいい時だけどこかにつれてってもらえりゃ満足か。あいつがお前に見せたくないことをする時は、ＥＥ社でお仕事して」

「そこまで言うなら、証拠とやらを聞かせてもらえるだろうな」

ランシングが刺々しい笑い声を立てた。

「死人が出りゃ、そいつが充分な証拠ってやつになるだろうさ。お前は何も知らないんだよ。知るのが怖いんだろ？　プロフェットはお前に、奴を信じてついてくのに足りる分しか話しちゃいない。奴に恋するだけの分しかな。お前が一人目ってわけじゃないんだぜ？　前の奴は逃亡者として生きながら、テロリストごっこをして、追われる身で、その間プロフェットは自由にうろついてられるってわけさ」

ランシングは、横を向いて唾を吐いた。

「信じられないか、ああ？　お前はプロフェットの能力を知ってる。少なくとも知ってるつもりでいる。だがな、お前は一度も実際には、本気のプロフェットに何ができるか見ちゃいない。お前がこれまで見てきた分を何万倍にもして考えてみりゃ、やっとどれだけ奴が凶悪な男か少しはわかるかもな。プロフェットは、あらゆる意味で、生きのびることに人生を賭けてきた男だ。奴の救出作戦とやらはどれも都合よく、テロ攻撃が起きたまさに同じエリアで実行されてるんだよ。お前はそんな奴を助けてる。奴のためにＣＩＡ局員を殺そうとしてまでな」

トムは、見せかけの余裕と、本心からの誇りをにじませて、微笑んだ。

「お前は、プロフェットを手なずけられなかったのがムカついてるだけだろ」

「お前にはできるのかよ、トム？」

この最低野郎が。トムがそんなことを望むとでも？

「じゃあお前の話を信じたとしよう、ランシング——で、それから？」

「もし俺が大物テロリストと同居してりゃ、やることはひとつだ」ランシングが応じる。「一発の弾丸。それで片が付く。ジョン一人だけじゃ、どうせもたないさ」

トムはまばたきした。できる限りおだやかに背を向けると、自分のノートパソコンを手にし、電源を入れ、記憶に焼き付くまで見た映像を再生した。

画面を凝視してランシングは険しい顔をしていたが、やがて顔をそむけた。

「これを俺に送ってきたのはお前か？」

トムは問いただしながらランシングの後頭部をつかみ、この男がプロフェットを尋問している映像に顔をつきつけた。

「まさか」ランシングが吐き捨てる。「こんな映像、全部処分してやったんだ」

トムはニッと、歯を見せてやった。

「また一つ、お前のしくじりってわけか」

ランシングは単に答えた。

「それをお前に送ったのは俺じゃない。コピーを持ってたのはプロフェットだけだ」

この映像をトムが見ていたと知った時の、プロフェットのあの反応は絶対に芝居などではなかった。トムには誓える。

それでも心のどこかが揺らいで、トムは、それをもたらしたランシングを憎む。

ランシングは首を傾けようとして痛みにひるんだ。重苦しい声で問いかける。

「プロフェットから聞いてるか？　俺があいつのすべてを奪ったってな。忠告はしちゃもらえなかったか、次はお前の番だって？」

トムはランシングの顔面を張りとばした。

「俺が次の獲物に見えるかよ？」

それを聞くと、生き生きと、ランシングは血まみれの歯を剝き出して笑った。

「お前の男と、俺のほうが先にヤッてるのが気に入らないかよ？」

残忍な口調に、トムの動きが凍りつく。

「そうさ。プロフェットにゃすっかりしてやられたからな、俺もあいつをヤッてやったのさ。あいつは誰にも訴えたりしなかったからな、本当は俺にヤラれんのが好きだったんだろうよ」

白く、焼けつくような憤怒でほとんど目がくらむ。このクズを殺してならない理由は何もない——何ひとつ。何ならその罪で裁かれもしよう。だが幸いなことに、トムは今回のすべてのやりとりを録音しておく程度には冷静だった。

ランシングには意外なことだっただろうか。

「お前を生かしといてやる、プロフェットのお楽しみを奪いたくないからな」

自分の声がどれほど落ちつき払って響くか、トム自身が驚くほどだった。

「言っとくがな、俺の気がこれですんだとは思うなよ」

「覚えとくんだな、それは俺じゃなくてプロフェットに向けるべき怒りなのさ。そのうちお前にも、俺が正しかったんだってわかる日が来るぞ」

6

プロフェットは、LTのいるホテルまで三時間、純粋なアドレナリンのエネルギーだけで車を走らせつづけた。はじめの三十分がすぎると両手が激しく震え出し、車を停めたり引き返してトムを引っつかみにいかないよう耐えるだけで必死だった。

くそ、トムにひどいことをさせている。自分にランシングが尋問できると考えていたが、結局は不可能だった。トムのようにはできない。

トムは何を知るだろう？　何かは学んでくる筈だ。

もしプロフェットがトムをわかっているとするなら——わかっているとも嫌になるくらい——トムの尋問で四十八時間、ランシングから時間を稼げた筈だ。

——もしあいつがランシングを殺したら？

ランシングのことなどどうでもいいが、トムに罪の意識を背負わせたくはない。一生、引きずっていくことになる。

だがトムの目の中にこそ嵐はあったが、残りは至って冷静だった。自分を制御できている。

この九ヵ月で、彼は大きく変わった。まあそこはお互い様だが、実のところプロフェットは自分は後退した気がしている。

ラジオはつけない。なのに認識票(ドッグタグ)のカチャカチャ鳴る音が聞こえてこず、反射的に車の床を見回した。大体の人間は気付きもしない音だろうが、プロフェットにとっては、ひとつひとつの小さな金属音が大音量でこだまする。

自分のシボレー・ブレイザーではなく、古ぼけたランドローヴァーに乗っているのを思い出すまで、数秒かかった。

トムは、あの認識票に気付いていた――プロフェットにはわかっている。車を借りていった時に拾ってじっくり見たかもしれない。あるいはグローブボックスの中を探して古い登録証を見つけ出し、そこに並ぶプロフェットとジョンの名を見たかもしれない。だが見ていないかもしれない。

まだプロフェットは何ひとつ捨てず、物が神秘の力でも宿すかのようにすべてを残している。これでジョンを光の下に誘い出せるかのように。

この何ヵ月か、どこか時間がのろく流れているような感じがあった。なじみのパターンだ、まるで全員が――自分とトム、マル、レン、キング、フックの皆が――何かの訪れを待ち受けているような、人生が大きく変わる激流がやってくるとわかっているような。また。

かつては、一瞬でも早く来いと焦がれていた。今となっては、その嵐がもたらす結末への思いが、流れの勢いを少し押しとどめている。ほんの少しだけ。

『あまりよくねえ情報だな』

レンは昨夜、いつもの、かすかに引きずったような発音で報告した。レンの「あまりよくない」は、すなわち臨戦態勢（デフコン1）が近づいているという意味だ。テロリストの傍受情報——それ自体はありふれたものだが、サディークの周囲に重大な動きがある。そしてそう、たしかにプロフェットにはランシングが追ってくるだろうという、これ以上ない確信があった。プロフェットとジョンが組んでいるとあの男が思いこんでいる以上、ジョンがアフリカのどこかにいるという情報と合わせて、これに食いついてこないわけがない。

皮肉にも、今回プロフェットがこの国へ来たのはＬＴのためだったわけだが。核専門家たちの救出と保護活動にプロフェットを引きずりこんだ、すべての始まりの男のために。

「踏んばれよ、トミー」

そう、口に出していた。トムに届けと。たとえここにいなくとも——そして、今回の計画のためだけではなく。今、トムがしていることが、彼ら二人の関係を変えるだろうと、わかっている……プロフェットがこれまで言えなかったことが。どうせランシングは、いかにも信じたくなるような言葉をあれこれ並べ立てているだろう。トムのプロフェットへの信頼が揺らがぬように願った。もし揺らげば、トムは外すしかない。ジョンを決定的に止めるこの計画から。

ＬＴのいるホテルに着くと、部屋に入った瞬間撃たれないよう先にメールを送る。ＬＴは

「随分早いな」という言葉でプロフェットを出迎えた。

「野宿したほうがいいかよ？」

　プロフェットは声の苛立ちを消しきれない。

「誰かつれてくると言ってたんじゃなかったか」

「そっちこそ言ったよな、これからは必ずディーンの活動には専任ボディガードを何人かと、周囲の監視をつけるって」

　ＬＴの表情が険しくなった。

「今以上に俺に責任を感じろと？　まだ足りないと言うのか」

「あんたの心の中なんか俺が知るかよ」

　プロフェットはぼそっと呟いた。


　数時間後、傷ついた拳で、トムはランシングをバスルームのシンクに拘束して猿轡をかませ、血まみれのまま閉じこめた。何時間かあれば脱出はできるだろうが、何日間かは安全なところに隠れるだけで精一杯だろう。しっかり肋骨が折れている。

　トムの内に鬱積した憤怒も、時には世の中の役に立つようだ。プロフェットが己の激情を解き放つ前に止められたし――トム自身、理性と自制を保っていられた。成長している、と言えるだろう。

ＣＩＡが車に、それもレンタカーにまで発信器を仕掛けることも学んでいる。そこでトムはランシングの車を、十五キロほど離れた別のホテルまで運転し、プロフェットの足取りを追ったかのように見せた。そこからは別の車を借りて、武器をしっかり身につけ、ＬＴのいるホテルまで数時間走らせた。

空港で乗りかえたあのレンタカーはホテルに見当たらなかったが、プロフェットが始末したのだろう。トムも数軒先に車を停め、夕暮れの中を歩いた。二つ、手早いノックが終わらぬうちにプロフェットがドアを開け、トムを部屋へ入れ、全身をあらためて、悪態をついた。

「俺は問題ない」

トムはそう告げる。プロフェットは首を振ったが、否定はしなかった。トムの頬に手を置き、キッと唇を引いている。トムはさらに安心させようとした。

「俺たちも問題ない」

そう言われてやっと、プロフェットはうなずいた。トムの背後から咳払いが聞こえたが、プロフェットは手を下ろしもしない。男の声がした時でさえ。

「お前が、トムだな」

トムが振り向くと、やっとプロフェットの手が離れた。

「そちらは、ＬＴだな」

ＬＴは五十歳くらいの男だった。まだいい体つきをしている――汗ひとつかかずに自分の半分は若い男を叩きのめせそうだ。黒髪は大部分白くなって、目は暗く真剣だ。休暇旅行中の観光客のような格好で、誘拐犯への身代金を運んできた男には見えなかった。

トムは、握手の手をさし出す。ＬＴもその手を握ろうとしたが、途中でトムの手を返し、拳の背とトムの顔とをちらっと見比べた。

「プロフェットに好かれてる理由が、これでわかったな」

プロフェットが「うるせえよＬＴ」と鼻を鳴らす。

「状況は？」とトムはたずねた。

プロフェットがトムの顔をじっと眺める。眉をひそめた。

そこにＬＴが割りこんだ。

「奴らからまた連絡が入った――身代金受け渡し時間を早めたいと。交渉の余地はなかった。プロフェットが早く着いたので、幸い計画を練る時間があった」

トムは何も答えなかった。プロフェットからパソコンを置いたテーブルの前へ来るよう手招きされるまで待つ。プロフェットの隣に座ってから、たずねた。

「何か変更点は？」

今ランシングの話をする気はないのが、プロフェットにも伝わった様子だった。ひとまずトムの問いに答える。

「LTが呼びつけられたほうの家は囮だと考えられる」自分で今日撮ってきたものらしい写真の、もっと小さな、見えるか見えないかという建物を指した。「こうやって、違う家に身代金を運ばせるだろ……」

「人質が生きてる証拠は出してきたか？」

「ああ、今日の午後遅くに」とプロフェットがうなずく。

「よし、じゃあLTが違う家へ金を持っていったとして、それから……向こうはどうする？金を奪ってLTを殺す？」

「それもありえるし、LTを生かしといて身代金をさらに釣り上げるか」

「ディーンは？」

「手元に置いたままで、彼の弁護士が金を払ってくれると期待する――それかディーンを殺してLTだけ残す」

プロフェットは息をついた。

「どれも結局、向こうがどれくらい焦ってるかにかかってる。こっちは南米ほど組織立ってないんでな、とっととカネがほしいだけで、稼ぐために同じ人間を二回誘拐することもやる。LTの話じゃ、ディーンはずっと連中に金を払ってきた――安全料、と連中が主張してな。後になって倍だの三倍だの要求してきたんで、ディーンがはねつけた。俺たちは迅速に動かねえと」

プロフェットの直感に、トムも反論する気はない。特に、同じ流れを感じている今は。

「向こうはＬＴも元軍人だってのは知ってるのか？」

「多分な、だが根拠はない。とにかく俺の指示に従え」

プロフェットはそう囁くと、それからもっと大きな声で言った。

「よし、ＬＴ、聞いてくれ。俺とトムとで先行する。あんたは後から来てくれ。俺たちから三十分あけて。計画通りの位置に車を停めたら、俺たちが見張っているから、カネのスーツケースを持って入るんだ」

「俺も一緒に行った方がいいんじゃないか？」

「向こうが予定を変えた場合にそなえて、あんたにはもう少しここに残っててほしい」

プロフェットのその答えを、ＬＴは真実と取ったようだった。実際、説得力がある。

その裏で、プロフェットとトムが何を企んでいるかというと……イカれた計画だ。トムの血が滾(たぎ)るほど。ＬＴが準備をしようと別室に消えるのをたしかめて、トムはたずねた。

「俺を信用して……数に入れるんだな。ランシングのことがあったからか？」

「奴じゃない、これは俺たちの話だ。お前は、俺のために奴と向き合った」

「俺は、やりたくないことは何もやってない。あの動画を見た瞬間からあいつをぶち殺したかったんだ。どうしてかなんて知らない、ただそう感じてた」

「だが、踏みとどまったな」

「少しは自制心が育ったんでな」

プロフェットが皮肉な笑みを作った。

「今夜は、そいつはカケラも使わなくていいぞ」

「自分の仕事はわかってる」

「知ってるよ、トム」プロフェットが言葉を切る。表情が張りつめていた。「もし俺を信頼できなければ、今、そう言え。現場に行く前に」

「罪悪感か、プロフ?」

「現実主義なだけさ」

「だな。俺は馬鹿じゃないぞ、ランシングからお前へのほめ言葉を聞かされるとははじめから思っちゃいなかった」

「ランシングが何を聞かせようとしたか、俺が知らないとでも思うか?」プロフェットがトムに迫る。「俺が核専門家を手元に集め、隠して、自分の目的のために独り占めしてるって言うんだろ」

唇をきつく引いて首を振ってから、彼はトムに指をつきつけた。

「それを心配してたら、お前を奴と一緒に残したと思うか?」

「よせよ、プロフェット——だから俺は馬鹿じゃない。ランシングの言うことなんかろくに信じちゃいない」

プロフェットは目をすがめた。

「ファック・ユー、トム。それも滅茶苦茶にな」その目が輝き、灰色の瞳に暗い、嵐の雲が渦巻いた。「あれはお前の戦いじゃねェってのに」

「わかってる。代理だよ。後悔はない。お前はどうなんだ？」トムは挑む。

「俺の後悔は、自分がもっと強いと思ってたことだけさ」

7

己の良識にそむいて助手席に乗り、拳が感染症を起こさないよう傷の手当てをしながら、トムはできる限り路面を見ないようにしていた。プロフェットは見られずにすむギリギリのところまで車で身代金受渡し地点に近づくつもりだ。幸い、向こうからは見つけづらい高台に車を停められた。

とは言え、正面から近づけばいい的(まと)だ。二人は鬱蒼とした丘の斜面を大回りのルートで、目的の家の裏へ回りこんでいく。車は脱出用だ。二人のどちらかが、ディーンとボディガードをつれて斜面を一直線に車まで駆け上がって逃げる間、もう片方はその援護につく。

プロフェットが説明した計画では、援護は自分の、人質をつれて丘を駆け上がるのはトムの役目だったが、トムに問いただされると渋々と、そう予定通りにはいくとは限らないと、そんな時には臨機応変でいくと譲歩した。

トムは単にあきれ顔でうなずき、特殊部隊からのそれ以上のご高説をかわした。

二人で半ば滑り、半ば匍匐(ほふく)前進して斜面を下りていく。丘のほうを見ている見張りはいないようだったが、屋内から監視されてないとは言いきれない。

プロフェットが低く聞く。

「時刻は?」

「LTの到着まであと十五分」

「十分だな。いつも早く着く」とプロフェットから直された。

「でかいほうの家は無人に見えるな」

「罠だろ。どうせドアに仕掛けがあるぜ」

トムは双眼鏡を動かし、目的の、小さいほうの家をとらえた。運よく、一階の小さな窓が何インチか開いているのを見つける。

「四人の男が見える。歩き回ってる」

「少し待て」

そう言いながら、プロフェットが熱感知器を操作した。

「よし、二階にもう二人見つけた。どいつも移動しているが……別の部屋に熱源が二つ、こっちはまるで動かない。クソ」

「人質に違いない、プロフ」

「あいつらを担ぎ出す心の準備はできてるか？」

「準備ならとっくに――お前が言ってるだろ、すべての突発事態に心構えをしとけって」プロフェットがうなずいて賛同してくる。「突入しよう」

「了解」

双眼鏡を銃に持ち替え、地面にぴたりと伏せて。二人はひそかに動き、小さな家の裏手およそ五メートルのところへと迫った。

プロフェットが計画を再確認した。

「俺が奴らの相手をして、こっちに引きつける。お前はディーンとボディガードを確保して車へ向かえ。スタングレネードを仕掛けてけ」

最後の指示は初耳だった。

「お前にも影響しないか？」とトムはたずねた。

「何とかなる。それにボディガードのほうが動ける状態なら、そいつの手を借りる」

「ディーンが元気なら？」

プロフェットはじっとトムを見つめてから、言った。

「とにかくディーンは車に運べ、どれだけ元気でも」

元ＳＥＡＬｓのディーンが元気だったならその力を借りないのは何故かと、トムは一瞬だけいぶかしむが、まあ財産や危険度の高さのせいかと片付ける。

「まかせとけ。それと、お前が合流するまでのＬＴの相手もな」

「十五分以内に合流しなければ、俺抜きでホテルへ戻れ。夜に、次のホテルで合流だ」

「プロフ……」

「これがマルやキングやレンやフックでも同じだ」プロフェットは言い切る。「自分だけ特別扱いされたくはねェんだろ」

その通りだ。それにプロフェットは、しっかりと己を取り戻して状況を把握している。トムはこの男を信頼していた。

「わかった。じゃあまず、二階の二人をライフルで片付けよう。面倒が減る」

「よし、それでいこう。同時に？」

トムはうなずいた。スコープを調整する彼の横でプロフェットも同じようにする。

「お前は右を」

言われたトムは標的を十字の照準線にとらえた。まるで永遠のような一瞬。引き金を引いた瞬間、世界がスローモーションで動き出す。窓ガラスが音もなく砕け、男たちが倒れ、プロフェットが瞬時のよどみもなく行動に移った。放たれた焼夷弾が完璧な弧を描いて正面の窓から

とびこみ、誘拐犯たちを奥へ、人質のいる場所から遠ざける。こちら側は山道のほぼ正面だ。プロフェットは手ぶりで指し示し、トムについて来いと指示した。

トムは従う。けぶる煙の中、二階へ走った。プロフェットが、床にいた黒髪の細身の男へ、続いて迷彩服姿の黒人の男へと寄る。その男がプロフェットに手を貸して、最初の男を立たせた。

「ディーンとレジーだ」

プロフェットが紹介しながら二人を指し、続いてさっと向き直って彼らの援護につく間、トムは駆け寄ってディーンをつれ出しにかかる。レジーに支えられていてもディーンは膝がうまく立たない。トムは逆側からディーンを支えてその口と鼻に煙よけの布を当ててやり――なにしろディーンはレジーにしがみついているのがやっとだ――家の外へ向かった。

外へと――階段を抜け、正面ドアを抜け、鬱蒼とした斜面までもう半ばというところで、プロフェットが足を止めてレジーを見た。

「連中を始末する。つき合うか?」

「まかせてくれ」レジーが答えた。「ディーン、もう心配ないからな」

ディーンが咳込み、それからうなずいた。さしのべた空いた手に、レジーが何かを押しこんでから、プロフェットと一緒に家へ戻っていった。

「ディーン、俺はトムだ。あんたを安全なところへつれていく。兄さんもじき着く。いいか？」

見やると、ディーンが目をとじ、うなずいたところだった。今すぐにでもディーンを肩にかついで現場から遠ざかりたい。現時点で誘拐犯グループの動きは封じていても、まだここは危険だ。トムの血が焦れて、ざわついている――プロフェットの痙攣がうつったか。

その時、ディーンの手がさっと、レジーに渡された太い棒を投げ出すように前へ動いたかと思うと、長い、歩行用の杖が現れていた。盲目の人間が、何かにつまずかないよう足元をたしかめる種類の杖だ。

トムはついディーンの顔をたしかめた。傷つき、火炎の煤に覆われている。目の焦点は合っていなかったが、トムが知る生来の盲目の人々と違ってぼやけたり曇ってはいなかった。

つまり視力は近年失ったのだろうが、どうしてプロフェットはこの点に言及しなかった？

ディーンが動き出すと、たしかに身ごなしに元ＳＥＡＬｓ隊員の片鱗はあったが、それでも脱水状態で動揺し、杖よりもトムにたよりきりだ。

「もう少しだ」トムは、足取りを休めずにディーンに教える。「上りきれば、その向こうに車がある。追手がいないか確認できる最適のポイントだ」

「あそこには、六人いた」

ディーンが息を切らせる。

「二階にいた二人を狙撃してから、一階を爆撃した」トムは答える。「最初の爆炎でさらに二人死んだ」

それで残り二人。プロフェットなら両手を縛られていても片付けられる。だが警戒を解いていい理由はない。特にディーンが弱り、トムにずっしりともたれかかる今は。

ディーンをつれて鬱蒼と暗い茂みを抜け、トムは背後で響いた銃声にも足を止めなかった。増援だ。ここの二人にはもう影響のない遠さだが……。

「半マイル先だよ」ディーンが呟く。「逃げる時間には充分だ」

ただし、プロフェットが残って全員片付けにかかろうとしなければ、だ。

「車が見えてきたぞ」残る数メートルをかき分けて進みながら、トムはディーンの体重のほとんどを支える。「あんたの兄貴もな」

「最高だね」

ディーンの口調は皮肉っぽかった。

爆発寸前のＬＴにも、少なくともいきなり怒鳴らないだけの理性はまだあった。もしディーンが崩れそうに車体にもたれかかっていなければ、その場で罵り出していそうではあったが。

トムはＬＴの手を借りてディーンを後部座席へ乗せ、ブドウ糖液の点滴をセットする。

ＬＴはディーンの頬をはたいて、眠らせまいとしていた。

「彼は大丈夫だよ。疲労と脱水だ。おそらくは軽い吸煙も」

点滴を開始して、トムはそう並べ立てた。ディーンが今しばらく眠ってやりすごしたところで何の害もあるまいに。

「いい加減ディーンの顔を叩くのはよしてやれ」

「俺にどうこう命令するな、若造」

若造？　成程、この手の男か。プロフェットもまだ現れない今、ＬＴはトムをご自分のサンドバッグにしたいらしい。ディーンが起き上がって「黙ってろ、兄貴」と言い放った後も、ＬＴはさらに声を荒げ、何の歯止めもなくこの数日分の怒りと焦りがあふれ出しつづけて、罵声で下方からの銃声や小爆発をかき消した。トムの無責任さを責め、計画や命令に従う重要さをわめいている。

あまりにもひどかったので、ディーンに平穏を与えようと、トムは車を離れた。勿論、ＬＴはトムを追ってきて悪態を吐き捨てる。

「貴様が誰だか知らんし、どうしてプロフェットが弟の安全を貴様なんかに託したのか――」

「俺は元連邦捜査官ってヤツだよ。保安官事務所でも働いたし、ＥＥ社との契約も結んでる。男一人を安全地帯へ運ぶくらいの資格はあると思うがな」

「貴様のせいでディーンは死んでたかもしれないんだ。プロフェットは昔から向こう見ず（カウボーイ）だったが、俺をのけ者にしたことはない。貴様の仕業だろう！」

「だが成功した」トムは簡潔に応じた。「その口を閉じるかせめて声を落とせ、ＬＴ。それで車の中へ入っていろ」

LTがトムの顔に指をつきつけた。

「これで終わったと思うな――」

トムはその手を引っつかんで横へねじり上げた。

「次に俺の顔のそばに手を近づけたら、その手は無事じゃすまないぞ。俺は本気だ。わかったら座って、弟の具合をたしかめてやれ、俺から力ずくで黙らされる前にな」

LTはさっと手を払い、ディーンのいる車の後部座席へ消えた。トムは丘の上でプロフェットを待ちながら、ぐずぐずしてないで早く来いと、あの男を置き去りにせずにすむよう願った。


プロフェットはレジーをつれて、M249軽機関銃を――デカくて可愛いマジなマシンガンだ――赤ん坊のようにかかえて戦闘地帯に戻りながら、自分のコントロールが切れかかっているのがわかっていた。見た目では平静この上なく見えただろうが。自制を保ちながら自制を失う、二つが同時に必要なのだとわかっている。最後に受けとめてくれるトムがいるのがありがたい――ランシングにすっかり自分をこじ開けられていたし、救出作戦中に見たディーンの表情で、心がバラバラにはじけそうだった。

炎を見て駆けつけた追加の連中のジープを一掃しながら――一分間七百発のパワーの前では敵ではない――プロフェットは己の、ディーンに対する憤怒に気付いた。あの男の顔に刻まれた恐怖を見てしまったなんて、最悪だ。その鬱憤ばらしに、こっちを殺しに迫る連中は最高のカモだった。

夜の中に断続的な銃声がはじけ、プロフェットの背後ではレジーが立って援護する。

恐怖は悪いものではない。だがあれは駄目だ、恐怖を抑えるどころか、ディーンはただ心底からすくみ上がるところまでいっていた。己を守れず、守ろうとすらできないほどに。

プロフェットが突入した瞬間、ほんのわずかな一瞬、彼にはディーンが怒っているように見えた。救出されたくないのだと。

(それともてめェの話か？　ただの自己投影か？)

いや違う。そのくらいはプロフェットにもわかる。あの二人が、救出の手がのびていることに気づいていなかったわけでもない。プロフェットが口を覆い身を低くしてつっこんだ時、ディーンはただ床に座って待っているだけだった。そばではレジーが彼を立たせようと必死だったのに。

たしかに、炎は動きの読めない敵だ。だが銃弾よりはマシだろう。レジーはわかっていた――ディーンだってどこかでわかっていた筈なのだ。あの煙が姿を隠す盾になってくれると。

そしてプロフェットから「ディーン、行くぞ――プロフェットだ」とうながされた時、ディーンはさっと、鋭く、怒ったようにこちらへ顔を向け……あの短い刹那、ディーンが抱いていた自殺願望は、プロフェットの見間違いではない。

それがわかるのは、時にプロフェットにも同じ思いがよぎるからか。もう直視しなければ——トムとあいつのブードゥーはとうにこの目のことを勘付いているかもしれないと。プロフェットから打ち明けられるのを待っているだけなのかもしれないと。畜生、トムのほうから「知ってるぞ」と切り出されたほうがどれだけ楽か。

楽にいきたい時もある。今、手の中にあるこのマシンガン？　最高に楽だ。

派手な報復は、二度とディーンを誘拐したり身辺に手出しするような馬鹿をさせないためだった。逆に、反乱軍からの復讐を招くかもしれないが、来るなら来い。

全部灰にしてやろう。レジーの手を借り、死体を燃える家へ放りこんだ。すべてが終わった時、痕も残らぬように。

8

プロフェットからフラッシュライトの合図が来て、トムは初めて彼らの接近に気付いた。車のエンジンをかけ、プロフェットとレジーが乗りこむのを待つ。二人が乗るとすぐに山道を走り出し、あの家から離れた。ＬＴはひとり自分の車でついてくる。

パーキングランプの光だけで――そして己の感覚だけでトムが車を走らせている間、プロフェットが鷹のように道を見張っていた。まともな道へ出たところで車を停め、待ち伏せやバリケードがないかどうかプロフェットが下りて道を調べにいく。

車へ戻ってきた。

「問題ない。もしバリケードが見えたらスピードを上げろ」

銃身を切りつめたマシンガンをシートの下から引っ張り出し、トムへ視線を投げた。

「いいな?」

「ああ」

トムは了解し、車を道へ出した。ライトをつけてこの路面でギリギリのスピードを出す。コープと組んだ経験から、この手の道が、よく言っても予測不能で、舗装路が一瞬でただの岩だらけの地面に変わると学んでいた。数ヵ月の乾季で大体の道は洪水の被害から回復しつつあるものの、どんな車もひっくり返るような穴もまだ残っている。

今回の目的地は、数時間先にあった。トムとプロフェットは皆を車に残し、ジャーナリストの身分証でチェックインした。直接車をつけられないので、観光ホテルのロビーを通っていくしかない。今の彼らが周囲の客にうまくまぎれているとは言えないが、反乱軍もここにつっこんでくるような真似はできまい。ホテルはぐるりと、客の護身用に雇われた兵隊で囲まれているのだ。それに足取りは消した。

車に戻ると、レジーがすでに装備を運び出していた。その時やっと、トムはレジーに片腕がないことに気付いた。現場での混乱の中、レジーの義手に取り付けられた金属の、鉤状の先を見落としていたのだ。

レジーがその腕を振った。

「洒落たヤツよりずっと役に立つのさ、毎日こいつとつき合うほうがいいね。いいパンチをくらわせてやれるんだぜ」

「ああ、お前の腕っぷしはさすがなもんさ」

ディーンが甘ったるく言った。随分回復したようだ。もう車から下りかけ、杖をのばしている。

トムとしては安全に、念には念を入れておきたい。

「おっとディーン、手を貸すよ。まだ弱ってるかもしれないし」

点滴のバッグを取ったトムのほうを、ディーンが見つめている。嫌がるかと思ったが、その様子はなかった。かわりにトムの腕をつかみ、車から完全に下りて、ディーンはふと止まった。トムの上腕をつかんでいた手を動かし、ブレスレットを探る。指でふれた。トムへ顔を向け、微笑んだ。

「ああ、そうか、これでよくわかったよ」

トムは問い返さず、ただホテルのほうへ向かった。ディーンは足元を杖で打っていたが、杖の先が地面にふれても何の音もしなかった。音もない動きが身についた男だ。

「たしかに、まだフラついてるね」

　そう、やがてディーンが認めた。

「随分良くなってるようだけどな。ただ、点滴はもう少し続けよう」トムは告げる。「食えば気分も良くなるさ」

「どうも。飯は楽しみだ」

　トムはそばに付き添ったが、歩きながらディーンはそれ以上たよってはこなかった。

　ロビーを抜けると、ディーンをつれて豪華な〝テント〟の方角へ向かう——大きな、独立した構造物で、中に三つの寝室をそなえたテント型のコテージはLTが借りたものだ。

　中へ入る前に、ディーンは向きを変え、数百メートル先の海辺へ顔を向けた。

「海の匂いが好きなんだ」とトムに言う。「この国も好きだ。わかってもらえないだろうけど」

「そうでもない。ただ、もっとしっかり身を守ったほうがいいだろうな」

　ムッとしたディーンは、たしかに兄とよく似て見えた。

「余計なお世話だ」

「あんたを助け出そうと俺の命を懸けたのも余計なお世話だったか？」

　トムは言い返す。ディーンがニッとした。

「このクソッたれが、って口を叩かれるのはいいもんだな。皆が俺にどれだけ優しくしてくれるか信じられないくらいだぜ、目が見えないってだけでさ。あれはムカつくね、だって基本的に俺はヤな奴なんでな」

「反論はしないよ」トムは間を置いた。「プロフェットが今やってる仕事にあいつを引きこんだのは、あんたか?」

「やめろとは言わなかった」と認める。「俺は、使命を果たすべきだとプロフェットに強く言ったんだ。危険な人生を送っているからこそと。あいつにはそれだけの腕があった、トム。今もな。あの時俺は、助けを必要としている人々がいるのに、あの才能を無駄遣いするべきじゃないと思ってた」

　トムはディーンを凝視した。

「それで、今はどう思ってるんだ?」

　ディーンが肩をすくめる。

「聞こえのいい話だし、あの時は本気で言ってたさ。でも俺は自分に、世界に、ムカついてたから……プロフェットに言って聞かせたことは俺が聞きたかった言葉だったのさ。その上、プロフェットはまさに完璧なはまり役だった。今も」

「マジかよ」とトムが呟く。

「プロフェットだって、大演説をぶった俺の本心なんかお見通しさ。あいつは馬鹿じゃない。そんな奴じゃあない。だが最初に俺にそのブレスレットをくれた男は、世界に何かの善を為せる相手にこれを託せと言った。できなかった時は、取り戻せと」

つまり、ディーンがプロフェットにブレスレットを渡したのだ。どこかの時点で、ジョンがそれを身に付けて……それをジョンが返したかプロフェットが取り戻したのか。

トムからはもう誰も——あの時プロフェットも一言も言わず、ただトムの手首のタトゥを認めたようにうなずき、革のブレスレットをタトゥの上に戻してくれた。両方ともが今や二人をつなぐ信頼の証、トムに己を信じる力をくれる存在。自分だけでは無理な時にも。二度と不可能だとしか思えない時でさえも。

トムにとって、このブレスレットはただ、プロフェットの神秘の力の証だ。もしこれが、まさに必要としていた時にディーンからプロフェットにもたらされたのであれば、この男の態度も許せそうだ。

「その話、聞かせてくれてありがとう」

「今さら俺に優しくなったりするなよ」とディーンが警告する。

「心配するな——あんたの兄さん相手に埋め合わせしとくさ」

「噂をすれば」ディーンが入り口で待つＬＴのほうを指した。「俺は消えるとするよ」

兄弟はすれ違いざまに一瞬足を止め、ＬＴがディーンの頬にふれると、身をよせてハグをした。トムは背を向けて海を見つめ、横にＬＴが立つまで待っていた。

無愛想な男は両手をポケットにつっこみ、前後に体をゆすって、言いにきた筈の謝罪を実に言い出しにくそうにしていた。やっと、絞り出す。

「プロフェットから聞いた。全部、あいつの計画だったと」

トムはちらっと視線をとばす。

「俺をかばってそう言っただけかもな?」

ＬＴが眉をひそめた。トムの皮肉を聞き逃したか——あえて無視したか。

「ああ、それも考えた。だがそうじゃない。それに、お前があいつの代わりに非難を引き受けたことは——ためらいもせずに……」

「それであんたのお気に入りにしてもらえるってか?」

今回は、聞き逃しようがないほど皮肉をたっぷり含ませてやった。

ＬＴはまっすぐに彼を見つめていた。両目の下の陰が、一時間前よりも濃い。

「次は、わざわざ謝らんぞ」

ＬＴの口調が含む凄みを無視して、トムはまっすぐ彼と向き合った。

「謝罪なのか、これ?　なら、何を謝るかあんたは間違えてるのかもしれないな」

ＬＴは同じく攻撃的に身構えた。

「そうか?　つまり?」

「プロフェットは昔、あんたと出会った。そのあんたが、彼の道を決めるのに手を貸したと言ってたよ」

トムは言葉を切る。それから一言ずつ、強調しながら、一回ずつナイフでえぐるイメージをこめた。

「あんたが、プロフェットをあの仕事に引きこんだんだろ」

LTの目は淡い青だったが、瞳の向こうに見える人柄はその目の色ほど冷たくは見えなかった。少なくとも、今はもう。

「俺にそれを謝れと？　プロフェットはまさに最適の人間だ」

「いくらそうだったとしても――」

「だったじゃない、今もだ」

「いいや。ふざけんなよ」

トムはLTにつめよる。この結末が、そして昔の友情がどうなろうとかまうものか。

「あいつにもうかまうな。引き戻すのは俺が許さない。あいつはまだ償ってる、だろ？　終わりじゃないんだ、たとえ物事そのものは終わったように見えてもな」

「何にせよ俺は、あのEE社のお遊びからプロフェットが手を引いてくれてありがたいね。あいつはあそこに逃げこんで、才能を無駄にしてた。そんな馬鹿な真似をやめてよかったよ。あの男は俺が仕向けたこの仕事に向いてるんだ――まさに、今夜の作戦を見事に遂行してみせたようにな」

「さっきのあんたは、リスクを冒したことであいつにキレてたけどな」トムが言い返す。「それとな、何がプロフェットのためになるかは気にしないのか？」

「あいつには才能がある。俺はそれを活かしてやってるだけだ」

トムは、揺るがぬ視線をＬＴに据えた。

「ならあんたは、弟の才能もさぞ活かしてやってきたんだろうな」

「関係ないことに首をつっこむ権利はお前にはない」

ＬＴの声が高くなり、数メートル先の通路を通りかかった客が幾人か、こちらを見た。トムはただ手を振って笑いかけ、客たちをそのままやりすごす。それから、またＬＴへ注意を戻した。

ディーンのことはかなり気に入っている。ＬＴのほうは……まったくだ。

「あんたはまわりの人間を言いくるめて、自分じゃ絶対やらないことをさせてきただけだろ」

ＬＴは動揺したようだった——トムがそれを言ってのけた態度にか、それともまさに急所だったのか、それはわからない。トムはＬＴを残し、プロフェットが待つテントの中へとさっさと入っていった。

9

プロフェットを見つけたのは、テントのリビング部分で、彼はカウチの背もたれに腰をのせて宙を見つめていた。迷彩戦闘服はトムと同じく車内で着替え、今はカーキの短パン一枚だ。Tシャツは床に放り出されている。肌が土や泥や赤い砂まみれでひどい有り様だったが、トムを見るとあっさり我に返った。

「問題ないか？」と確認される。

「LTに近づかずにすむならうれしいね。あいつはクソ野郎だ」その言葉にプロフェットは鼻を鳴らしたが、反論はない。「ディーンのほうは、なかなか」

トムは水のボトルをつかみ、あおって、それをプロフェットへ渡した。どうせこの男は昨夜から何も飲み食いしちゃいまい。

「お前は、何か食わないと」

プロフェットはボトルをトムへ返した。

「もう注文しといた。もうすぐ来るだろうよ」

「いいね」

プロフェットが手をのばして、トムのブレスレットにふれた。微笑する。ブレスレットをずらし、下のタトゥをさすった。

「ディーンがこいつを俺にくれたって、聞いたんだろ？」

「そんなようなことは言ってたな」

「ディーンにこれをやった男は、このブレスレットを誰かに引き継げと言った。その前の持ち主もそう言ってた。いつか正しい持ち主までたどりつけば、そこにとどまると」

トムは眉を上げた。

「それって、俺か？」

「ほかにタトゥを入れた奴がいるとは思えねえしな。お前の勝ちでいいんじゃねえか」

トムはちらりと微笑んだ。まだ二人の間にはランシングという厄介な問題が横たわっているが、今はほかの部屋にいる三人に目を配る仕事もあるし、とりあえず先延ばしにしておきたい。

「お前、大丈夫か？」

「そうでもない」プロフェットは髪をぐしゃっとかき混ぜたが、それ以上は説明しなかった。たしかに必要もない。「お前は、現場でよくやったよ」

「いい計画だったからな」

プロフェットはうなずいた。

そこに料理が到着し、全員が顔をそろえて食べはじめた。テーブルは至って静かで、ＬＴが料理を詰めこむ時以外に口を開かなかったおかげでごく平和だった。ディーンは具合がよさそうで、だが消耗しており、レジーと二人で飲み物を手に自分たちの部屋へ引き上げていった。ＬＴも食事の三杯目を持って帰っていく。

プロフェットは食べつづけ、すっかり満腹になったトムはカウチにもたれた。食べ終わったプロフェットが全員の様子をチェックしに行き、すぐ戻る。

「寝た」

トムは監視モニタをつけた。起きている間はプライバシーを尊重していたいが、眠った今は、彼らをそっとしておくためにもこうして部屋に目を配っておく必要がある。

トムとプロフェットはリビングに残った。ここが正面ドアに一番近い。ディーンとレジーは中央の寝室。プロフェットがすでに窓の内外両方に何か仕掛けをしてあった。ＬＴは奥の部屋に陣取って、やはり弟の部屋をカメラで確認している。

明日になればこの三人はＬＴのプライベートジェットに乗り、しばらくアメリカへ戻る。ＬＴがさっきそう言い放ち、ディーンは不服そうだったが反論しなかった。

「ディーンは、この国での活動をあきらめるつもりはないとさ」

プロフェットが、そうトムに教える。

「何か言ってやったのか？」

「俺は聞いてただけさ。ディーンはリスクを理解してる」

「で？　誰かがディーンをかっさらうたびにお前が飛びこんでって助け出してやるつもりか？」

「次はやらないと、あいつに言ってある」

　トムは溜息をついて言った。

「ディーンにはもっといいボディガードが必要だ」

　プロフェットは少したじろいで、顔をそむけた。

「わかってるだろ、プロフ。ディーンの活動意義は俺にもわかるし、大したもんだと思うよ。だけどな、どう見たってレジーは……」

「何だ？　腕が二本そろってる男なら二十人の兵隊を撃退できたってのか？」

　プロフェットの語気は強かった。

「いや、俺の知る限りそんなことができるのはお前だけだろ。下手すりゃ両手を縛られてたってな」

　アザルやサディークのことをほのめかしたつもりはないが、当然の流れでついトムはプロフェットの手首を見やっていた。プロフェットは拳を握って、首を振り、背を向けて窓の外を見つめた。

　トムは続ける。

「レジーは残ればいい。ディーンにはそれだけの余裕があるだろ、余分に一人——」

「ポンコツを雇っておくだけの？」

「障害を持つ人間を」とトムは言い直した。

「だな。それでお仕事は全部、五体満足の連中がやるわけだ。障害を持つ人間はただのお飾りで」

「さっぱりわからん——ディーンはお前にとって、駆けつけて救うほど大事な相手だ。ディーンが金持ちだからでも、誰かに命令されたからでもなく。友人だから。なのに、またこんな事態が起きないようすべての手を打ってやろうとは思わないのか？」

プロフェットのいつにない頑迷さに苛立ちを隠しきれず、トムは両手を宙に振り上げた。

「俺は現実的なことを言ってるだけだろ？　いつもならお前の役目だぞ、これは」

プロフェットは天井を見つめていたが、チラッとトムへ視線を投げた。

「ディーンが、自分で兵隊を十人倒したのは聞いたよな？」

「ああ、聞いた。ディーンが自分の身を守れるのはいいことだよ。でも残った十人に確保されたわけで、やはりサポートが必要なんだ——」

「目が見えない男には？」

トムは、テーブルごしにプロフェットの手をつかんで包みこみ、手のひらでプロフェットの前腕をさすった。

「俺たちは誰にも、弱い場所があるんだ。守る必要のある箇所が」

「いい話でもする気か？　ならてめェを窓から放り出すぞ」

「やれるもんならな」トムは応じる。「言っとくと、俺はお前のどこも弱いとは思ってないぞ。だがそれでも、誰もが支えを必要としてるんだ、プロフ。誰だろうとだ」

プロフェットはわずかに長すぎるほどの間、トムを見つめ、それから顔をそむけた。またトムの腹の底に重苦しい塊が戻ってきたが、できることはろくにない。

ひどく静かだった——ディーンとレジーの部屋で流れるおだやかな音楽がモニタごしに聞こえ、遠くで海のざわめきがする。だがそれだけだ。

「あの二人に関係はないんだろ？」

そう、トムはたずねていた。

「ああ、いわゆるその手の関係はない」

「レジーは罪悪感を抱いてる」

「二人ともさ」プロフェットが答えた。「LTとさっき話した。二十四時間の護衛チームを作るそうだ。LTが自分で訓練する。ディーンと一緒にな」

「お互い妥協したか」

「まァな、LTがボディガードの指揮を取るってことでな。家族ってこういうもんだ、と言ってもいいが、自分の家のことを思うと、ここで言ってる家族は血のつながりって意味じゃあねえからな」

　トムが鼻を鳴らす。

「ああ、そりゃな。俺もそこはよーくわかるよ」

　プロフェットの手がのびてくる——最初、トムはプロフェットから押しのけられるのかと思ったが、その手は大きく開いてトムの首筋から顎までを覆い、引き寄せて、キスをした。

　いつもの、熱い炎がこめられたキス。だが今夜、二人の間をまだ多くのことが隔てている。ランシング。ほかの部屋にいる男たち。まだ全員の身に迫る危険。

　プロフェットがそっと呻いて、身を引いた。

「悪い」

「よせよ。こいつは謝るな。絶対に」

10

　離陸の予定は０４００時直前。プロフェットはトムを起こすと、ＬＴとディーンとレジーを手近な滑走路へと車で送り、離陸を見届けにかかった。

「国に戻る足はいらないのか？」とLTがプロフェットにたしかめる。

「問題ない、どうも」とプロフェットが応じた。

飛行機のエンジンの唸りが消えると、プロフェットは車を出し、トムははじめの五分でもう眠りに落ちていた。

そっと揺すられて目を開け、目の前の建物にまばたきする。

「行くぞ、トミー」プロフェットがうなずいた。「荷物は俺が持つ」

車から下りて伸びをすると、トムはプロフェットに続いて豪華な部屋へと入っていった。ここもまた別のホテルだし、そう遠くまで来た筈はないが、景色の変化は大歓迎だった。トムの後ろでドサッと荷物を下ろして、プロフェットがドアの鍵を閉めた。トムはさっさと大きな見晴らし窓へと歩みよる。窓の外は屋根付きのデッキで、その向こうに自然公園の景色が広がっていた。

象、そしてシマウマが見える。こちら側でスナイパーの心配はしなくてよさそうだ。

プロフェットが風景を示した。

「気に入ったか？」

トムは動物たちから目を離せないまま、うなずいた。

「凄いな。どんな悩みも忘れそうだよ。それが狙いだな？」

プロフェットの手が肩に置かれた。

「そろそろちょっとは人生を楽しんでもいい頃だろ」

「お前は元々そういう主義じゃなかったか？」

「たしかに」と認める。「ただな、俺のアタマがたまにそいつを台なしにしてくれるのさ」

プロフェットの言葉は、滅多にフラッシュバックについて語らぬ——トムになかなか引き戻された一度きり——彼からの、大きな歩みよりだった。

「フラッシュバックがここのところ頻繁になってるのは、お前も知ってんだろ、ニューオーリンズからこっち」

トムは両手をポケットに入れ、前を見つめたままだった。そのほうが、プロフェットが何を言うにも楽だろうと。

「フラッシュバックまで行く前に、俺が何回も止めてるけどな」

プロフェットの沈黙があった——ほんの少し、長すぎるほどの。それで、彼が何も気付いてなかったのだとわかる。やっと、プロフェットはただ一言、問い返した。

「どうやって」

「大体は、セックスに持ちこむ。半分はお前はただの夢だったと思ってるだろうが、いつもよりいい夢を見た筈だ」

「ああ、とても」

トムは彼へ向き直り、そのひどくおだやかな灰色の目をのぞきこんだ。プロフェットはうなずく。

「どうやらお前に礼をしてやらねえとな」

「ああ、期待してる」

「ここの滞在を一日のばすか、お前に異論がなけりゃ」

「ああ、それでいい」

トムは静かに、まだ眠りを引きずった状態でうなずく。夜と朝の狭間の時間はいつも、夢のかすみがかかっているようで、部屋へ入ってドアがロックされ二人きりになってからずっと、意識は宙を漂うようだ。

とは言え、プロフェットにぐいと引き寄せられると、地に足がつく。トムは頬を擦りよせ、呟いた。

「においがさっきよりヤバくなってるぞ……」

「お前はどのみち抱くんだろ」

「当たり前だ」

昨夜はどちらもシャワーも浴びず、ただ黙って座り、交互に見張りを替わった。長く眠るほど心落ちつかず……そして会話をすれば、まだ二人とも向き合う決心ができない話題を引き寄せてしまうのを恐れて。

今もまだ向き合う準備はできてないのだろう、結局はトムのほうからプロフェットをシャワーへと導いていく。二人ともシャワーの湯の下に立ってから、やっと服に手をかけた。くたびれた手で互いを脱がせ、ほとんど支え合うようにしながら、トムが両方の体に石鹸の泡を立てた。

これが、プロフェットはたまらない。決して白状する気はないが――言葉に出しては――髪に入りこむトムの指を感じると、プロフェットはこの男に屈服したくなる。ファックしろとすがりたくなる。だがプロフェットはまだランシングの件を扱い損ねたことで己を罰していた――だから、駄目だ、トムと話し合うまで、セックスに溺れるわけにはいかない。

彼のペニスが何を望もうと。

トムも、言葉に出さずに同意しているようだった。勃起はしていたが、プロフェットの体を洗う以上の動きは見せない。怒りや不満を叩きつけ合うセックスだってある――あれもホットでいいものだ。だが今の二人がセックスすればそれにとどまらず、憤懣や疑心をかかえこみ、大きな問題をごまかそうとするだけの行為になる。今、そんなことに足をとられる余裕はない。

プロフェットはシャワーを止め、トムの濡れた髪に指をくぐらせた。二人分のタオルを持ってくると、それぞれ体を拭ってさっさと服を着る。うっすらと雨が降り出していた。珍しくもない。これが上がれば、陽が燦々と照りつける。

カウチのひとつに、プロフェットはどっかりと腰を下ろし、隣の椅子に座ったトムに、どう正確に説明したものかと考えあぐねていた。そもそも、自分に何が起きたのか、プロフェット自身さだかではない。

（嘘つきめ――お前は動けなくなったんだ）

正確ではない、だがほぼ同じことだ。あの時必要だったのは、ランシングを始末することだけだったのだから。銃弾一発。狙いすました指二本。頚動脈へのボールペンでも足りる。

畜生が。

ランシングに、自分がこれほど影響されてしまうのが憎い。十一年ぶりに奴と顔をつき合わせる瞬間まで、それを理解していなかったことが憎い。

そして、あの時、己を見失った。

あの瞬間、単にランシングを殺すだけでは足りなくなった。あの諜報員を叩きのめしたくてたまらなくなった。前回、奴と同じ室内にいた時には不可能だったやり方で。テーブルよりも、じかに手で絞め殺すほうがずっと気分がいい筈だ。

奴は信じようとしなかった。プロフェットを。プロフェットの言葉を。プロフェットそのものを。決して裏切ることなく忠誠を尽くした彼を疑った。

もしプロフェットが殺人者だと告発されるのなら、いっそこちらもランシングの言葉を真実にしてやる。

どこから説明するべきか思いつく前に、トムがいきなり、切りこんできた。

「お前本気で〝よし、今からランシングを殺すから、すんだらディーンの救出に向かうぞ！〟ですむと思ったのか？　きれいに切り離せるとでも？」

おっと。まあ、どこから始めても同じだ。

「これでもやり方はよく知ってるぞ、トム」

トムはほとんど切羽つまった勢いで身をのり出した。

「死体をどう隠すかの話をしてるんじゃねえ、プロフェット！　俺が言ってんのは感情面の話だよ！　それともそんなもん大丈夫だと思ってたか、スーパーマン？」

プロフェットは口を開け、それからとじた。渋々言う。

「ああ、そう思ってたよ」

「お前どうかしてんだろ」

トムがすくっと立ち上がる。救出作戦が終わるまでこの怒りを抑えきったのはありがたいが、全身にたぎる力からして、もう我慢したり言葉を選ぶ気はなさそうだ。

「ああ、どこもかしこもな」

プロフェットはぼそっと言って、背を向ける。だがトムがのしかかり、肩をぐいと叩きつけるように引き戻され、顔と顔をつき合わせていた。プロフェット相手にあまりにも危険な動きとしか言えないものだったが、トムは気付いたかのように手を引いた。

「あの男を殺すつもりだったのか？　それでどうなる？」

トムはあまりにも理路整然と問いかけ、そこに立ち、答えを待っている。そんな忍耐力を、今どちらも持ち合わせていないというのに。

「ひっそりやるつもりだったさ、お前にも気付かれないくらいにな」

「へえ。そりゃ本当に計画通りにいったな？」

「皮肉を聞きたい気分じゃねえ」

「そいつは残念だ、おとなしく聞け」

「俺はキレたんだよ、ああ、そうさ」

じっとプロフェットを見つめるトムは、怒りと失望をあらわにしていたが、その怒りも失望もプロフェットが己に抱くほどではあるまい。トムがのばした手でプロフェットのTシャツの前を引っつかみ、布地を握りこむと、カウチからぐいと引き起こした。二人の間は、ほんの数インチ。

プロフェットは抗わなかった。せめて、一発殴られるくらいの借りはある。少なく見積もっても。

だがトムに、きつく、両腕で抱きしめられていた。髪をトムの指が梳き、頭をさする。あやすように。

「俺に分けてくれ、プロフ。俺を受け入れろ。最後まで。でないと俺たちのどちらかが無事じゃすまない」

「くそが……」

ゼロかすべてか、その選択だ、こいつは。それ以上だ。プロフェットはトムの首筋に顔をうずめ、トムの手が肌をなでるままにさせる。

「何があったのかわからなきゃ、お前を助けようがないだろうが」

「そいつは俺が言ったセリフだろ」

「いつか言ってやりたかった。効くだろ？」トムの手が、プロフェットをなだめすかしていく。

「ランシングを殺さないのは、俺にもキツかった。お前にあれだけのことをした奴だ」

「俺は拷問に耐える訓練は受けてるよ」

トムはプロフェットの頭を後ろへ引き、顎を手で包んだ。

「あんなことに耐える訓練なんか、どこにもない」

プロフェットは溜息をついた。ランシングからのレイプを、ずっと心の深くに押しこめてきた。傷つかない方法を、それしか知らない。だが結局、目をそらすにはもう遅い。

「俺の前では、お前はずっと強くいなくてもいいんだよ、プロフ。もう、かかえこむな」

「わかってる、T。わかってるんだ」

「ただ難しいだけ、だろ」

トムは理解している。プロフェットのことをわかっている、ジョンと同じほどに。ただひとつ大きな差は、トムには愛がある。トムは己を見せてくれる——そうしなかった、あるいはできなかった、ジョンと違って。

ジョンはサイコパスというわけでもなかったが、感情面では明らかに欠けていた。せめて多少なりとも共感を示すべき場ですら情がきれいに欠落した様子には、時にプロフェットすらぎょっとさせられたし、ジョンの見せるすべての感情がフェイクなのかもしれないという疑いも抱いた。多くの意味で、ジョンは父親似だったのだし。

「やってみるよ、トミー。くそ、悪かった。お前に言っとかなきゃならなかったのにな……」

「あれでいいよ」トムが答える。「あいつが来なかったら？　俺たちが足止めをくってたら？　俺ならいくらでも口裏を合わせられる」

「それが実際は？　お前はＣＩＡの諜報員を拷問したんだぞ」

「当然の報いだ」トムの目がさっと冷え、声に怒りがにじんだ。「あいつを殺してやりたかった、お前のために」

「知ってるよ」とプロフェットはかすれ声で呟く。

「来いよ」

うながされるまま抱きよせられたプロフェットの背を、首を、頭を、トムがなでた。

プロフェットは、トムの肩に額を押し当てる。

「お前をあんなことで汚したくねえんだ」

「わかってる」トムがうなずく。「だけどな、それには三十数年分、手遅れだ。俺が無垢だった時などないんだよ——一度も」

「あったさ。それに、今もだ。お前はそれに侵食されることなく生きてきた」

「お前もだろ、プロフ。お前はただ、自分の目でそれを見ようとしていないだけだ」

その言葉に、プロフェットの頭がはっと上がった。トムに言ってしまいたい——今この瞬間、ここで。目のことを。だが言葉が喉に詰まる。

かわりにトムにキスをした。攻撃的で粗野な、生々しいキス。たちまちトムが反応し、プロフェットの腰をぐいと引きよせる。

その時、プロフェットの体が震え出した。

「携帯だ」とトムから優しく教えられた。

プロフェットはトムの目をのぞきこむ。この中に溺れられたら。

「レンからだ——さっき伝言を残して、急用だと言っちまった。無視していいもんならするんだがな」

「わかってる」

実際、トムのほうから抱擁をほどいて、わざわざプロフェットの携帯をつかみ出してくれた。携帯で話す間も、プロフェットはトムに世話を焼かれ、背中や脛(すね)の痣(あざ)の手当てを施される。どうせこの電話に隠したい中身などない。

電話を切ると、トムがたずねた。

「問題なしか？」

「明日、わかる。そしたら教える。今日のところは――」

「俺たちには山ほど話し合うことがあるな」

「まあ、な」

まったく。逃げられない、ということだ。

「ランシングはお前に何をした、プロフ？」

トムが優しくうながしたが、すでに知っているのだと伝わってきた。ランシングはどうせ大喜びでほのめかしただろうし、トムはあらゆる意味で鈍くはない。それにもうプロフェットがよけるのをあきらめた、あのブードゥーアンテナもある。

「あいつからお前が聞いたことを、さ」

トムはうなずく。表情が固い。

「お前をレイプしたんだな」

プロフェットは髪をぐしゃっとかき上げながら、不意に、こんな話をするには自分が無防備すぎると感じる。きっと目の前のトムが、今ここにランシングがいたら首根っこをへし折りそうな顔をしているせいだ。

「てめェ、本当にあの男殺ってねえんだろうな？」

トムが身を屈めると、プロフェットのカウチの左右の肘掛けをつかみ、プロフェットを腕の中に囲いこんだ。

「殺りたかったさ。心底、やっちまいたかったよ。とくにあいつが、お前に何をしたかせせら笑った時にはな」

プロフェットがのぞきこむトムの目には、たぎる怒りと、その奥に思いやりがあった。

「まァわかる、そいつはしばらく前から俺の予定リストにも入ってってな」

「カタはつけるぞ。近いうちに」

「わかってる」

プロフェットのために人を殺す覚悟をトムがしていることが――いや前からわかってはいたがその証を示されて、プロフェットの喉が詰まる。手をのばし、トムの顎を包んで、顔を引きよせた。

「ありがとうな」

「俺に知られて、いやな気分か？　知らなかったことにはできないぞ」

「誰にも言ったことがねえんだ。大したことじゃねえって、自分には言ってきた。傷つけられてなんかいねえってな。こっちからヤラせたこともねえってな。実際、そうだ。本当には。でもな……」

「フラッシュバックに見るんだな」

「時々、な。もしかしたらあいつに会う予兆みてえなもんだったのかもな。となると、心配でな」

「何がだ？」

「最近、ジョンの夢もよく見るからさ」イカれてると思われる不安もなく、トムにこんなことを告白できるのがありがたい。「もう眠れねえ」

トムは、一瞬目をとじ、それから下がった。自分の荷物をあさってキンドルを取り出すと、ぐいとプロフェットの手をつかみ、日よけの下の大きな寝椅子へつれていく。プロフェットはクッションに沈みこんで、仰向けにのびた。Tシャツを脱いだトムが隣に寝そべる。プロフェットのほうを向いて。プロフェットも彼のほうを向いた。

トムがたずねる。

「眠れそうか？」

「そう願う」

「どうぞ」トムがキンドルを見せる。「暇つぶしの種なら山ほどある」

「何かそこにいいプレイのネタとかないか？」とプロフェットが期待をこめてたずねた。

「寝りゃわかるかもな」

「お前はそこで起きたまま、俺が眠ってるのを見守るつもりかよ？」

トムはプロフェットをじっと見据えた。

「ああ、そうする。何か嫌か？」

「本当ならな」プロフェットはぼやいて、目をとじた。「嫌で当たり前だろ。でも、嫌じゃねえ」

11

数時間後、陽が沈み、眼下の自然公園の周辺にぽつぽつと明かりがともる頃になって、プロフェットが身じろいだ。その間、トムがそばを離れたのは、部屋へ戻って注文したドリンクを受け取った時だけだ。それもアルコール度数が高くてフルーティな、プロフェットをひっくり返せそうなカクテルを何杯か。プロフェットは滅多に酒を飲まない――トムも飲まないほうだが、とにかくプロフェットはどういうわけか、かなり酒に弱い。

プロフェットは、パラソルと太いストローが刺さった赤いカクテルをじっと見つめた。

「俺を酔わせようってか」

「ああ」トムはうなずく。ブックリーダーを脇へ置いた。「でも夕飯も注文してあるし、そろそろ来る筈だ。だから、お安く落とせる相手だと思ってるわけじゃないぞ」

「思ってんだろ」その言葉を裏付けるようにプロフェットはトムの手を示す。プロフェットの股間にのせられた手を。「寝てる奴に悪さするのかよ」

「よく寝られただろ、今?」

「そういう話じゃねェ」プロフェットはカクテルを半ば飲み干し、笑った。「マジで俺を安い相手だと思ってんな?」

「下戸(げこ)がそのカクテルを気に入ってくれればな」

トムはぼそっと呟く。

プロフェットは微笑して、残りも飲み干した。

「こりゃいいな。作り方覚えろよ」

「仰せの通りに、ボス」

「今夜はずっと俺をそう呼んでくれ」

笑いとばす隙も与えずにプロフェットがトムを引っつかんで立たせ、胸と胸をつき合わせた。一瞬。それから、石と木でできた手すりまで追いつめられ、一方的にプロフェットから引き回されるのがどれほど気持ちいいか思い知る。プロフェットの強さときたら。トム自身、鍛えて訓練をつんでいるし、凶暴さも持っているが、常にプロフェットに上回られる。それがたまらないのだと、トムも認めるしかない。きっとプロフェット本人と同じほど。

プロフェットの両手がトムのTシャツの下に入りこみ、腹を少しなでたかと思うと、ぐいと

Tシャツを頭からはぎ取った。一瞬、シャツで縛られるかと、やわらかい布が腕を絡めとるのを期待したが、そうはならなかった。

Tシャツを振り落としたトムは、肩をプロフェットに噛まれて鋭い息をこぼした。その痛みを舌でなだめながら、プロフェットが固い指先でトムの二の腕のタトゥのスカルをなぞる。肌の上で電気がはじけたようだった。

もう片手はトムの短パンの前にのばし、痛むほど張りつめたペニスを布ごしに包む。その手で、短パンをトムの膝まで引き下ろした。トムは身をよじり、短パンを下まで落として蹴りとばす。その間にもプロフェットがペニスの輪郭を二本の指でなぞっていた。上へ、そして下へと。あまりにも一度の刺激が多すぎるのに、足りない。こらえきれずにトムは腰を押しつける。

応えて、プロフェットの手がタトゥを離れ、トムの尻をなぞって、割れ目をたどり、乾いた指を穴へ押しつけた。俺のだ、と告げている。そう遠くない前に、トムが告げたのと同じやり方で。

トムはただうなずいて認めることしかできない。長い呻きが口からこぼれ、夜にこだました。

「言えよ」

プロフェットが命令する。そう大きくない、だが聞き落としようのない圧力がこもる声。

背後の木の手すりを握ってプロフェットにされるがままになっていたが、トムはその声に応え、プロフェットのカーゴパンツに包まれた尻に手のひらを這わせた。眉を上げて見せる。

ほとんどたちまち、プロフェットの顔に笑みが浮かぶ。まるでこらえきれないかのように——今は、何ひとつ。酔いもあるだろう。だが酔いは本音を出しやすくするだけだ。偽りではなく。

これもゲームのひとつ——この数ヵ月、二人が楽しんできたあの単なるゲームではないゲームの。だがゲームだろうと、プロフェットの尻が彼のもので、プロフェットも同じく彼のを求めていると思うだけで……毎回、たまらない。

「ああ、お前のさ、トミー。わかってんだろ?」

プロフェットがトムの内側に指先を沈みこませてくる。トムの体がはね、陰嚢が張りつめて全身に熱が満ちた。

「お前のだ、プロフ……ああ、そうだ」

そう絞り出すと、トムの屹立の根をプロフェットがさっと指の輪で締め上げ、迫るオーガズムを妨げた。

「まだだ」ときっぱり言う。

「ああ……」

トムの声はすでに夢うつつで……己をすべて投げ出してしまいたい。ただし——。

「プロフ……料理が、そろそろ来る……」

「んん?」

プロフェットは何もかまわずに指でトムの体を開きながら、乳首に唇を噛ませ、歯でピアスのリングを引っぱった。

「くッ」

「だろ？」

トムのペニスの梯子ピアスの列をプロフェットの指が奏でるように動き、優しくひねって、トムに伝わるよう愛でていく。

「俺の前で膝をつくお前が見たいよ、トミー」

トムはもう抗いもせず、プロフェットがクッションを周囲の床へ放り出すのを見ていた。それから、プロフェットの正面で膝をつく。髪をプロフェットの手がまさぐり、きつくつかんだ。前へ引こうとはしない。

そして、そう、この瞬間の愉悦――トムは獰猛に歯を剝く。期待に胃が締まり、身をのり出してプロフェットの腹部にキスをすると、歯を立て、吸って、熱い肌を下へたどる――赤い鬱血の線を残して。プロフェットが呻き、トムの首筋に屹立を擦りつけた。

予告抜きで、トムはいきなりペニスの先端をなめ、先走りを味わい、勃起全体を濡らす。

「そうだトミー、よく準備しろ」

囁くように言うプロフェットの目はかすんでいた。

トムは舌で小さな割れ目を広げながら、同時にプロフェットの腰をつかんで逃げられないようにする。この愛撫でプロフェットをすぐにイカせられるのは知っている——その、自分の力がたまらない。髪を強く引く手も、抗議の呻きも——大した抗議でもないが——無視した。

「畜生、ただですむと思うなよてめェ」

プロフェットがそう脅した。

楽しみだ。トムは髪をつかむ荒々しいプロフェットの手にうながされ、ペニスをできるだけ深く、喉の奥まで呑みこんだ。そのまま、プロフェットは凍りついたように数瞬動かず、まさにイキそうか、こらえるのに必死といった様子だ。トムも動かずにいたが、やがてゆっくりと頭を引き戻された。

「くッそ」

プロフェットはトムの髪を離すと目の前に膝をつき、キスをして、囁いた。

「そっちを向け。四つん這いだ」

トムは従った。ぐるりと後ろを向き、クッションで両手を支え、脚を開く。

「そうだ、もっと開け」

うながしながら、プロフェットはトムの尻にペニスを擦りつけたが、身を離すとぐいと尻肉を広げ、穴をなめ、内側まで舌をねじこんできた。トムの切なげな声がバルコニーと、その下の遊歩道へと響いて……。

マズい。トムはチラッと時計に目をやった。

「プロフェット……もう、食事が来る……ドアの鍵、開いて――」

「なら頑張って俺を早くイカせないとな」

プロフェットは当然のように言った。コンドームの袋の音、ジェルのボトルがパチンと開く音、そして濡れたプロフェットの指がトムの奥をほぐしていく。

ついに、プロフェットの手がトムの腰をつかんで、内側へ屹立が入りこんできた。それは一気にぐいと半ばまで侵入し、止まった。

「凄え熱いぞ、トミー」

トムの全身がカッとほてる。プロフェットの手が背骨に沿ってさすり、トムが大丈夫かしっかりたしかめている。

大丈夫どころではない――トムはぐっと腰を押し返した。人が来る焦りからより、今すぐイキたい衝動にせき立てられて。膝をつき、プロフェットのペニスを自分の動きでくわえこみ、一回ずつ、この男のものに根元まで貫かれる。動きが速くなると、プロフェットの呻きが聞こえた。

いきなりプロフェットに腰をつかまれ、動きを封じられる。前に回した手でトムの屹立をしごきながらもプロフェットはトムに動くのを許さない。

「プロフェット、くそッ……」

声を絞り出す。もう誰に見られようがどうでもいい。肌が熱く、張りつめている――あまりにもきつく。奥が焼けるようだ。求めていた通りに。

トムが強要しない限り、プロフェットはこのまいたぶってくる気だろう。トムは尻にぐっと力をこめてプロフェットのペニスを食い締めてやる。はっとこぼれた不意打ちの息が聞こえた。

腰をつかむ手がゆるんだ。トムは男の熱を奥の襞でしめ、腰を後ろへ押し上げる。強く。プロフェットがお返しのように彼のペニスを激しくしごくと、オーガズムへ昇りつめるトムの目の前に星が散った。プロフェットの手に精液をぶちまける。ついにプロフェットも自制を失い、悪態をつきながら、トミー、と叫んで達していた。

まだ、やっと息を整えているトムを、プロフェットがかかえ上げるようにして寝椅子に戻してブランケットで体を覆った。自分はぐいと短パンを腰に引き上げ、中へ手を振る。どうやら室内で夕食を並べているルームサービスのほうへ。

「それでいい——俺たちもすぐ中に入るよ。いや、もう行っていい。どうも」

そう声をかけてから、プロフェットがトムの隣に戻った。

「お前は……〝飲んだら乗るな〟の広告に出るべきだよな……」

「飲んだらお前に乗るなって？　よせよトミー、お望みはかなえてやったろ」プロフェットは眉を寄せる。「夕飯にちゃんと酒も注文したよな？　でなけりゃまたあのウェイター一つかまえてくるか」

立ち上がって室内へ戻るプロフェットの笑い声を聞きながら、トムは呻くしかなかった。

結局プロフェットは、さらに何杯か飲んだ。貢ぎ物のようにいくつものグラスに取り囲まれ、今度はパラソルで遊んでいる。二人とも腹も満ち、最高のセックスでぐったりしていた。

「長かった、な」

「ああ、だな」プロフェットが何の話をしているのか、トムにはわかっていた。「次に何が来ようと、俺は覚悟はできてる」

プロフェットはごく真剣な表情になって、言った。

「これはわかっといてくれ。お前は、一緒に来る必要はない」両手を上げて、目を細めたトムを制する。「お前には無理だと思ってるんじゃねえぞ。ただ、こんなことに引きずりこんだ俺を、お前はきっといつか憎むようになる。俺たちはもうたっぷりヘドロをくぐり抜けてきた、トミー。山ほどだ。もしかしたら必要以上に。それか、限界以上に」

「まだ俺を守ろうとしてんのか？」

「ずっとな」

「ここは運試しといこうぜ。運命が俺たちをまとめて地獄に叩きこんだんだ。なら、一緒に出るよう定められていると、俺は思うね」

　プロフェットはぐるっと目を回した。

「そいつはクソロマンティックでブードゥーでケイジャンなたわ言だな」

「いいほめ言葉だ。大体、俺たちがほかに何するってんだ？」

「ヤギでも飼って暮らすとか」

　プロフェットがそう言い出す。

「二人で平和に？　それ『スパルタカス』の見すぎだろ」

「お前はエロシーンしか見てないよな」

「ざっくり見てるぞ。あの二人、役者同士でヤッてると思うか？」

「少なくともヤるべきだな」

　プロフェットは砂の上に寝そべると、頭の後ろで腕を重ねて、星を見上げる。

「あれだ、ディーンの目は、あいつが捕虜になった時のもんだ。捕まる瞬間っつか、検問所での爆発にやられてな。核専門家を安全なところへ送り届けた後、目的地まで五キロもねえところでだ。俺に言ってたよ、もう後は楽なもんだって思ったのが間違いだったってな。ＬＴが新人訓練キャンプで口うるさく言ってたことさ、事態が凪(なぎ)に見える時、うまくいって見える時、一番警戒して不安になるべきだと。運命って奴は、いつもそういう時に落とし穴を仕掛けてる」

「それはわかるよ。今回、俺をつれてきたのもそういうことだろ？　俺に目を配っておきたくて?」

「お前だってどうせ同じ理由で行くって言い張ったろ——俺に目を配ろうと」

「ああ」

「役に立たねえと思ってたらお前に来いとは言わねえよ、俺は」プロフェットはわずかに間を置いた。「お情けで仕事を恵んだりはしねえ。お前はいい仕事をした、T。ディーンを助け出した。俺だったら、もっとあいつに自力であれこれさせようとしただろう。それで足をすくわれてたかもしれねえ」

「プロフ……」トムは言葉を切る。「昨夜、悪夢を見てたな」

「そうかい、ありゃただの夢かと思ってたよ」

プロフェットが皮肉っぽく呟いた。

昨夜、トムはプロフェットを抱いて髪をなで、体をぴたりと重ねて、その悪夢の侵食をくいとめたのだった。プロフェットは目を開け、「トミー」と囁いて、また眠りに落ちた。

「ま、どうせその後、凄くいい夢見ただろ?」

プロフェットは目を細めた。

「てめえどうして——そうか畜生、俺をしゃぶったな?　あれは本物のオーガズムかよ」

「どういたしまして」

プロフェットはうなって、半分残ったパラソルのカクテルを飲み干した。これで何杯目か、トムにはわからない――多分三杯目くらいか――が、食事のおかげで酔いは遅いようだ。

顔を向けると、プロフェットはまだ星を見ていた。ブランケットと食事はプロフェットが外へ運んできたもので、そしてすでに、二人のどちらもここを動く気がない。時おり、ホテル中心部からの音楽や象の鳴き声が、静寂を破る。

「なあ、俺はまだお前にしたことでフィルにムカついてるが、ただ、フィルのLTに対する意見は正しいね」

「あの二人には長い長い、あんまり楽しくねえ過去の歴史があってな。同じ赴任地で角突き合わせてたのさ。海兵隊員（マリーン）ってヤツは、お仲間以外とは相性が悪くてな。フィルも例外じゃねェ」

「LTをかばってんのかよ？」

「まさか」プロフェットがせせら笑う。「あいつはマジでムカつく冷血野郎さ。でもな、俺みたいな連中を鍛え上げられれんのはそういうヤツだけだ」

それはたしかに真実なのだろう、いくばくかは。

「お前は、もうEE社に戻るつもりはないんだな」

「今んとこありそうにねえな」プロフェットは本音を答えると、トムに向き直って腕に頭を乗せた。「まだお前の記録をハッキングしてなかったな。お前はどうしてEE社なんかに？」

トムはあきれ顔をする。

「ハッキングしたってそこまで書いてないだろ」

「フィルは記録魔だぜ。速記記号で書くんだよ、俺には読めねえと思ってやがるからな」

「お前はホントに油断も隙もない野郎だな」

言われたプロフェットはうれしそうにしていた。

「俺が、初めてフィルと会ったのは、まだＦＢＩにいた頃だよ。フィルは除隊したばかりで、ＥＥ社を立ち上げたところだった。まわりからはフィルが捜査官を引き抜こうとしてるとか文句が聞こえてきたが、ま、実のとこ、声をかけられなかった連中の負け惜しみってところだろうよ」

「ありそうだな」

「お前は？　ＥＥ社創立の時にはいなかったんだよな？」

プロフェットが額から髪をかき上げた。

「ああ、俺は海兵隊武装偵察部隊（フォース・リーコン）との合同作戦でフィルと会ったんだ。その後も連絡は取り合ってた。マリーンを味方に付けとくと役に立つからな」

「だろうな」

トムは手をのばしてビールをつかみ、ぬるいそれを一気にあおった。ここではどんな飲み物もぬるい。何もかも。

「俺はフィルと会った時、ほやほやの新人捜査官だったよ。大学出たてですぐＦＢＩにスカウトされてな――俺はフルの奨学金を獲得してたし、多分その手のことは見逃さないんだろ」

プロフェットは驚いた顔も見せずにたずねた。

「どこの枠で？」

「成績優秀者の枠さ。スポーツでも代表チーム入りしてたけどな」

「完全無欠ってか」

プロフェット以外が言ったなら、嫌味に聞こえただろう。

「それに、大学の時にハッキングをやらかした。少しだけな。それも見られてたんだろ、まずＦＢＩは俺にサイバー捜査の訓練をさせようとしたからな。でも体力テストの結果もよかったし、大体、机に座ってるのは性に合わない」

一息置いて、トムは続けた。

「俺がＦＢＩを辞めた理由は、知ってんだろ？」

「まァな――自分がパートナー全員ぶっ殺しちまったと思ったからだろ」

トムはビールを吹き出し、顎を拭って、プロフェットをにらみつけた。

「ああ、何だよ？　そう思ってんだろ」

「お前は二度と飲むな。酔ってなくても始末に負えないってのに……」

奇妙なことに、いやそうでもないか、トムのその愚痴をプロフェットは賞賛と受けとったようだった。

「オーケー、そんでてめェは詰んで、FBI（フェッズ）をやめて、そんで……お前の故郷の水浸し郡を救いに舞い戻ったと」

「レッドリバー郡だ」とトムが直す。

「同じことだろ。水浸しだったの見たろ？」

「まったくお前は……」トムが目をとじ、首を振り、また目を開けると、プロフェットは無音で笑っていた。「……お前は、ガキだな」

「ほら話せ、ちゃんと聞いてるぞ」

「わかったよ。フィルが町に来たんだよ。部下の海兵隊員を探してな。そいつがバイユーに入ってったきりで、ちょっとイカれてたって噂を聞いてな」

トムは、その男をよく覚えていた。

「あの辺で育った男じゃなかった。引越して来たのは景色がジャングルを思わせるからだってよく言ってたよ。夜になると、正気を失って、何もないところめがけて銃をぶっ放す。空砲だったのがせめてもだが、危険なことにかわりはない」

プロフェットはたじろいだが、そのまま聞いていた。

「フィルは、あの男に治療を受けさせたがってた。男の名前はスタンレーだが、フィルの話じゃニックネームは〝弾丸（ブレッツ）〟。それで、また彼が撃ち出した時、俺はフィルを現場につれていった。フィルはふたたび彼の上官を演じ、俺は手を貸してあの男を病院までつれてくと、専門家にまかせた。フィルは俺に電話番号をよこして、時間を無駄にするのに飽きたら連絡してこいと言ったよ。それから何ヵ月かかかった——俺は保安官選挙の結果を見届けたかったしな。ああ、己を罰してたってヤツさ、わかってんよ。その後で荷物をまとめて、ＥＥ社の訓練施設へ向かった。俺にも世界を救えるかって思ってな。お前みたいに」

「俺は世の中を吹っ飛ばしたかっただけさ」

プロフェットが混ぜ返す。だがトムはそんな言葉を真に受けたりはしない。一瞬たりとも。

「その俺たちが、今何をしてるか見ろよ」

「俺もお前も、バカなお人好しだってことだろうさ」プロフェットはカクテルを手にして、トムのビール瓶と乾杯した。「お前ももうフィルにムカつくのはやめろ、ＥＥ社の仕事にさわる。根に持ちすぎるとそれに足元すくわれんぞ」

「別にＥＥ社で働かなくたっていいんだ。あそこで働きたいかどうか、自分でもわからないしな」

「ほかに何したいんだ、お前？」

トムは溜息をついた。

「しばらく、それを考えてたよ」

「何か思い描いてるもんはねえのか？　人のことばっかりじゃなくて、てめェのことを」

「人のことばっかりってわけじゃないぞ。でも描くと言や……」

うつ伏せになるようプロフェットに手でうながす。プロフェットは逆らわない。トムは手にしたペンをプロフェットの肩に走らせはじめた。

「お前の肌はタトゥにピッタリだって、前、言ったろ？」

プロフェットが鼻を鳴らす。

「タトゥのための肉体(カラダ)してんのはてめェだろうよ」

いつも舌や指でタトゥをなぞるプロフェットを思い浮かべ、トムは微笑した。

「それで俺のタトゥにあんなにかまうのか？」

「当たり前だろうが」肩ごしにトムを見る。「お前は、タトゥショップを開きたいんだな？」

「そんなところだ」トムはうなずく。「まだ思いつき段階だよ、ちゃんと話すほどのことじゃない」

「ふうむ」

「お前のほうは何か考えが？」

「マジな話で？　ジョンのことが片付いた、その先なんか考えられねえよ」

トムは、プロフェットのうなじに唇を押し当てる。

「もうすぐだ」

プロフェットが身を返そうとしてきたが、トムは腰の上に居座ったままこの男を寝椅子へ押しとどめた。

「全部片付いたら、俺の絵心なんか涸れてるかもしれないけどな……そしたら」

プロフェットが気怠げに、トムへ微笑みかけた。

「俺がいくらでも火をつけてやるよ」

トムは微笑み返す。こういう、プロフェットの無防備な一瞬が貴重で、愛しい。そんな顔ができるほどにプロフェットがトムのそばで安らげる、何よりもそれを勝利のように感じる。近ごろ頻度も増えている。

プロフェットに腕をくいと引かれた。

「何時だ？」

「日が変わったよ」

トムも、いつになくリラックスして、体をのばした。

「なあ、お前、アムステルダムに行くって言われたら、どう思う？」

「どう思うほうがいいのか俺に聞かせてくれるかな、ベイビー？」

「お前は機嫌よく行けるだろうさ」プロフェットはほとんどどうなっていた。「だが色んなことが起きてんだ、まさか全部同時に起きやがるとはな」

「大丈夫だよ、プロフ」

「お前が覚悟できてるってのはわかってる。大丈夫かって聞きつづけてる俺のほうがクソうぜえってのもわかる。でもな、何より俺が大丈夫じゃねえんだ。覚悟なんかできてねえ」

その告白に、トムはプロフェットの髪をなでる。

「わかってるよ」

「俺をそこまでわかるてめえが、心のすみで憎いよ」

「ほかの部分では？」

プロフェットはかすかに笑って、そっと「愛してるさ」と言った。まるで少しでも大きな声で言ってしまえば、この瞬間を、この言葉を、運命に奪われてしまうかのように。

トムは固まった。彼は言葉を必要とはしていない――元からそういうたちではない。プロフェットと同じく、何より行動を重んじる。だがプロフェットが今洩らしたその一言を実際に耳にすると……それはまさに、トムが欲するすべて。

「そいつで充分だ」

「そうか？」

「ああ、どれも丸ごと引き受ける」

身を傾けてプロフェットにキスをしながら、トムは自分の体のかすかな震えに気付く。マジか。「愛」という単語が脳内でこだまして、同じ言葉が舌の先まで出かかる。その言葉はずっとそこにあったし、プロフェットにくり返し、何千通りものやり方で見せてやってきた。

それでも、声にするとなると……。

今は、言うまい。これはプロフェットの瞬間だ。自分のほうが先に言うだろうとずっと思っていたが、そんなことは別にいい。このほうがいい。そうだ。

　プロフェットの腕がトムに絡み、自分の上へと引き倒す。彼の顔が胸にふれた時、トムは告げた。

「最後まで、俺たちでのりきるぞ」

「選択肢はほかにねえよ」

「お前が言ったんだぞ、常に道はあるって」

「これに関しちゃ、ねえ。たとえこのすべてから手を引きたくなっても無理な話だ。犠牲がでかすぎる。あまりにも多くのものが懸かってるんだ」

「なら、やるだけだ。一緒にな。何が来ようとだ、プロフ。俺を追い払おうとするな」

「アムステルダムじゃやらねえから心配すんな」

「その先のこともまた話し合うぞ」

「話は後だ」プロフェットはトムの首筋にキスをする。「まずはヤッて、眠って、またヤッて、荷造りだ」

「賛成」


　陽のあたたかさに目を覚ますと、プロフェットが罵りながら歩き回っていた。じっと携帯を見つめて。

「止まらなければマジにタックルするぞ」とトムは言ってやる。

プロフェットがくるりと振り向いた。

「お前に航空券を予約してもらうぞ」

「本物のフライトか？　普通の人間が乗ってる？」

プロフェットがはあっと息をつく。

「そうだ。こいつでコネを使いたくねえんでな、イチかバチかだ。俺だってな、ほかに手がないか考えたんだ。漁船を調達する以外で――」

「それは絶対お断りだぞ」いきなり目が冴えて、トムは起き上がった。「朝飯はもうたのんだか？」

「俺は泳げるぞ」とプロフェットがごねる。「船の操縦だってできるんだ」

「お前の運転なみにか？」

「とにかく本物のほうのパスポートで予約しろ、いいな？　飯は注文しといてやるから」

ぶつぶつ言いながらプロフェットがさする腹の、陽に焼けた肌には、まだトムの噛み痕が赤く残っている。

「できるだけ早い便だ。ランシングが消えてる今、このチャンスを逃したくない」

「何のチャンス？」

朝食も注文した。

「チームとの合流さ」

トムがチケットを予約する間、プロフェットはその肩にもたれかかって細々と指示しながら朝食も注文した。

「ファーストクラスか。随分景気がいいな？」

電話を切ったプロフェットは、トムの肩をそう叩く。トムが答えた。

「お前のクレジットカードからだよ、パパ」

「クソ野郎」

プロフェットの呟きに、トムは笑った。

12

シャワーと荷造りの後、二人は空港へ向かうと、異常なほどトラブルなく時間通りに予約便へ搭乗した。二人のどちらもそれについて一言も言わず、トムはプロフェットも自分と同じほど迷信深いのだろうと見なす。
接続便に乗り継いだ後——その便がまた最初の便の埋め合わせをするがごとくトラブル満載

で、アムステルダム行きの便への接続を逃してドイツに着陸すると、プロフェットが言い放った。

「もう飛行機は飽きた。ルートもたどられやすいしな。ここからは車で行く」

車に体を押しこみながら、トムはぼやいた。

「飛行機よりしんどいし、永遠にかかるだろ」

「何かご予定でもおありで？」

トムはプロフェットのほうを見て、眉を寄せる。それから少し、笑った。

「お前のその考え方、好きだよ」

「俺がどんだけお利口かに今さらビックリしてんじゃねェぞ」

鼻先でそうあしらわれた。

お利口と言えばたしかに、プロフェットは出発前にトムのピアスをすべて外させた。武器も置いてきた。地上に降りればどうせどこかで調達できる。そして今、路肩に寄せた車内で、プロフェットはトムのピアスを戻すのを手伝っていた。

一本ずつピアスが体に通るたび、トムは息をつめた。

「畜生、こりゃどっかの部屋でヤるもんだろ……」

プロフェットがニヤッとする。

「四十八時間しかねえんだ、そんな暇あるかよ」

トムのピアスがすべて戻ると、また走り出した。ドライブの間じゅう、プロフェットがずっと起きていたのはさすがだ。運転を代わろうかと申し出てもきたが、すでにトムはこいつとの不吉な空の旅で存分に命を危険にさらしたし、その前にはアフリカでこいつに運転させたし、ほかにも……あちこちで。いや、自分が運転するほうが今回はマシだ。

「BFLってなんだ？」

短い食事休憩の後、車に戻ると、プロフェットがそう聞いてきた。

顔を向けると、プロフェットは携帯に見入っていた。

「まさか、キリアンの話をしてるんじゃないだろうな？」

「レミーだよ。どっかの女を自分のBFLだとか言ってる」

トムはギアを入れて車を出した。

「生涯の親友（ベスト・フレンド・フォー・ライフ）の略だ」

「何だっててめェが知ってんだ」プロフェットが呟く。「ちょっと待て――てめえのBFLは？」

「Eで始まる名前の男さ」

「ほおおお、そりゃいい。俺がお前を路上生活から救ってやったから言ってんじゃねえよな？」

「どうして道で男娼拾ったみたいな言い方するかな、ベイビー（べべ）」

トムは甘ったるく南部訛りを響かせてやった。これを聞くたびにプロフェットの目がとろんとした欲情を帯びるのが大好きなのだ。

「ずりィぞ。ＢＦＦＬは相手の弱みにつけこんだりしねえんじゃねえのか」

「俺にサカるのを、別に弱みだとは感じてないからかな？」

ほほう、とプロフェットはうなずいてから、真顔になった。

「俺はあのガキが心配なんだ」

「ああ、俺もだ。毎日連絡してくるとほっとするよ」

レミーはトムにもよく電話をかけてくるが、プロフェット相手にはそれ以上だ。初対面の時からすでに、この二人には通じあうものがあった。

「どこにいるって？」

「友達のとこだとよ。この週末はデラのところに泊まってる。母親はお出かけだとさ」

プロフェットは吐き捨てる。とはいえ二人とも、レミーの母が息子を放置していることが裏を返せばこちらに有利な証拠になるとわかっていたが。プロフェットが雇った私立探偵がレミーの母親の不行状をばっちり調べ出してくれていた。あの、十六歳になった少年を、これ以上あんなところに置いてはおけない。エティエンヌが生きているうちはまだ耐えられただろうが、今では……。

「戻ったらレミーに会いに行くよな？」とトムはたずねる。

「もう飛行機も予約してあるよ」

「俺の叔母さんはどうしてた」

チラッと、プロフェットから横目で見られた。

「お前が連絡した時と変わんねえよ」

「実のとこ俺が話した相手はロジャーでさ――」それを聞いたプロフェットが呻いて腕で顔を覆う。「あそこにいた時、屋根を修理したんだってな、偉いな」

「時間が余ってたんだよ」

「へーえ」

「俺があそこにいたのをありがたいと思えよ、ほかに行ったってよかったんだからな」


ホテルへのチェックインから、皆との合流時間まで一時間あった。もう何かに揺られるのはうんざりだったのでプロフェットは徒歩で行くぞと押しきる。

二人は、手をつないで歩いた。

このゴタゴタの只中にレミーからのメールが届いたのは吉兆だと、プロフェットは受けとめていた。これから山ほどの重圧が二人の肩にのしかかろうとしている。少しの間、すべてを忘れてただ気ままに歩くふりをするのは――ジョンのこともジョンのしたことも忘れ、残されたわずかな時間、執念の追跡のことも忘れて歩くのは――完璧に思えた。

部隊の仲間たちも、それでプロフェットを責めはすまい。それはわかっている。皆、ここまで長い道を越えてきた。

だが道の彼方を見据えるべき時だ。果てに何が待つのか、ふたたび心に刻むために。

やがてプロフェットは、淫靡なお楽しみの予感を秘めた行列がのびるゲイクラブへと、顎をしゃくる。

トムが小さくニヤリとして聞いた。

「あそこで顔合わせか？」

「ん」

「マルの案だろ、どうせ」

「レンもな。キングとフックは随分昔にあきらめたよ。実際、そう悪くない手だ」

プロフェットは肩をすくめ、またトムの手を取ったが、店内へ向かおうとはしなかった。

「キングとレンは今夜着く。マルは先に入った」

「お前のお気に入りのスパイにくっついて？」

「奴は俺のじゃねえよ、トミー」

プロフェットはトムと一緒に横の路地の入り口に立ち、人々に目を走らせた。トムは背後に目を配っているが、ブードゥーアンテナにビビッと来るものがあるのかどうかは言おうとしない。二人はランシングを警戒していた。この瞬間、あの男はキリアンよりよほど大きな厄介になりかねない。

少しして、トムが聞いた。

「ランシングは、自分が来られない場合に別の工作員をよこすかな？」

「大体は下っ端をよこして俺たちを追っかけさせる。少なくとも、俺をな。俺たちが地の果ての逆側に分かれてる限り、そこまでの脅威じゃないからだ。あいつは俺たちにジョンを追わせたくない。ＣＩＡはジョンが死んだと思わせたい。だからこっちは、まずひとつ、ジョンを探す。同時に、ランシングの利益も調べる。現時点で奴はサディークと同レベルの敵だ。だが俺に尾行がいても、大体はクラブの中まではついてこねえよ。盗み聞きにはやかましすぎるし、監視には混みすぎて見失いやすいからな。大体、俺が男を引っかけに行くと思ってんのさ」

「ランシングは、ほかの仲間は追ってないわけか？」

「俺ほどにじゃない」プロフェットがうなずく。「パスポートは監視されてるから、正規のパスポートはランシングに行き先を知らせたい時しか使わねえよ。大体はそのパスポートで囮の目的地に行ってから、偽造パスポートで移動してくる」

「ランシングはそれにだまされるのか？」

「皆が、投獄を恐れてビビってると思ってるからな。その恐怖は奴の**、、**で俺らのじゃねェってことも見えてねえ」

プロフェットは歯を噛んで、吐き捨てた。

「つまりここじゃ、一番の足手まといは俺なのさ」

「ただしこの四十八時間、俺たちは奴にもＣＩＡの人間にも尾けられてない」

「わかってる限りは、な」

「必ずわかるさ」

はっきり、トムは言い切る。そう、そしてプロフェットには必ずわかる。それでも……。

「こいつも奴の計略かもしれねえ。俺たちを一網打尽にしようってつもりで」

「やれるもんならな」

トムが、険しい表情を見せた。

13

トムはプロフェットにつれられるまま、この混沌の真っ只中、ダンスフロアとお立ち台にはさまれたテーブル席へと向かった。そこに座れば周囲からは見えない。狙い通りの場所だ。

マルはすでに席に陣取り、赤いパラソルつきのバカでかいカクテルを飲んでいた。ストローが六本刺さっている。プロフェットがマルの肩を叩くと早速ストローに口をつけた。バイカー風の黒いレザージャケットにタトゥだらけの両手、辛辣な黒い目のマルは、いつも通り殺気に満ち満ちている。

トムはお立ち台のすぐ前の席に座った。皆が計画を練る間の見張り役だと、自分の存在を割り切っている。お立ち台のダンサーが彼の気を引こうとしてきたので、たまに視線をやってうなずく。今夜のダンサーたちは白いブーツに白い羽という格好だ。それにジョックストラップ。

マルが何か手話の手ぶりをすると、プロフェットが笑い声を立て、通訳しようとトムのほうを向いた。

「知りたくないからな」とトム。

「計画は順調だ――今朝ケイシーと話したから、お前の〝妹〟には根回し済み」

「妹って、こんなのが何人もいるってことか?」

トムは口の中で呟く。

マルがにらんでくる横で、プロフェットが鼻を鳴らした。

「ちと長い話でな、後で説明する。とりあえず話を進めると……」

手早く手話をくり出すプロフェットを見つめながら、マルがちらちらとトムへ視線をとばしてくる。ランシングの話をしているのだろう。ほかの連中が来てからまとめて話すほうが二度手間にならないと思うが、まあいい。

「追跡はされてない。ランシングからは」

と、プロフェットがまとめた。

マルのほうでは、トムをじろじろと、かけらも信用できねえという顔をして見ていた。それからプロフェットに手話で何か言う。プロフェットが通訳した。

「キリアンの情報屋が、ジョンと接触したと主張している。さて、こっちでその真偽を確かめねえと」

トムは、マルを見た。

「ジョンが死んだと、一度も信じてなかったのか？」

轟音のような音楽の中でも怒鳴る必要はない、この男たちにとっては読唇などお手のものだ。

マルの手話を、プロフェットがトムに伝えた。

——俺が自分で殺ったか、目の前の死体から腸(はらわた)を引きずり出すまでは、誰の死も信じねェ。しばらくそんな楽しい死体も見てねェ。お前、身長いくつだ？

「イカれマザーファッカー野郎」とトムは呟く。

ようやくわかったのかよ？という目でマルから見られた。通訳は要らない。それからプロフェットの「今さらだな」という言葉に、マルが微笑んだ。

プロフェットがマルのほうへ向く。

「ずっとキリアンについてたのか？」

マルがうなずいた。

——二日前の夜だけは、十二時間ほど見失った。

「見失った？」

——ＣＩＡがこっちのケツにくっついてきてたんでな、払い落としてやった。キリアンは情報屋との接触にまた顔を出してきた。

「奴がどこにいたか調べろ」プロフェットが指示する。「んで、残りの野郎どもはどこだよ？」

それが呼び水だったかのように隊の仲間たちが音もなく現れ、トムの両側に一人ずつ座り、残る一人がマルの後ろに立って、トムが感知するより早く取り囲まれていた。続いて紹介タイム。もっともどうせ、向こうはトムのことを調べ上げて残らずご存知だろうが。

そう思うと少しイラッとした。それが伝わったように——顔にでも出ていたか——プロフェットがトムのほうへ視線をよこした。トムがよく知る目。俺がついてる、という目だ。

そこでトムは肩の力を、この状況で可能な限り抜いて、グループ内の濃い人間関係を眺めつつ、男たちのかつての楽しき日々を想像した。戦場、軍の食堂、休暇中の姿。皆がお互いに親しげだったが、誰ひとり気軽に近づける男ではない。

一人はキング、お決まりの黒いニット帽をかぶって透けるような青緑の目をしている。彼の対の影がレン、小柄だががっしりした金髪男で、何もかもお見通しという緑の目をして、体かららざわざわとエネルギーがあふれ出しているようだ。トムの印象で言えば、レンならこのクラブ中の客を店からつれ出して崖から落とすこともできそうだ——それも自由意志で、楽しく飲んで笑って踊りながら。レン自身、実に楽しそうにテーブルで酒を飲んでいる。さらに踊って、笑って。

「まさに人目を忍ぶにはいい場所だな、ベイベ？」

キングがそう口の動きだけで呟いたが、誰もろくに心配している様子はなかった。レンの姿も大体はお立ち台のダンサーたちの影になっている。

レンが笑って、ぐいと酒をあおり、ドラァグクイーンの一人と踊っている間、これが日常であるかのようにキングが周囲に目を配っていた。多分、いつものことなのだ。

フックは、軽く二メートルほどありそうだった。ひょろっとしている。赤っぽい茶色の髪と焦げ茶の目。この中では一番害のない男に見えたが、つまりは最高に危険ということだ。

「最大で一時間ある」

プロフェットが告げる。

男たちは、長年のつき合いが生んだ暗号に近い言葉でしゃべり出した。計画を練っていることや、話のそこかしこはトムにも理解できたが、細かいことまではつかめない。プロフェットが後で解説してくれるだろうが、今、理解したい。把握して、力になりたい。

その場でトムが存在感を——よかれ悪しかれ——示せたのはマル相手だけで、それもマルより先にキリアンの姿を見つけたおかげだった。あのスパイの名前を、トムが口の動きだけで伝

える と、マルははっとして、目つきを悪くした。トムへかキリアンへか、それは不明。

トムにはわからない手話を二つ残して、マルは消えた。視線を上げると、キリアンも消えていた。

「どうせこんなことだと思ったよ」とフックがうなる。

「クラブなんて山ほどある中で」キングが指摘した。「マルが保証したんだ、キリアンが一度も来たことのない店だってな」

だが話はすぐに先へ進む。マルの助力もあってキングは追加情報を握っていた。キリアンの情報源を一つずつたどり、新たな核専門家へつながる糸をつかんだと感じていた。ＣＩＡがその存在を抹消したが、サディークが食指を動かしてまた名が上がった専門家の。

「パズルの最後のピースだ」

キングが続けた。携帯の写真を見せる。次から次へと。トムは何枚目かで、すべて同一人物が変装した写真だと気付いた。

「ハルもあの手この手で変装してた——移動するたびに新しい身分でな。最初の数年は、三ヵ月ごとに」

プロフェットがトムにそう解説してから、キングへ聞いた。

「この男、確保したのか？」

「これから」

「それをどうするんだ？」とトムが問う。

「持ち駒にする」

キングが言った。正確な意図を読むにはあまりに意味が広すぎるが、トムの勘が囁く。その核専門家はエサなのだ、サディークを――そしてジョンを――おびき寄せるための。

うなずいたプロフェットの表情は読みづらい。

「なあ、T。そっとマルの様子を見てきてくれるか？　ダンスフロアにもバーにもいねえ」

キリアンに見つからないだろうと、トムを信用している。それにトムにはいい訓練だ。レンもついて来たが、途中でキリアンの連れの相手をしに離れていった。ダンスしながら相手のポケットを探るつもりなのだ。

だが、マルもキリアンも、まだ姿が見えない。さして経たずに、残すはバックルームの確認のみとなった。奥の部屋に踏みこんだトムに男たちが体を寄せ、一歩ごとに誘いがかかって、ここをいつまでも一人でうろうろしていたらそのうち用心棒に蹴り出されそうだ。セックスの匂いにトムの股間まで刺激され、プロフェットをさっさとここへ引きずりこめないかなどという誘惑がかすめ――。

人の多いところまでたどりつくと、トムは暗がりにまたたきながら周囲の影をたしかめる。大体は背丈や体格で別人だとわかる。部屋の隅に、背の高い影が二つ見えた。片方が相手を壁に押しつけている。

マルだ。

そしてキリアン。

マルが、キリアンをファックしている。

……まあ、世の中ゲテモノ好きもいることだし。

二人の行為はまさに終わるところだった。マルがズボンを上げている間にトムは見つからないよう部屋を出て廊下で待つ。マルがずかずかと通りすぎ、数秒してキリアンも去っていった。スパイ野郎がバーへと向かい、トムがお立ち台のダンサーたちのところへ戻ろうとした時のことだ、怒号が上がってたちまちに派手な乱闘が始まった。

隊の連中のテーブルへ目を向けると、レンが見えた。頭上で椅子を振り回している。

最高だ。いい隠密っぷりだ、まったく。トムは溜息をつき、それから、喧嘩の真っ只中につっこんでいった。いや、ほかにどうしろと？


バーでのいい乱闘はプロフェットの大好物だ。しばらくご無沙汰だった。テーブルと椅子を頭上にふっとばしながら、人間相手にはもっとお手柔らかにしてやったが、向かってくる奴には容赦ない右フックをくれてやる。

例によって、乱闘を始めたのはレンだ。キリアンがバーに向かったとマルからの合図を受けて。チームの中でまだ店に残っているのはプロフェットとトムだけで、そのトムはダンサーたちのそばで待つプロフェットのほうへゆったりと歩いてきた。お立ち台もダンサーも、ほぼ無傷だ。

「無事か？」とトムがたずねる。

プロフェットは、すっかりご機嫌な様子のトムへと「楽しかったな」とうなずいた。

トムが首を振る。

「あァ？　俺にだってストレス発散が要るんだよ」プロフェットは首をのばした。「もっとマメにやりてえもんだな」

「発散の手ならほかにもあるぞ、プロフ」

「わかってるよ。さっさと次のもやろうぜ」

トムの手をつかんでぐいと引き寄せ、無精ひげの頬をトムの頬に擦り付けた。この男はざらついた刺激に弱い。

「てめえも暴れてたろ、ケイジャン」

「自衛だ、それ以上でも以下でもない」そうトムが反論する。「マルとキリアンも見つけた。乱闘まではこっちは捕捉されてない」

「今もさ。キリアンが客のほとんどと一緒に出てくのを見た」プロフェットが保証する。「あいつらどこにいた？」

「裏のほうだ」トムは適当に、そちらへ手を振った。「俺たちも出たほうがよくないか？」

「異常なしと確認できてからな」

プロフェットはトムをダンスフロアに引っぱり出すと腕で抱きこみ、首筋に顔をうずめた。トムも同じことをしながら、二人で体を揺らす。こうしていれば人に顔を見られずにすむが、主にはただこんなふうにトムを抱けるのが気持ちいいだけだ。

「ここでお前とヤリてえな」トムに囁く。「膝をついてお前をしゃぶってから、そっちを向かせて、柱にしがみつくお前を、皆の目の前で俺のもんにしてえ」

耳元でトムのうなり声がした。

「おっ、気に入ったか？」

プロフェットは別のカップルへ視線を流し、その二人がお互いをしごいているのをトムに見せる。

「くそッ」トムが呟いた。「俺たち、もっとクラブに来るべきだな」

「だな？」プロフェットはからかう。「お互いセックスが足りてねェからな」

だが本当に、トムとのセックスにはすべてがあった。プロフェットがトムのすべてを、最大限に学べる場でもある――トムのほうも彼に対して同じことをしているのはわかっていた。ベッドの中での相手をよく知って初めて、相手を知っていると言える。

「一生、足りないよ」トムが真剣に告げた。「それに、お前に膝をつかせて床に押し倒すのは俺かもな？　お前の脚を広げて、皆の前でファックするのは」

プロフェットは鋭い息を吐き、かすかに喉をさらした。

「人前で俺とプレイか？」

「めちゃくちゃ燃えるぜ、プロフ」

ああ、間違いない、最高だ。

「全部片付いたら、そん時に……だな」

「ああ、だな」

トムがくり返す。

スローな曲が終わった時、プロフェットの携帯が震えて安全確認のサインを伝え、彼は渋々トムをつれてダンスフロアを去り、店から出た。

ホテルの部屋に戻ると、トムがくるりとこちらを向いて聞いた。

「出口はないんだよな、もう」

「道を渡ってるジョンがたまたまバスに轢かれてくたばる以外にか？　ねェよ」

「じゃあバスに祈ろう」

トムが大真面目に言った。

14

マルとキリアンを正確にどこで見たのか、プロフェットは細かく聞いてこなかったが、トムだってあの二人のセックスシーンなんかに遭遇するとは思ってもいなかったのだし、ならプロフェットが勘ぐるわけもない。

大体、プロフェットにマルとキリアンの関係を報告しても、いい結果は生むまい……何にせよ、マルはたしかにイカれ野郎だが、腕が立たなければここまでやって来られた筈がない。

それにしても、ついニヤつきたくなる、あのクソ野郎の弱みを手中に握ったということに。その上キリアンまで、今はプロフェット以外の男を追っかけている。

「マルへのお返しって、どういうもんなんだ?」

何の前触れもなく、トムはたずねた。プロフェットが聞き返す。

「一体どっから出た質問だ」

「あいつにお前がどんな恩を売ってるのか、いつ聞いてもはぐらかしてたろ」

プロフェットが肩をすくめる。

「状況次第で色々さ。これだけ言っとこうか、マルが好きなクラブにあるのはダンサーのお立ち台じゃなくて、鞭と鎖だ」

「マジかよ。あいつはサイコ野郎だ、プロフェット。苦痛が好きで制御不能、あいつは――」

トムは凍りついた。洋服ダンスの横をつかんで体を支える。愕然と、プロフェットを見つめた。

「……あいつは、俺だ」

プロフェットはぐっと唇を引き結んでいる。笑いをこらえているかのように。あまり成功していない。

「言ってくれ」トムが懇願する。「嘘だって、言え」

「お前ら二人には……まあ、共通項がある」

プロフェットがそう認めた。

「知ってたのか！」非難の口調で、トムは指をつきつけた。「知ってて、あいつがどんだけクソ野郎か散々俺に言わせてたんだな！」

「フェアに言っとくとな、俺はマルにも、お前がどんだけクソ野郎か好きなだけ言わせてたぞ」

プロフェットはいかにももっともらしくそう述べた。

「奴は俺と同じ結論にたどりついた時、絶望しただろ？」

たずねるトムの声にはすがる響きがあったが、プロフェットは「あいつはまだ、現実否定の段階だ」と首を振る。

望みは残っているかもしれない。これ以上のピアスはなし、セックスはノーマルに。それに大体、トムだって、毎日出かけていって人々を叩きのめして回っているわけではない……。

プロフェットを守ろうとする時以外は。

それと、任務以外では。

あとは――。

駄目だ。トムはベッドに座り、両手で頭を支えた。プロフェットが必死に笑いを我慢しているのが、声からわかる。

「そう嘆くな、もっとひでえこともあるだろ」

「どんな？」

「……」

沈黙が長くのびて、トムは顔を上げた。

「今考えてんだよ。そのうち思いつく」とプロフェットが約束する。

「もう忘れろ。いいから――」

トムは、プロフェットをじっと見つめた。

「何だよ？」

「俺もあいつと同じサイコ野郎だって言うなら、折角だから楽しいことに使おうかと思ってな」

そう、トムは理屈をつける。

「それ忘れんなよ、トミー。俺は電話一本かけてくるから」

寝室へ向かったプロフェットは、そこで肩ごしに「いや、くそ、まずシャワーだな——誰かがラメを俺にぶちまけやがった」と言ってバスルームへ消えていった。

トムは鼻を鳴らし、見下ろして自分もラメだらけなのに気付いた。水音がしたらシャワーに加わろう。それまでは——。

くるりと身を翻すと、トムはキングの喉笛を引っつかんで壁へ押しつけた。

「大したもんだ」キングがかすれ声で言う。「プロフェットによく教えこまれたな」

「俺が自分で覚えたことさ」

気乗りしないまま、手を離した。何より、今夜ずっとこの男から放たれていた不信の気配が好きになれない。キングは前もトムに忍び寄るような真似をしたが、今夜初めて、この男とプロフェットが一緒にいるところを見た。

プロフェットと言えば。

「あいつならシャワー浴びてるぞ」

キングが喉をさする。

「お前と話しに来たんだ、トム」

「なら話せ」

キングは目を細めた。

「あいつは、お前を心配しすぎて役に立たなくなるだろう」

「失せろ、キング。俺は前にもプロフェットと組んだ。この手の話はあいつとする、お前とじゃなくてな」

「あいつはまともに考えられてない」

「てめえはどうなんだ？」トムは語気を強める。「はっきり言ってな、全員の中で俺だ、、、けがマトモに物を考えてんだよ。お前ら当事者は近すぎて見えてない」

「サディークに殺されかかったのはお前もだろ」

キングが指摘する。トムは声を冷静に保って言い返した。

「あれは巻きこまれただけだ、わかってるだろ。聞けクソッたれ、俺の存在はお前らのチームに起こった最高の出来事だと思うぞ」

キングがじっとトムを眺める。

「お前は、この件のために命を捨てられるのか？」

「キング、よちよち歩きのド新人じゃねえんだよ、そんなセリフで俺がビビると思うな。でも答えとくと、俺はこれまでの人生ずっと死ぬ覚悟はできてる。それを祈ったことだってある」

キングが、降参というように両手を上げた。

「甘く見るな、キング」トムは囁くように脅す。「俺はもう一員だ。お前が知ってる以上に、もう踏みこんでるんだよ。自分が何に足つっこんだのかもよくわかってるし、喜んでそこを歩いてくつもりだ。だがな、俺の存在を言い訳する気は、もうない」

キングに背を向ける――この男に伝えるのが大切なのだ、トムのほうではキングをそれだけ信頼していると。

ドアが開く音に振り向くと、プロフェットがドア口に立ち、キングが脱出した窓が半開きで残っていた。

その、やや曇った表情からして、プロフェットはすべて聞いたようだった。

「マルとはずっとやり合ってた癖に、お前がそこまで言うのは、これが初めてだな」

トムは肩をすくめた。

「マルは俺にあんなことは絶対聞かないからな」

プロフェットが小首をかしげる。

「どうしてだ？」

「胸クソ悪い話だが、マルと俺は理解し合ってる。どうせ同一人物だからな。あいつには、俺の動機を疑う必要はない――心からもうわかってる」

プロフェットが笑顔になった。

「知ってたんだろ、お前？　いつからだ」とトムが詰め寄る。

「ずっと前から」

「キングはどうしてああなんだ」

「あいつは生き残りたいからさ。お前と一緒に働いたことがないから。それにこれから、人生で何より重要な仕事が待ってるから」

トムは溜息をついた。

「キングは納得すると思うか？」

「お前は、あいつにほかの選択肢をやらなかったろ」


プロフェットはトムよりも早く目を覚ますと、瞬時に事態を悟った。起こす前にトムの荷物をあさり、薬を探し出すと、氷をいくつかタオルに包んだ。

さらに小さなタオルをアルコールに浸す。どれかは役に立つだろうし、あらゆる手を試してやるつもりだ。

トムの偏頭痛は段々と回数が減ってきていたが、思えば、今日は予期しておくべきだった、特にキングとの邂逅の後では。

「トミー、薬飲めそうか？」

そっとたずねると、トムは目を開け、またたき、見つめて、「くそ」と呟いた。

起きようともがき、プロフェットをつかむ。プロフェットは背の枕を直してやり、薬を飲ませ、氷やアルコールのタオルで肌を圧迫してやった。トムのためにわざわざ覚えたツボも押してやる。

四十分後、頭痛は楽になった様子だったが、薬のせいでトムは上気してつらそうだった。プロフェットは小さな氷を手にすくうと、トムの胸板にのせる。男の肌は燃えるようで、氷にふれるとビクッと体がはね、乳首がとがる。プロフェットの手をつかんだ。

プロフェットは振りほどかず、ただ氷をひとつトムの乳首まですべらせると、ピアスの周囲で遊ばせてから、張りつめた乳頭にじかに当てた。視線を感じるが、プロフェットは今忙しい。

ふっと乳首に息を吹きつけると、トムが呻いた。

人生ベスト1ってくらいにいいもんを聞いた気がする。プロフェットはまた乳首の周囲を吹き、先端をつつき、吹いて、顔を寄せて噛むと吸い上げ、舌と歯の間でバーベルピアスをもてあそんだ。

トムがのたうち、プロフェットの肩にすがって、深く呻いた。髪を指で握りしめられると、プロフェットの股間にカッと熱がたぎる。トムが我を失ったかのように腰をプロフェットに擦り付けた。

もう自制などない。トムの肉体は、プロフェットの体の下でまるで溶けていくようだ。その肌の味が好きだ。

固く尖った乳首を歯で擦り、この男を狂わせていくのが大好きだ。トムは懇願していた。何をかは、自分でもわかっていないくせに。

トムの息は切れ切れで、肌の熱さはおさまっていたが、ペニスはこの上なく固くそそり立っている。目をとじたままの顔はリラックスしていた。

「よくなったか、ベイビー？」とプロフェットは聞く。

「なりそうだ」

プロフェットは抗わず、トムの手で仰向けにごろりと転がされ、両手をつかまれて頭上に上げさせられた。上半身裸だったので、今度は自分の乳首を嚙まれてうなる。この瞬間これを欲してもいたし、トムが痛みにさいなまれている時はいつも好きに蹂躙させてやっていた。

トムがプロフェットのズボンを、それから自分のズボンを下ろす。せわしなく乱れた行為になりそうだ、二人ともが大好きな。ジェルをつかんだトムは、プロフェットではなく自分の準備をすると、プロフェットのものにゴムをかぶせてこれも上から濡らす。プロフェットがただ見つめて息を切らせていると、ついにトムが、プロフェットの屹立へと腰を下げていった。

プロフェットは、肘で支えて腰を突き上げる。トムが息を合わせた。互いに揺れ、プロフェットの肩にトムがしがみつき、相手をむさぼる。

プロフェットは顔を、一瞬上げて、命じた。

「イケよ、トミー……今、すぐ」

そしてトムは従った。奔流を放ち、まるで体が勝手にプロフェットに従ったかのように驚いた顔をして。引きずられてプロフェットも反応し、トムの腰を激しくつかむと、深く己を呑みこませたまま腰を荒々しく突き上げた。トムの名を叫ぶ——「トミー……」——そしてトムはその声に微笑み、プロフェットの上に崩れた。

翌朝、トムには寝坊させ、さらに朝食を注文してやって飯といい映画でくつろがせてから、プロフェットはキングに会いに出かけた。

誰と会うのかはトムも知っている、勿論。だが鼻を鳴らして、ベッドで寝るほうがマシだと言ってきた。

ダイナーまでの道を歩きながら、プロフェットはランシングの居場所も気配もつかめない事実をじっくり考えこんだ。どうして下っ端の姿すら見えないのか——プロフェットも仲間も一マイル先から奴らを嗅ぎつけられるのに。

おかしなことに、物事がうまくいっている時こそ心配するべき時なのだ。順調さなんて、上辺だけのものでしかない。そう思いながら、プロフェットは店の奥の席、キングの向かいに座る。

「ほどほどにしとけよ」

意味は、キングが自分の好きに受け取ればいい。とりあえずキングはただ応じただけだった。

「ランシングについてなんか聞いてないか？」

「奴、ヤバくねえか」

レンの声はプロフェットのすぐ背後の席からした。

振り向かず、プロフェットはあっさり返す。

「まったく、レン、お前らいつまでくっついてる気だ」

「お前とトムがバラけたら考えるよ」

プロフェットの視線の先で、キングの後ろに座っているマルが、プロフェットに代わって抗議するかのようにレンへ中指をつきつけた。視界が一瞬ぼやける。畜生、疲れてる。目をこすったが、かすみはますますひどくなり、プロフェットはそれを払おうとまたたいた。

「大丈夫か？」とレンに肩を叩かれる。

「年のせいさ」

プロフェットのぼやきにレンが笑った。

「ねェよ、プロフ。お前のパンツん中にゃ若さの泉があるだろうが」

「そりゃどういう意味だよ？」フックが問いただしてから、片手を上げた。「いい、聞きたくない」

「セックスは若さの元だって言ってんのさ」フックに答えたのはキングだ。「でもお前は既婚者だからなあ、セックスについちゃ初心者だろ」

フックがグラスの水を全員めがけてかける。ウェイトレスが怒鳴り、プロフェットがまばたきすると、またすべてがくっきりとした。

15

帰国したプロフェットとトムが家に転がりこんだのが夜中の三時。

朝八時、プロフェットは医者の診療所にいた。先週の定期検診はすっぽかした。だがあのアムステルダムでの異常があっては……。

「プロフェット?」

顔を上げると、心配そうな顔をした医者が入ってくるところだった。

「どうも、ドクター・セイラン。少し……ぼうっとしてて」

「ああ、ノックも聞こえないようだった。平気ですか?」

ドクターはカウンターにもたれて腕組みし、プロフェットは肩をすくめた。

「時差ボケでね」

「ほかの問題は？」

あるよ、あんたの処方箋じゃ間に合わないくらいな。

「はっきりとは言いにくい」フラッシュバックとサディークとランシングとその他の問題と……。「昨日、体験した。目のかすみ」

「ろくな睡眠をとらずに長旅をした疲れのせいかもしれない、どうせ睡眠不足でしょう」

セイラン医師は手ぶりでプロフェットに姿勢よく座り直させると、二人の間に機器を設置した。目をしっかり開け、プロフェットはいつもの検査をひと通りこなしていく。毎回こうだ
――プロフェットは検査中に何も聞かず、医者もずっと無言。

検査が終わると、プロフェットは椅子にもたれて、色々書きとめているセイラン医師を待った。

やがて、セイラン医師が彼へ顔を向けた。

「前にも話したように、症状の進行具合を予測するのは難しい。遺伝的要素が大きいからね」

「親父の進行は速かった」

プロフェットは本題にずばりと切りこむ。医師にもそうしろと伝えるために。

ドクターがうなずいた。

「前よりも君の状態は悪い――たしかに症状の進行が見られる」

「要するに？」

「君の視力が失われるまであと五年かもしれないし、二年かもしれないし、一日かもしれない」

「ってことは、あれは疲労からだけじゃなかったと」

プロフェットは固い口調で呟く。

「私が今診たところだと、ああ、そうは思わない」

セイラン医師は遠回しな言い方をしない。プロフェットもそこを気に入っている——大体の場合は。今この瞬間は、そうでもない。

「だが進行中の状態を、長期にわたって保てる可能性もある」

そう言われても、プロフェットの父は数ヵ月で一気に悪化したのだ。祖父も。だが医者にはすでに家族の経緯は伝えてあるし、結局、プロフェットに出せた言葉はこれだけだった。

「わかった。一月後にまた来る」

「それまでに異常が出なければね」

「だな、ああ」

「前に話した色々なオプションのことは考えてみましたか？　必要となる前に備えておいたほうがいい」

プロフェットは、考えてきた。基本的な点字の訓練も受けたし、その手の最新アプリについても調べた。盲導犬についても考えた。ディーンが様々な情報をくれたのだった。

もう否定するのをやめて、行動に移らなければなるまい。

「目隠しを、ためしている」

「手応えは?」

「上々」

その嘘に、医者は眉をひそめた。

「ここで少し待ってて下さい」

プロフェットはうなずき、扉が閉まる音を背後に聞いた。

問題は、暗闇がパニック発作を引き起こすということだ。そしていくら、すべての光が失われるわけではないとくり返し己に言い聞かせても、頭の中にジョー・ドリュースの言葉がこだまする。

——嘘っぱちだよ、連中は知らねえんだ。半端もんになるんだぞ。そんな能無しになってたまるか、俺は堂々とおさらばしてやる。そいつがうちのやり方だ。

プロフェットは父の真似などまるでしたくない。それで目隠しをし、闇の中に座って、慣れようとしてきた。

仕事柄、常から周囲への感覚は鋭い。人より多くが聞こえ、多くを知覚する。だが、五感のひとつを完全に断つというのは……。

深く、かすれた息を呑みこむ。目隠しをしている時と同じように。目をとじ、闇の中にとどまった。

この病は、プロフェットの家系を代々疫病のように伝わってきた。祖父と父は、今の彼よりもっと若くに命を断った。

プロフェットはただ、思いわずらうのを拒否した。自分ではどうにもならないものだし、どうにもできないものは無視する主義だ。ひたすら己を鍛えるだけだ、肉体も心も。そして今いる世界で仕事を続ける計画を練ってきた。見えようが見えまいが。

だが視力を失う想像と、その現実はまるきり違う。それを今、初めてつきつけられていた。

——これよりはマシな筈だ。

プロフェットは目を開ける。

——絶対に。

立ち上がると、待てと医者から言われていることも無視して出ていこうとしたが、まさに待たされていた理由が目の前に立ちはだかっていた。

「ここでてめえが何してんだ、副業かよ?」

出口まであと何インチもないというところで邪魔されて、プロフェットは問いただす。

「お前に会うにはこれしか手がないだろうが」

ドクが彼を見下ろし、下がれ、と指をつきつけた。プロフェットは下がった。二歩だけ。ドクが溜息をついた。

「てめえは俺の追っかけかよ」

「お前が電話に出ないからだ。俺がいつまでもおとなしく引き下がってないのはわかってたろ、プロフェット」

そう、ドクはそういう男だ。

「何の用だよ？　俺はもうフィルの下で働いちゃいねえし、忙しくてな」

「フィルの下にいないとかどうでもいい、てめえはまだ俺の患者で俺の友人だぞ、このクソ野郎が。ああそうだろうよ、どれだけお忙しいかは、俺も聞いてる」

ドクは体のデカい男で、怒ると実に迫力が出る。今みたいに。

「くたばりやがれ」

プロフェットはぼそっと吐き捨てる。まさに死を招きかねないセリフなのはわかっていたが、どうでもいい。

ドクが天井を仰いでなにやら悪態をついてから、冷たくプロフェットをにらみ据えた。

「お前は自己中心的なクズだな」

「俺が自己中だって？」

「ああ、今からそこのところを解説してやる、クソッたれ。お前が何考えてるかくらいこっちにはお見通しだぞ」

プロフェットは首を振り、半ば向きを変えて、ここから逃走する手段を探す。こんな展開はまっぴらだ。

「へえ、あんたも心が読めるようになったのかよ。トムと一緒にブードゥーごっこに励んできやがれ」

「俺はな、お前の目のことを知った瞬間から、ずっと知ってるんだ、プロフェット。今ここに座ってお前が何考えてたかも知ってるぞ」

プロフェットはドクをじっと見据え、声ににじむ毒を消そうとする――なにしろ相手は誰でもない、ドクなのだ。しかしどうしてそのドクが、プロフェットにこんな思いをさせる？

「そんで？　ほめてほしいか？」

ドクの目がさっとプロフェットの全身を見回し、すっかり見慣れた怒りの色を滾らせた。

「それより、俺の、話を、聞け。いいか。そんなことには絶対させないからな」

「俺の目が見えなくなるのはあんたには止められねえよ」

「お前が自殺するのは止められるぞ」

プロフェットは鋭く息を吸った。ひねりの効いたセリフで、四六時中は見張っておけねえぞとか何とかドクに言ってやりたかったが、それを言えば認めたくない物事を現実にしてしまうだけだ。仕方なく口をとじた。結局は、ドクの狙い通りに。

ドクは、彼のほうへひとつうなずいた。

「あのな、負傷してＳＥＡＬｓからはじき出された時、俺も自分の遊び道具をまとめて家に逃げ帰りたかったよ。膝のいい奴が全員憎くてな。隊を辞めたくなかった。だがしばらくすねてたら、知り合いにケツを蹴られて自分の責任について自覚させられたよ。俺が得た知識を、分かち合う義務があると」

プロフェットはうんざりと目玉を回してから、声に毒気をたっぷりと滴らせた。ドクにそれを向けるのは筋違いだとわかっていたが。

「たしかにな――ＥＥ社で働けば俺にもまだ役に立つフリができるかもなあ。電話番くらいにはなるかな？」

「それか、お前は衛星通信を通してエージェントたちを導き、無事に帰還させることができるかもしれない――空からの、彼らを導く声となって。まだ誰かの命を救えるかもしれない。今お前があきらめれば、お前を頼りとしているすべてのエージェントを傷つけることになるんだぞ。考えてもみろ、お前は任務の合間に、幾度そうやって彼らを救ってきた？　時には任務中にも？」

自分がＥＥ社の軌道から外れた数ヵ月前、大量に送られてきたメールと携帯電話への伝言を、プロフェットは思い出す。エージェントたちが電話してきた――プロフェットを心配して。助力を求めて。相談をしに。プロフェットの手を借りられないかと。

「皆、今は俺が必要だと思ってるだけさ。そのうち、そうじゃなくなる」

　ドクは溜息をつき、鼻の付け根をつまんだ。プロフェットに忍耐の限界を試されている、という仕種。こっちもしてやったりと得意げになれる気分ではとてもなかった。

「変わりゃしないさ。お前に欠陥があると見てんのは、お前本人だけだからな。ああまったく、そういうことだけはよく見えてる自信があるんだろ？　わかってるんだぞ」

「てめえも自分の忠告をしっかり聞いて、ニコのことはそろそろ吹っ切ったらどうなんだ。そろそろ七年か、ああ？」

　ドクの顎がぐっとこわばり、表情が石と化す。

「ほらな。そっちがケリつけたら、そん時ゃ話を聞くぜ」

　ここが他人の診察室でなければ、ドクは壁をぶち抜く勢いでプロフェットを叩きつけていたに違いない。いや、今から駐車場かどこかにつれ出されてボコボコにされないだけでも幸運だ。そうなってもプロフェットの自業自得だが。もしかしたら、そういう結末を求めているのか。

　まるで心を読んだかのように、ドクがうなった。

「俺にぶちのめされたところで、視力を失うのが楽になると思うなよ、ボケが」

　マルのやり方にならって、プロフェットは中指を立ててやった。

　ドクが鼻で笑う。

「何だ？　お前は皆に見捨てられたいのか？　そうすりゃ人生やめる言い訳が立つか？　トムのことも遠ざけてんのか、それともあいつを捨てる別の手を考えたか？　自分を殺したいならな、とっととやってあいつの傷を浅くしてやることだ、あいつが本気でお前にのめりこんじまう前にな」

「ファック・ユー」

プロフェットは呟き、激しくまたたいた。喉が苦しい。やめろ、ドク、と言いたかった。やめてくれ。だが言葉が喉元につまって出てこない。

「いいだろ。何なら薬をやるぞ。注射がいいか？　痛みもない、すぐ効く。お前が任務でやろうとしてきたことと一緒だろ」

「違う」

「ほう？　どこが違うか言ってみろ」

今や、ドクを駐車場へ引きずり出して叩きのめしてやりたいのはプロフェットのほうだった。だがわずかも動かずにいた。

「どうして、こんなことをするんだよ？」

やっとのことで、そう言葉を押し出したが、耳に響く己の声はあまりにも虚ろでむき出しだった。ここから逃げ出したい。だがドクが前をふさぎ、両手をプロフェットの肩に置いている。しかもこの男は雄牛なみのガタイだ。下手すればトムより強そうなくらい。

「カタをつけてこい」ドクが続ける。「ジョンを見つけろ。全部、終わらせるんだ。それから新しい一歩を踏み出せ」

「こんな真似して、てめえの自己満足のためかよ」

「ぶん殴るぞ、このバカ障害者」

プロフェットは両手を宙に振り上げた。

「イエス・キリストに誓って今のは問題発言だぞ！　障害者をののしるなんて！　そんな発言が許されていいわけないだろ、不適切にもほどがある」

「誰が気にするよ」

「俺だよ」プロフェットは息巻く。ドクは笑いを嚙み殺していた。「笑いごとじゃねえぞ」

ドクの声は低く、少しかすれて、喉に引っかかって聞こえた。

「……わかってるよ、プロフ」

その言葉で充分だった。プロフェットに告白させるには。

「俺には、無理なんだよ」

何が無理なのか、自分でもよくわからない。今この瞬間は、すべてに思えた。

ドクがプロフェットの首にぐいと片腕を回すと、引き寄せ、肩口に顔をうずめたプロフェットへ言い聞かせた。

「フェアじゃないよな。わかってるよ。でもな、とにかくまずは、お前からトムに言ってやれよ」

「まだ言ってねえって、どうしてわかるよ？」

「太陽が昇るのは朝だって、誰だってわかってるだろ」

「ムカつくな」プロフェットはドクの肩に言葉をくぐもらせる。「この差別野郎」

プロフェットの首を後ろをさすりながら、ドクは彼を離そうとはしない。プロフェットもかまわなかった。

やがて、ドクがたずねる。

「俺から言ってほしいか？」

「ああ。だが、駄目だ」

ここでなら、大丈夫だ。ドク相手なら。トムが相手でも同じように大丈夫であるよう、プロフェットは願う……そしてそう信じられるのだ、この問題以外でなら。この問題だけは——プロフェットは、一度もトムに向き合うチャンスを与えてこなかった。

「一緒にいてやろうか。トムの質問に答えてやれるぞ、お前の代わりに」

プロフェットは顔を上げた。

「俺を楽にしようとしてくれてんだろ、ああ、クソッ、でもこれだけは楽になんかいかねェんだよ。そんなふうにはごまかせねえ」

「自分をごまかさないのは、まず一歩、進歩だな」

16

今回のフラッシュバックはいつもより静かだった——ただジョンが一人、いつもの場所に座って煙草をくゆらせている。眠りと目覚めのはざまにいるプロフェットを眺めながら。

「いつかこうなるってわかってただろうよ、プロフ」嫌味っぽく言う。「今さらビビってんのか？」

「くたばれよ」

プロフェットは呟く。

「試してみたぞ？　でも昔の俺たちの遊びほどおもしろくなくてなあ」

プロフェットはごろりと転がり、この男に、現実では無理なやり方で背を向ける。

「俺の目が見えなくなりゃ、てめェの顔も見ずにすむかもな」

「俺よりもっとでかい厄介事があんだろうが」ジョンが続ける。「自分の問題に集中しろよ」

「そのほうがお前は都合いいだろうな」

「まあな。でも、だから言ってるわけじゃねえぞ」

そして、静かになった。やがてまとわりつく眠りを振り払ったプロフェットは、気付くと窓に背を向けてベッドの縁に座っていた。体が震えていた。

己の弱さをののしる。煙草の残り香がしている気がして仕方ない。窓へ近づいた時、メールの着信音がした。これを見ろ、今すぐ見ろと勘が囁く。

〈確認完了〉

プロフェットはその文字を見つめた。ほかのどんな件にも当てはまりそうな一言。だが、そうではない。これは、すでに何年も前からわかっていたことを、プロフェットに告げている。かつてプロフェットが姿を消し、己の身を危険にさらして途上国をあちこちさまよっていた理由だ。隙あらばＣＩＡの追跡を振りきりながら。

そうやって自分が消えている間、キング、マル、レン、フックがきつい尋問を受けたのも知っていた。彼らが拘留され、軍法会議の危機にすら面していたことも。ＣＩＡが全員を拘束して宣告したことも――彼らが解放されてせめてそれなりの自由を取り戻すには、プロフェットの帰還が絶対的な条件だと。

だからこそ、プロフェットはアメリカに戻ったのだった。そのままでは、仲間たちは永遠に耐えただろうから。そんな罪悪感は背負えなかった。

機密回線の番号を打ちこみ、全員が出るのを待つ。マルがスカイプをオンにして、プロフェットはそこに横たわったまま、たちまちチームの仲間に囲まれて、ついさっきジョンが説教を垂れていたばかりの場所を見つめた。

『今、一人か？』とキングが確認する。

「今はな」

プロフェットは答えながら、まだトムを疑うキングに苛立つ。だがその感情をあるべき場所へ押しこめ、マルへ顔を向けた。

「どう確認した」

〈キリアンの情報屋のうち二人が同じ情報を持ってた〉とマルが手話で伝える。〈そいつをたどった〉

「前にも似たようなことはしたろ」

マルの表情がさっと冷えた。

〈あいつの声を聞いてんだよ、プロフ。この耳でな。二回〉

プロフェットは短く目をとじ、息をついた。

「……はじめからわかってたことを証明しようとして、随分時間をムダにしちまったな」

『こうするしかなかっただろ』とキングが口をはさむ。

プロフェットは「ほかに何がわかった？」とマルに聞いた。

〈キリアンの情報屋にはジョンの息がかかってた。ジョンに会ってたよ。キリアンを殺せと命令されてた〉

「それをキリアンは知ってるのか？」

プロフェットは問いただす。マルが首を振った。

〈まだ。言う気もねえ。あいつ今ちょっとビビらせてんだ。お楽しみはこれからさ〉

レンが割って入った。

『じゃあ皆でジョンに会いに行ってやろうぜ。そんでぶっ殺す。ま、その前に拷問したいところだな』

全員が、いつものように賛同する。プロフェットは黙っていた。普段なら、無言を勘ぐられるのが嫌で皆に同調しているところだ。

ま、どうせこいつらはプロフェットの背中側であれこれ噂しているだろうが。

キングが呼んだ。

『プロフェット？』

「聞いてる」

『異論はないか？』と探りを入れてくる。『しんどいのはわかる、こいつはお前が好きだった男の話だ。お前の親友の』

「やる気ならもっとグサリと来いよ、キング」

プロフェットに静かに言い返されて、キングが爆発した。

『こんだけのことがあって、てめえは今でもこれがジョンの意志じゃねえって思ってんのか？

いい加減目ぇ覚ましやがれ。これまでは大目に見てきたぞ、自分の恋人が俺たち皆を踏みつけてったのをお前が悪いと思ってんのはわかってたからな。でももうその目をこじ開けろよ！』

キングのアイルランド訛りは、怒ると一番強くなる。これほどまでに怒りをぶつけてくるキングを、プロフェットは見たことがなかった。

マルの目は見ないようにする。視線からでも、憐れまれているのがわかる。中指だけそっちに立ててやり、全員に向かって言った。

「あいつの意志じゃないなんて、俺が一度でも言ったかよ。俺を大目に見てくれとてめぇらにたのんだかよ。一体何を気にしてやがんだ――あいつを狩り出すつもりがないとか、俺が一言でも言ったかよ」

『お前が最初に奴を見つけたとして、殺せるか？　お前を信用できるか？』とフックが問う。

「ああ」

プロフェットはわずかな迷いもなく吐き捨てた。

『お前は昔から嘘がうまいからな、プロフ』とキング。

「てめぇら全員、クソくらえ」

両方の回線を同時に切り、通話を断つと、プロフェットはリビングへ向かった。暗く、静かだ。トムに電話しようかと思う。帰ってきてくれと言おうかと。だがフィルはトムに自由に休暇を取らせた上、突然の休みまで許可してくれる。そのトムが何時間か書類仕事を片づけてくるのを邪魔をする気にはなれない。

だが十五分後、気配を消そうともしないトムの姿が監視カメラの前を横切った。彼は家に入るとまっすぐプロフェットへ近づき、ジャケットを乱暴に脱ぐ。

長い時間、プロフェットを見つめてから抱きよせて、トムはたずねた。

「何があった?」

その瞬間、ドクがトムに話したのかと思った。だがすぐに、プロフェットは自分が〝すぐ帰ってきてくれ〟という波動を発していたのだろうと気付く。明らかに、そのメッセージは届いていた。

プロフェットはトムの肩にしばらく顔をうずめてから、一歩下がった。

「ジョンが生きてた。マルが、あいつの声を聞いた。あいつはピンピンしてやがる……俺は、あいつを殺しにいかないと」

17

その奇妙な感覚が沸き上がった瞬間、プロフェットのことだとわかった。危急の事態という感じはしなかったが、このご時世、確実なものなど何もない。今朝、起きた時にはプロフェットの姿はなく、どうしても外せない予定があるというメモだけが残っていたので、トムはそれならとやり残した書類仕事を片付けにEE社へ来たのだった。

幸い、フィルは午前中休みで、会わずにすんだ。なにしろ特に報告できることもない、LTに色々言い捨ててきたこと以外は。

あれに関しては、フィルから昇進させてもらえるかもしれない。

そして今、トムはプロフェットの両目に滾る嵐を見つめ、帰ってきたのは正しかったと悟っていた。

「ジョンは生きてる。それは、お前がずっと信じつづけてきたことだろ」

トムは静かに言った。ほかに何が言える？　ほかに、プロフェットが何を祈れただろう——アザルに撃たれた筈のあの日、ジョンが本当に死んでましたように、とか？　それで何が変えられる？　そんな祈りがあるか。

「そいつは、俺が信じたかったことだよ」とプロフェットが訂正した。

「自分の知っていた男にこんなことができると思えなかったんだろ。何か理由がある筈だと、ずっと信じてきた」

トムはプロフェットをカウチへと導くと、隣に座った。

「ランシングがほざいたことが本当だと思うなよ」

「わかってるよ。でもジョンは、ずっと、生きてた。もし彼がサディークを送りこんでお前を追わせたなら……理屈に合わないんだ。十一年間あったんだぞ、その間お前だって息をひそめて生きてきたわけじゃないし、見つけるのはそこまで難しくなかった筈だ。お前を殺す気なら、時間はたっぷりあった、プロフ。でもジョンはそうしなかった。何か、ある筈なんだ。昔通りの彼ではないかもしれないが、それでも……」

プロフェットは返事がわりにちらっとトムを見てから、窓のほうをじっと見つめた。

「礼を言うよ、俺が現実を否定してるだけだって言わないでいてくれて」

「チームの皆はそう見てるのか？」

「そうさ。今ごろ、俺に怒り狂ってる。俺は、ジョンを殺せると奴らに言った。あいつら信じやしねえ。畜生めが、もしできないなら俺は嘘なんかつかねえよ。これは大事な問題だぞ」

プロフェットの声はこわばり、肩に力がこもっていた。

「プロフ、なあ……たとえば……」

トムの問いは放たれることなく二人の間に重くわだかまったが、何を聞こうとしたのかわかっていたのだろう、プロフェットは向き直って答えた。

「それが必要な事態なら、俺はジョンを殺す」

「だが、そんな必要がないよう願っている？」

「もうそいつは不可能だと思うね」

「プロフ、お前はジョンに何があったと思ってるんだ、本当のところは？　彼がお前を売ってアザルに寝返ったと思うのか？」

プロフェットはまるで心を決めようとしているかのように、トムを、固い表情で見つめた。

やがて、口を開く。

「はじめは、高度な機密作戦だったんだと思う。アメリカの軍人をテロ組織内部に送りこみ、その男が重要な地位へ上りつめられるようにするための」

「ジョンはここまでずっと、こちら側の潜入工作員として動いてきたのかもしれないってことか？」

「こいつは、いかにも俺みたいな奴に割り当てられそうな任務だった」

プロフェットが、静かに言った。

「ならどうしてお前じゃなかったんだ？」

肩をすくめただけのプロフェットに、トムは質問を変えた。

「お仲間もそれが真相だと思ってるのか？」

「仮説のひとつではある、な。だが俺らをあんなにボロボロにせずにやる手はあった筈なんだ。もし、ほかに手がなければ――」

プロフェットが言葉を切る。その目にギラリと怒りが光った。

「……だから、思ったわけだ。ジョンは無理にやらされたのかもと。選択肢なんかなかったと

——俺にやらせないために、あいつがあの任務を受けたのかもしれない。俺には、あの中は生きのびられねえ。そこまでの自殺願望はねえからな」

「ジョンが消えてからは？」

「あの時は……ああ、あいつがその任務を受けたのかと思ったよ。あとは、ＣＩＡがあいつを殺したのかとか——殺されるのを放っといて、逆らうとどうなるかって俺への見せしめにしたんじゃないかとな。罰として。そんでランシングのことがあって……ＣＩＡから拘束されてぶっ通しで尋問されて……こいつらはその脅しをまだ続けてるのかと思ってた。その後、死体がどこにも見つからねえってグダグダ言われてる時、気付いたんだよ。俺も仲間もこのままじゃ一生呪われるってな。真実をつきとめるしかねえとわかった」

「ランシングは今でも、ジョンが命令を果たしているだけだとは考えてもいない？」

「ランシングの立場とは相容れないからな、考えてねェだろうよ。そんな必要もないさ、かわりに俺たちっていう非難の矛先があったんだ、お前だって私情抜きで見てみりゃランシングと同じ結論に至るかもしれねえよ」

そのプロフェットの言葉を否定しきれないのが忌々しい。

「それでも、ランシングに何も言わなかったのか？　信じるかどうかは別にして、あいつだって調査はしただろう」

「あの時は……とにかく、ジョンの足元を危うくするかもしれないことは何もしたくなかった。

一体どうなってんのかわからなかったしな。何ヵ月も耳鳴りが残ったもんさ。ランシングが何を信じようが信じまいが、俺にはどうでもよかった」

言葉を切り、揺れる息を吸う。

「それに、ランシングに言ったところで変わらなかったさ。ジョンは腕がいい、トミー。俺よりずっといい――あいつには人を利用することへのためらいも良心もねえからな」

かつて愛した男の真実の姿をそう断じるのは、つらいことに違いなかった。かつて自分を愛してくれていた筈の男を。

「そんなの、いくら優秀だろうと、特殊部隊の人間に一方的に命令できるような任務じゃないだろう。暗黙のだろうと、必ず了承があった筈だ」

プロフェットは溜息をつく。うなずいた。

「俺はジョンを憎みたいよ、プロフ」

「止めねェよ。俺にもそういう日がある。結構しょっちゅうな、正直。誰より俺がわかってんだよ、あいつはもう救えねえって。あいつは行っちまったんだ、トミー。理由がなんだろうが、現実にどんな成果を出してようが、ジョンはアザルのところを出てった時に死んだのさ。あいつもわかってる」

「それでもジョンを追うのか」

「奴を追うのは、もしあいつがあっち側に転んだんなら、止めねえとならないからさ」

プロフェットが歯を剝いた。

「追っかけるのは、あいつの顔を見るためだ。最後に一度な。そんで言ってやる、よく俺たちをありえねェくらい最低のやり方で利用しやがったなってな。その上あいつはまだ俺たちを使ってんだ——こっちが聞いてもいねえ任務に俺たちを縛りつけやがってな。どんな角度から見たとしても同じことさ、あの任務はあいつにとっちゃ自殺行為で、俺たちを道連れにしようとしてやがる。ま、俺とあいつが受けてきた任務はたしかに自殺なみのもんばっかりだったけどな。それでもこいつは、ねえよ」

「どうしてだ、プロフ？　どうしてそんな任務を？　若さや、無敵感からか？」

プロフェットが居心地悪そうに身じろぎした。まるで大切なことを言いたいかのように。だが結局、ただ言った。

「それもあったかもな。それと、ほかの奴にはできねえことをしてやりたいって欲求がな。俺は道を選ばなきゃならなかった、トム。だから、自分の知る最適なやり方で選択しただけだ。それが今、全部自分にはね返ってきてるってわけさ」

トムはうなずいた。

「お前は予兆を信じるだろ」とプロフェットが続ける。「俺は何だか、始まりに引き戻されてる気がするんだ。すべてが始まったところに。ＬＴとディーンとの会話が俺の人生を変えた——生きる方向をすっかり変えた。ジョンのもな」

トムはプロフェットの前腕を指でなぞる。たくましい筋肉に、淡い色の毛が散っている。プロフェットがかかえてきた心の傷も、彼の内にひそむ脆さも、外からは痕ひとつ見えない。

「お前がジョンを追う、本当の理由は何だ？」

「色々な理由からさ、T。でも結局のところは、俺たちは決して仲間を置き去りにしねえって、そこに尽きる。何があろうとも。なのに俺はジョンを置いてきちまった。だから、俺が行ってやらねえと」

トムはうなずいた。

「俺でも同じことをする」

「わかってるよ」

「俺はそんなふうにお前を裏切ったりはしないって、それもわかってるよな？」

プロフェットはうなずいたが、その目は彼方を見ていた。トムはその肩をつかむ。

「絶対に、ありえない」きっぱり言い切った。「わかってるよ、お前がジョンに裏切られることは絶対ないって信じてたのは。でもな……くそ、悪い、プロフ」

プロフェットがふうっと、こわばった息を吐き出す。

「ああ」

これでやっと、プロフェットの仲間たちがこの年月何をしてきたのか、トムにもはっきりと見えてきた。彼らはジョンを追う一方で、ジョンがＣＩＡ保護下の核研究者から必要な情報を得られないよう接触を妨害していたのだ。もしＣＩＡ内部に協力者がいて、ジョンに研究者たちを渡していたら――考えるだけでぞっとする、そこからどんなドミノ倒しが起きたか。そしてＣＩＡが研究者を渡さなかったとしても、人間を隠して保護するのには自分のチームこそ最適だとプロフェットは知っていた。フックがその核専門家たちの身柄に目を光らせている間にレンとキングが救出作戦を行い、必要なら次の隠れ家へ移す。並行して、新たなテロ情報をかき集める。

「十一年間だ、プロフ。一体、ジョンは何をしていた？」

プロフェットが、子供時代のアルバムをしまっている本棚へ手をのばした。その一冊の中からファイルを取り出す。

「見ろよ」

記事の切り抜きが貼られた、分厚いファイルだった。納得だ。こんなものをパソコンに入力していたら、プロフェットとジョンは共犯者のようにしか見えまい。ここにはプロフェットの、彼が十一、二歳くらいの頃の家族写真まで貼られている。

「目を通してもいいか？」

「ご自由に」

トムが次々とページをめくっていくと、目の前でパズルのピースが次々とはまっていき、ヨーロッパから中東にかけてのおぞましいテロ行為の網目模様が描き出されていった。何年間もかけて築かれたその計画が、丁寧に、正確に図示されていくさまに、トムは総毛立つほどの怖気を覚える。わかっている、皆はサディークを——ジョンへ直接つながっていると見なしたあの男を調べ上げ、傍受をして情報を集めたのだと。プロフェットと仲間たちはその情報をあらゆる角度から検証し、そこにひそむ大きな絵図をつきとめてきたのだ。

だがランシングの言葉は、正しかった。

——プロフェットは、あらゆる意味で、生きのびることに人生を賭けてきた男だ。奴の救出作戦とやらはどれも都合よく、テロ攻撃が起きたまさに同じエリアで実行されてる……。

ランシングは、一度も考えてみようとはしなかったのだろう。プロフェットが、テロを起こそうとするジョンの気配を追ってそこにいたのだとは。

そして、時系列で並べられたこれらの記事、地図、粗い白黒の監視カメラ画像から、トムが今理解できた限りでは、目の前に並べられているのは試験的な、小さなテロの爪痕だった。誰も名乗りを上げない、小規模な破壊工作。

だがその最新の分析がさし示すのは、アメリカの西海岸と東海岸の二つの主要都市——しかも国土安全保障省によるテロリストの通信傍受も、その都市への攻撃を示唆している。これまで何年も、サディークとジョンが小規模でくり返してきたのと不気味に類似したパターンだ。

そしてプロフェットはそのすべてのテロ情報をこうして集め、詳細に記録している。

「ヤバいな、プロフェット。こいつは……」

「俺が黒幕に見えるだろ？」プロフェットがだるそうに言った。「テロがあった場所にも毎回行ってるしな——事件から十二時間以内だったり、四十八時間後のこともあるが、けっ、俺の日程を誰かが記録してるわけじゃねえ。俺が自分の足跡を消しに行ってたように見えるかもな、ジョンを追っかけて行ったんじゃなくて。助けなきゃならない核専門家や家族が現場にいないかどうかをたしかめに行ってたんだがな」

「そうか……お前は言ってたな、ランシングにとってお前がジョンにたどりつく足がかりだったから自由に動き回れたって。でもその間、お前は、ずっと奴の怒りと報復をまともにくらってきていた」

「俺は何もまともにくらっちゃいないさ。アメリカ国内への残留も許されてたんだからな。働くことも。隊の連中のほうは、まるで追放された流刑者みたいに生きてきた」

「だがそれも、あえての決断だったんだろ。国内に残るよりもジョンに接近しやすいだろうという計算で。だな？」

「かもな。それか、ランシングが権力欲にまみれたクズだったせいか」

「ランシングは、ハルの担当だったのか？」

「そうだよ。その上、あいつはハルの護送には俺よりずっと経験豊富な人間を当てたがってた」

「それがどうしてお前に決まった？」

　プロフェットは小さく頭を振った。

「LTの進言さ」

　トムは声にせず、毒づいた。

「お前は自分の仕事をしただけだ。問題なのは、ジョンだった——お前とハルが安全地帯にたどりつけるかは、ジョン次第だったんだよ」ふとトムは、プロフェットを見つめる。「お前をハメたのがランシングかもと思ったことは？」

「そりゃ、ずっとさ。でもな……」

「でも？」

　トムがうながした。

「奴のレイプには、物凄い怒りがこめられてた。あんな怒りは……芝居じゃ無理だ。芝居ならわかった筈だ」

　プロフェットが切り抜きを見ていく、その表情は鋭かったが、声は睡眠不足と感情の乱れでざらついていた。

「……ランシングは本気で、俺を裏切者だと信じきってたよ」

　トムはプロフェットの手を握りしめた。

「お前は眠ったほうがいい」

「俺は……」

「ヤバそうなら俺が起こしてやるから」

　そう約束する。

　プロフェットはただ、ごくりと唾を呑んでいた。

「眠るんだ。俺には、お前が必要なんだから」

　プロフェットはトムの手をきつく握り、トムの太腿に頭を乗せて、眠りに落ちた。トムは切り抜きのファイルを――もう一度――めくっていく。この十一年間のプロフェットの人生を。

18

　二晩といくつかのフラッシュバックの後、トムはどこかしらためらいがちに、プロフェットのぶつ切りの眠りとムラのある精神状態について話を切り出した。最近は眠るプロフェットをトムが見守り、フラッシュバックが深刻になる前に大半を止めてくれていたが、ずっとこのままというわけにはいかないとプロフェットにだってわかっている。

　正直、悪夢をどう避けていいのかわからない。避けるべきかもわからなかった。もしこれがプロフェット流の早期警戒システムだとすれば、むしろ目を光らせておくべきだろう。

「プロフ、いい加減、眠ろうとしてみろよ」

「うるせえ」プロフェットは髪に指を通す。「俺は平気だ。マシになった」

「嘘つけ」

「この話はしたくねえ。何がなんでもだ」

「じゃあ来いよ、話せとは言ってないだろ」

トムがプロフェットの手を取り、ベッドへつれていく。服を脱がせ、ベッドへ寝かせて肩をマッサージしはじめた。だが、目をとじるたびプロフェットの前に浮かぶのは……。

「畜生が」と呟いた。

「お前、体が緊張しすぎてるよ」トムは囁いた。「俺にまかせてくれ」

セックスのことを言っているのだ。彼らはいつもセックスを通して、お互いのケアをしてきた。実際はそこまで単純な話とはいかないが、それでも根本的に、二人にとってセックスは絡まる糸を解きほぐすための手段のひとつであった。今のところ実にうまくいってもいる。

「もうフラッシュバックにはうんざりなんだよ」とプロフェットは吐き出していた。

「だから目をとじるのが嫌なのか？」

それは理由の一部だ。だがプロフェットはうなずいた。深入りしたい時ではない。すでにあまりにも無防備な気がしていた。今はただ息をつきたいのだ、自分の暗部をさらけ出してもっと苦しい思いをしたいわけじゃない。

「お前のために、何かさせてくれ。俺を信用できるか、プロフ？」

「命を懸けてな」

トムの手がプロフェットの背をすべり下りる。

「ニューオーリンズの、エティエンヌのアトリエで……」

「あれか」

プロフェットは呟く。トムを縛りつけ、その怒りを消化させた。今回は少し状況が違うが、トムが提案する狙いは同じだ。

根っこにあるのは、信頼の問題。そしてプロフェットはトムを信じている。

ただ、己を信じられないのだ。だが試してみよう。

トムがプロフェットの手足を広げ、縛った。楽な体勢で。それから、プロフェットの目の上に目隠しをかけた。

プロフェットの体が凍りつく。パニックを起こすな、と自分に言い聞かせた。

ここにいるのは、トミーなのだから。

いつか、こんなふうになるのだから。ふれた肌の刺激を感じられるだけに。

（目をとじるのと同じことさ）

それにトムがそばにいて手伝ってくれるのは、当人は自覚がないだろうが、最高のセラピーになるかもしれない。そう思うと少しだけ落ちつけた。首筋から背骨へと這うトムの舌も助けになる。とても良い。だがこんなことくらい、前から知っていた。トムの動きがわからないとか、トムに傷つけられるのではないかとか、そんな心配など元からしていない。

違うのだ。問題は、いつか現実にこうなる日が待っているということだ。そうなら、今、こんな形でそれを知ってしまいたくはない。今は嫌だ——まだ見える今は。

こんなふうに、今の時間を無駄になどできない。


トムは半ばプロフェットの背にかぶさり、手首を痛めないよう彼を抑えようとしたが、まるで野生馬に乗ろうとしているようなものだった。必死に説き伏せようとした。

「プロフ、落ちついてくれ。たのむから俺に……くそ、おとなしくしないとどこか傷めるぞ——」

それかベッドがバラバラになるのが先か。そっちはどうでもいいが。トムはただプロフェットが手首を駄目にする前に止めたいだけだ。

暴れたせいで手首の結び目が逆に締まっていた。

「くそ、切るから、とにかくじっとしとけ!」

何とか目隠しに手をかけ、引きはがした。

「プロフ、俺を見ろ」

プロフェットはトムを見たが、目の焦点が合っていない。パニック状態だ。くそ、プロフェットにいい一夜を味わわせようとしただけなのに、ＰＴＳＤのフラッシュバックを引き起こしてしまったとは。トムはあらゆる手を尽くした末、結局はプロフェットの手を握り、指を絡めて、背にすべての体重をかけ、どうにか落ちつかせた。二人とも手足を広げた体勢で、やっとプロフェットがもがくのをやめると、ようやく安全にロープを切った。

片手が自由になった瞬間、プロフェットはナイフを引ったくって自分でもう片手のロープを切った。トムがごろりと転がってよける間に、プロフェットはロープを落としてベッドから下りるとバスルームへ直行した。

トムも追う。

シンクにしがみつくように水を流していたが、プロフェットは顔を洗おうとして身を屈めているわけではない。むしろ、手を離すのが怖いかのようだった。

「来いよ、プロフェット。体を拭いてやるから」

やがて、やっとプロフェットは便器の蓋に座りこみ、トムから顔と首を拭われるままにさせた。トムは布を肩にすべらせ、さすって、少しの間揉んだ。

「……俺にプライバシーってもんはねェのかよ」

プロフェットの声はただ低く……虚ろだった。打ちひしがれていた。

その声は、トムを焦らせ、同時に骨の髄まで凍りつかせる。

「無理だろ——あんなことの後でか」

プロフェットは大きく唾を呑んだが、目は合わせようとしなかった。トムも踏みこまない。たださすり、揉んで、プロフェットの顔に少しの血の気が戻るまで待った。

「……俺の重荷をてめえにおっかぶせるのは、もう嫌なんだがな」

「ま、そいつは、お互い様ってやつだろ」

「お前のとは違う」

「ああそうか、知らなかったよ、これもお前の専売特許なんだっけか?」

プロフェットが溜息をついた。あきらめたような表情を見ると、もうこのままそっとしてやりたくなるくらいだ。プロフェットの言葉をこれ以上聞きたくない——それが二人の間の亀裂となるならば。だがトムはそれを口にしなかった。亀裂など入れさせてたまるものか。何にも彼らの間を隔てさせはしない。

プロフェットはバスルームを出て寝室へ入ると、スウェットとTシャツを着た。トムも服を着て、キッチンに行くと、プロフェットはテーブルの前に座って窓の外を見つめていた。

「いつもここに座ると、ブルーが窓から飛びこんでくる気がしてな」

プロフェットが呟く。トムもつい微笑んだ。二人は仲が良い。もしかしてトムが今から告げようとしていることは、ブルーがもう知っていることなのだろうか。それとも、トム以外の誰もが知っていることなのだろうか。

最後の一人にされた——事実はともあれ——と思うと、怒りに流されそうになって、その前にトムはプロフェットを残して出ていこうとしかかった。今はそんな場合ではないのだ。

だがその時、例のブードゥーの感覚に貫かれる。プロフェットに、目の検査を受けろと言った時と同じ予感が。

そしてプロフェットは、彼をじっと見つめていた。すべてお見通しのように。そしてトムは、多分初めて、思い知らされる——プロフェットに表も裏も知り尽くされていることが、どれほど最悪か。憎しみと、愛と。プロフェットが告白したように。

(お前は、どれも丸ごと引き受けると言った)

そう、それは変わらない。だが……。

「プロフェット……お前、目が……」

それしか言えなかった。

「念じてみたんだよ」物憂げに、プロフェットが呟いた。「どうやら効いたみたいだな」

「プロフ……本当に?」

プロフェットは息を吸ったが、先を言い出せない様子で目の前のグラスを見つめた。やがて、顔をあげた彼に向かってトムは「お前は、いずれ盲目になるんだな」と言っていた。盲目、という言葉が意識に浮かんだ瞬間に。

なんてことだ。ずっとわかっていたのだ——おぼろげに。知りながら、トムはつきつめようとはしなかった。他人の領域に一方的に踏みこんでいる気がしたし、プロフェットにそれをしたくはなかったから。

目の前の椅子の背を、関節が白くなるほど握ってから、トムは自分が、プロフェットの恐れていた通りの反応を見せているのに気付いた。

「プロフェット……」

プロフェットはニッと、ひねくれた少年のような笑みを見せ、その一瞬、彼は写真の中にいた若いSEALs隊員に見えた。今でもプロフェットは若いが、その表情には常に陰がある。だがあの本棚のアルバムの古い写真から、かつて、ほんの短い時期だけでも、プロフェットに屈託なく笑えた時があったのだとトムは知っていた。

「本当のことさ、トム。俺ははじめからそいつが宿命だって知ってたから、普通の人間みたいにビビる暇はなかった。でも言っとくが、お前はビビっていいからな」

「俺はそんな……畜生」

トムに考えられるのは、この男を立たせて抱きしめたいということだけだ。だからそうした。プロフェットもそれを許す。

やっと、寝室でのプロフェットのパニックが腑に落ちた。

「目隠しか……」

「時々、自分でも着けてる。訓練のためにな。目隠ししてりゃズルもできねえ」

その声はトムのシャツでくぐもっていた。トムは手で背をさすり、支える。

一歩下がって、トムはプロフェットの頬骨を親指でなぞりながら、美しい瞳をのぞきこまずにはいられなかった。

「全部話してくれ」

「本気かよ。俺だって大体の時は、全部なんか知りたくもねえぞ」

「なら、そっちは俺の仕事になるな」言葉の選び方を間違えたのに気付いた。「いや、つまり——」

プロフェットの声は硬い。

「わかってんよ、T。どう始まるか、知ってる。いいんだ」

「お前は俺の仕事なんかじゃない、お前にとって俺が仕事じゃないのと同じように」

それをわかってもらいたくて、トムは必死だった。

19

とても、言えなかった。頭の中では自分の視力がいずれどうなるのかいくらでも——失明するのだと――言えるが、プロフェットにはそれを口に出すことができなかった。

トムの喉がごくりと鳴る音が聞こえた。

「知ってたんだな。俺が、目の検査を受けろと言った時――」

「もう十年も前から医者にかかってたさ。アムステルダムから戻ってきた朝も、医者んとこに行ってた」

「進行してるのか？」

「今は、中期の段階だ。時々視界がかすむようになった。どのくらい視えなくなるかは誰にもわからねえ。人によっては、この段階のまま一生すごす。人によっては、視野の中央部を失う段階へ移行する。全盲になる奴もたまにいるが、とにかくほとんどの奴が視野中央は見えなくなる。うちの家系じゃ、それですみゃありがたいくらいのもんだ」

これで、すべて明かされた。一気に、一度に。プロフェットはつけ足す。

「月に一度、目医者に行ってる」

トムが情報を嚙み砕こうとする間、沈黙があり、それから彼はプロフェットが聞きたくもないセリフを吐いた。

「つまり、完全に失明はしないですむのか」

――こいつが悪いんじゃねえ、プロフ。

カッとなりかかる自分を抑えたが、声の鋭さは隠しきれなかった。

「そいつをありがたく思えとか言うなよ、T。とにかく、言うな」

「家族でほかには誰が？」

「親父。爺さん。ひい爺さん。ドリュース家の呪いなのさ。ほら、呪いはもうてめェだけの売りじゃねえぞ」

次にどんな問いがくるかはわかっている。プロフェットは身構えた。

トムがたずねる。

「その人たちは、どのくらいまで悪化したんだ？」

「さてな。それがわかるほど誰も長生きしなかったんでな」

目を合わせる。トムは首をかしげて長い間プロフェットを見つめていたが、不意にその目に理解の色が宿った。

切れぎれの息を吸い、「畜生」と呟く。

「お前はそんなこと考えるなよ、プロフェット」

「アイアイサー」

ずかずかと迫ってきたトムに、すでにギリギリのプロフェットの癇癪がはじけかかる。部屋を出たが、トムがついてくるのはわかっていた。だが二人の間を何かで隔てたい。でかい家具か何かで。トムと争いたくはない。

リビングまで行った時、トムの声がした。

「プロフェット、よせよ、俺から隠れられると思うのか」

「隠れようとはしてねェよ。そっちこそ考えてみたかよ、俺がずっと――生まれてこのかた――これと向き合ってきたって、それをまたお前とイチからやり直すのは御免かもしれないって？　もう全部体験してきたよ。嘆きの段階ってやつは全部通った。現実になったらまた振り出しに戻るのかもしんねえしそこは知らねえが、とにかく今は、これまで通り生きてくだけだ。目の前の一時間ずつをな。それでずっとやってきた。てめえはてめえで、どうにかすりゃいいさ。自分だけでかかえこむもよし、セラピスト相手にあれこれぶちまけるもよし。でもうぜえから、俺には聞かせるな」

口調は落ちついて自制が効いていたが、心の内はまるで違う。プロフェットの内側では激流が渦巻いている。ランシングとのフラッシュバックの後のように、ＬＴからの電話を受ける直前のように。

トムは見るからに、何を言っていいかわからないようだった。そして何を言おうとも、その言葉は間違っているのだ。プロフェットは知っている、ここに正解などないし、何も変えられはしない。

プロフェットの唯一の望みは、ある程度の視力が残存すること――人にたよらずにすむだけの周辺視野が残ることだ。

彼には、それしかない。

「お前ははっきりと自殺しようとしてはいないかもしれないけどな、お前が受けてきた任務は遠回しな自殺行為と同じだろ」

　トムが食い下がる。

「必要だったもんもあるぜ?」トムがドクと同じほどこっちを理解しているのが腹立たしいし、その怒りがまた嫌だ。そりゃ丸見えかもしれないが、しかし……。「この話はこれで終わりだ」

「いやいや、そうはいくかよ」

　ゆっくり、プロフェットは向き直った。トムの両拳も握られていて、もしこのままいくなら派手な喧嘩になりそうだ。

　トムが、慎重に切り出した。

「どれだけ大変かは俺にもわかる――」

「同情とか下らねえからやめとけ」

「どうしてお前に同情しなきゃならないんだ、プロフ?　死の宣告ってわけでもないのに」

　言うべきでない言葉だった。トムを引っつかんで壁に叩きつけるかわりにプロフェットはコーヒーテーブルをつかみ、上に乗っていたものが床になだれ落ちるのもかまわず、壁に叩きつけた。テーブルは砕け割れ、木が裂け、くっきりとしたくぼみを壁に残す。

　次に投げられるものを見つけるより早く、レミーの声が言った。

「まずい時に来ちゃったみたいだね」

「失明するってホント？」

　レミーがそうたずねる。前に会った時よりでかくなっているのはどういうことだ？　あれからたかだか三週間だろう。

　レミーはキッチンテーブルの前に座って、その間にプロフェットは彼にサンドイッチをこしらえてやり、トムは別室でレミーの母親に電話連絡を取ろうとしていた。ちらっと肩ごしに見たプロフェットへ、レミーのほうから言う。

「そりゃ、しっかり聞こえてたって」

「ああ、ホントだよ」

　すべての敵意はもうあふれて尽きた後だし、どのみちレミーに向ける筋合いのものではない。

「そりゃ、サイテーだね」

　プロフェットは皿を置き、「そうだな」とレミーの髪をくしゃっとなでた。

「合鍵使わないでノックすればよかったよ」

　サンドイッチをつかんだレミーは、まるで何週間も食べていないかのごとく吸いこむように食べはじめる。

「好きに使えよ、そのためにやったんだ」大体、テーブルを投げてなければレミーが入って来たことにもすぐ気付けた筈だ。「そんなのは気にすんな」

とは言え、レミーがニューオーリンズを逃げ出してこのニューヨーク州北都までやって来たというのは――気にしないわけにはいかない。

腰を下ろしたプロフェットが一言も言わないうちに、レミーが言った。

「俺を追い返そうとしないでよ」

「レミー……」

レミーが片手を上げる。

「絶対、ありえないから。言う通りになんかしないし、どう説得されても無理。もし俺を意に反して連れ戻したら――」

「意に反して？　そんな言い方どこで覚えたよお前」

「――俺は何度でも戻ってきて邪魔するからな」

プロフェットはレミーを見つめる。信じさせようと、声に確信をこめた。

「お前は色々な存在だけどな、レム、でも邪魔なんかじゃありえねえよ」

「俺はここに、あんたとトムと一緒に住みたいんだ」

プロフェットはレミーを見ている。きっぱりと主張を述べたレミーの顔に、ふと恐れに似た色がかすめた。

「どうかしたか？」

「その、ただ……俺がいると、自殺の計画が、狂ったりする？」

レミーは真剣にたずねていた。その顔にふたたび怯えの色を見て、プロフェットはそれがレミー自身よりも彼を思ってのものだと悟る。

「いいや、そんなもんあのクソ野郎にもう台なしにされたよ」

そうトムの方角を指した。トムはまだ電話中で、顔が怒りにこわばっていた。

「迷惑はかけないよ。金もある。ちゃんと払う。ホテルとかどこかに泊まって、手間がかからないようにもできるし……」

プロフェットはじっとレミーを見つめた。

「それが本当にお前のしたいことか？」

レミーは勇敢に視線を受けとめようとしたが、すぐにうなだれて、肩をすくめた。

「ちょっと違う」

「じゃあもう一度言ってみろ」

レミーがふうっと息を吐く。顔を上げた。

「俺は、あんたとトムと一緒に住みたい。父さんもそうしろと言ったはずだ。その、なんて言うか、もし駄目なら、デラのところへ戻ってもいいんだけど、ただ……あんたは、俺と話すのが嫌じゃないみたいだし……」

プロフェットは微笑んだ。

「嫌じゃねえよ。この頃じゃ、したくないことは基本的にやらないようにしてるしな。それに俺は同情や罪悪感では動かねえ」

「ふうん」

プロフェットは膝に肘をのせ、身をのり出す。

「お前をここに置いとく手も見つけられたと思うしな。ここか、デラとうちで交互になるか。俺とトムの仕事がどこに転がるか次第だが」

「うん？」

「まかせとけ、俺とトムで何とかする。いいな？　荷物は余ってる寝室に置いてこい。ただまずは、母親にメールして元気だと言ってやれ、トムの話だけじゃ信じやしねえだろうからな」

レミーが溜息をついた。

「母さんはここに警察をよこすよ」

「心配すんな——警察はここには来ねえのさ」

「俺、弁護士のところに行って親権離脱しようかな」言いながらレミーの指が、かすむほどのスピードで携帯に文字を打ちこんでいく。「おしまい。これでいい？」

「バッチリだ」プロフェットはレミーを見つめる。「本気で、ここに住みたいんだな？」

「うん」

「ならそうしろ」

レミーが口を一度開けて、またとじた。こんなに簡単にすむとは思っていなかったのだろう。このガキにとって、人生は一度もそんなに簡単じゃなかったのだ——プロフェットやトムにとってっても。そろそろそんな流れは変えていい。

レミーの母親がトムにわめき立てるのをやめた頃には、すでにプロフェットは冷蔵庫に入っていた食材の半分を料理した上に、安全策としてピザ二枚を注文していた。

レミーを見ていると、その食いっぷりからブルーを思い出す。というか、レミーならブルーに大食い勝負で勝てそうだ。しかもブルーと同じくらいもう背が高い。十六歳のくせに。

「お前の食費を稼ぐためにもっと働かないとな」

言われたレミーはニヤッとしたが、すぐ真顔になった。

「冗談だって。全然かまわねえよ」

レミーに重荷になっているとは思わせたくない——まるで真逆の存在なのに。

「プロフェットは、かまわないって言うけどさ。でもトムは？　トムがうんって言うのは、引け目から？」

「お前の親父のことを悪いと思って？」

「うん。それと、プロフェットに目のことであんな態度をとったから」

レミーは至って真剣だ。

「あのな、レム、トムは違う、そんな理由じゃねえよ。まあそりゃ、お前の親父のことで罪悪感は持ってるけどな」

「高校の時のこと?」

「そいつもな。それから全部のツケが回って、エティエンヌが殺されちまったことにもな。でも、トムは本心から、お前にここにいてほしいんだ」

「どうしてわかんの」

「それはな」とトムが口をはさんだ。「こいつは俺のことなら自分の手のひらみたいによーく知ってるからさ。それが厄介な時もあるが、でも、こいつの言うことは正しい」

レミーはトムを、じっと見つめた。

「あんたが、もう片方だね」

「何のもう片方だ?」

トムは問い返して、プロフェットから探るような鋭い目を向けられてもなおしらばっくれようとしていた。

「毎月俺に金を送ってきた片方」レミーが肩をすくめる。「天才じゃなくてもわかることだよ。まさか二人とも、正体がバレてないとか思ってないよね?」

だがトムはプロフェットへ向き直った。

「もう片方はお前なんだから、俺に何も言うなよ」

「俺だったとか一言でも俺が言ったかよ」

「今言ったろ、その口で」

レミーがきょろきょろと二人を見た。

「二人ともいつもこんな感じ？」

「ああ！」と二人が口をそろえる。

「へえ、いいじゃん。俺こういうの好きだよ」レミーは次のサンドイッチを取る。「俺のことは気にしないで続けて。ピザが届いたら教えて」

トムの笑顔に、プロフェットも微笑を返した。一瞬の平穏が彼らを包む。たとえさっきまでの議論がまだ解決にはほど遠くとも。突然に、すべての状況がより複雑に絡まり合って——そしてどうしてか、これも悪くないと感じるのだ。

「言ってくれりゃよかったんだ、プロフ。一緒に送れたのにな」

「俺、あの金貯めてるよ」レミーが口をはさむと、札の詰まった封筒を引っぱり出した。「これで……ほら、もしここに来ても、これがあれば金の迷惑はかけなくてすむし、しばらくここから払って、後は——」

「それはお前の金だ、レム」プロフェットが言い切る。「お前の好きなことに使え。俺も自分の金はしたいように使う。お前のためにとか、こいつのためにとか、それかお前が何かしたいことがあるならとにかくそいつにもな、使ってやるからな」

トムはレミーへ目をやって、肩をすくめた。

「こいつはいつも大体こんな感じさ。いいから言う通りにしてやれ」
レミーはニコッとして、また食べはじめた。

20

四日と、四回目の夜がすぎても、プロフェットはトムに見守られながら眠っていた。というか、ほとんど眠れぬ時間をすごしていた。トムがプロフェットを起こし、現実に呼び戻すと、二人はそのまま一緒に映画を見たりするのだった。二人とも例の切り抜きに目を通し、ジョンとサディークの次の動きがいつになるか絞りこもうとしていたが、互いにあまりその話はしなかった。

わずかもまともな状況ではないのに、何事もないかのようなふりをしている。出会ってから初めて、そばにいるのにセックスもしていない。いつもなら尽きない衝動を満たそうと、可能な限り体を重ねてきた。

トムは変わりないのだろうが、プロフェットは自覚的に、わざと避けている。それがどれほど苦しくとも。

それに、目先のことで忙しい——ほぼ常態化したプロフェットのフラッシュバックのせいで彼らは交互に眠るようになっていたし、レミーの世話もある。レミーを個人教師のところへ送り迎えし、プロフェットの事情にレミーが巻きこまれることがないよう目を光らせる。

だがそんなのは体(てい)のいい言い訳にすぎない。プロフェットもトムも、それはよくわかっていた。

理由もわかっているのに、トムは踏みこんでこようとはせず、プロフェットはほっとすると同時に自己嫌悪を抱く。二人の間にセックスがない理由がわかっているのと、セックスがない現実とでは、まるで重さが違う。

さて、とプロフェットは下の階のレミーの寝室に仕掛けた監視カメラ映像をチェックした。建物は警報装置で守られているし青少年のプライバシーを尊重してやりたいのはやまやまだが、レミーの安全が最優先だ。

「眠ってるか？」

トムが聞いた。リビングの入り口に立つ彼を、プロフェットは肩ごしに振り向いた。

「ああ、スイッチ切れたように眠ってるよ。今日、調査員からも追加報告が入った。もうすぐケリがつく」

「よかった、そろそろレミーの母親に通報されそうだからな。現時点じゃまだ向こうにその権利もあるし」

トムが黒髪に指を通した。そのさりげない動きがどうしてか、プロフェットの固く凍りついた性欲を溶かす……永遠のような気がするほど、久々に。

だがトムのところへ立っていったりベッドにつれていくかわりに、プロフェットは身じろいで、たずねた。

「お前はこれでかまわないのか、レミーをずっとうちに住まわせても?」

「先にそれを言い出したのは俺だったろ」

トムが指摘する、その通りだ。数ヵ月前、ニューオーリンズから戻る車内で出た話をプロフェットは覚えている。プロフェット自身、レミーを引きとる手もあると考えていたのだが、それを口に出したのはトムのほうで、それから計画は転がり出した。二人ともあえて、計画倒れになった場合を恐れて、レミーには何も言わなかった――ぬか喜びさせたくなかったし、どのみち二年すれば自由意志でこちらに来られる年齢だ。それまではデラのところに入りびたっていればいいのだし。

ただ二人とも、まさか、レミーがいきなりここにやってくるとは思いもしていなかった。いや、プロフェットには予感があったか。少しだけ。

トムが続けた。

「エティエンヌも望んだだろうしな。デラのところですごすのだってレミーにとっていいことだろうが……」

「デラには、ニューオーリンズまで会いにいけばいい」プロフェットがきっぱり言った。「俺たちと一緒に」

「だな。何にしても、ひとつずつ片付けていかないとな」

レミーのことだけを言っているわけではない。プロフェットは、定位置になったテーブルに広げられた切り抜き類に目を戻した。もう、それを片付けようともしなくなっていた。レミーはそれが仕事絡みだと知っているから近づかない。ちょっと画材を与えておけば、彼はいつまでも音楽をでかでかと流しながら描いたり塗ったり忙しくしている。あの年頃の子供はそれでいい。

「レミーは問題ない、何とかするさ」

「俺たちのことはどうなんだ、プロフ？」

まだトムはプロフェットの背後に立ったままで、まるで正面から向き合えないプロフェットのことを見透かしているようだ。クソが——トムが話しているのが彼の目のこと、そして二人の未来のことだとはわかっている。もうその二つを切り離せないのも。

そして、畜生、ここからどうするか決めるのは、トムの番なのだ——それがこいつには見えないのか？

（見たくないからだ——今はまだ）

そしてすべてがプロフェットの問題だというふりをしておいたほうが、この状況を噛みしめて考え抜き、己で決断を下すよりも楽だからだ。

「そっちもそのうち何とかなるさ」

「そりゃ簡単にいきそうだな？」

トムの口調は軽かったが、わずかな鋭さをはらんでいた。

「今さら考えたって、この目がどうにかなるわけじゃねえからな」

トムが近づく気配を耳でとらえながら、プロフェットは少し下を向く。

テーブルに面して、隣にトムが腰を下ろし、たずねた。

「このこと、ドクとフィルは知ってんのか？　ジョンも？」

「だな」

「あと、俺も」

「お前も。ＬＴは元々は知らなかった――ディーンもだ、何年か前まではな。俺がディーンに、知恵を借りようと連絡したんだ。どんな技術があるか」

そして、ディーンが自由に自分のペースで望むことをしている姿は、プロフェットに希望を与えた。

それでも救出の際、ディーンの顔に刻まれた恐慌を見て、プロフェットは思い知るしかなかった――いくらふりをしたところで、無意味なのだと。視力を失っても同じように生きられると思いこむのは無駄だと。仕事を続けようとすれば、周囲の人間を危険にさらすことになりかねない。

　トムから、ついに問いがやってきた。

「お前の仲間は？」

　プロフェットはちらりと目をやり、認めた。

「いつか言わないとならねぇだろうな……マルは知ってるけどな。ほかの奴らに話す覚悟は俺にはできなかった。マルはあれだ……」

　喉をさする。

「実験的な手術があってな。マルの医者はそいつを試したがってる。マルも、どこかに腰を据えて充分なリハビリと回復の時間が取れる状況になれば、やってもいいと。四ヵ月必要でな。でもな、マルが手術を先延ばししてるのはそのせいだけじゃねえ」

　話の中身を受けとめる間、トムはしばらく黙っていたが、ふと眉を上げた。

「お前のためか」

　マルに言わせれば、あとはフックが聴力を失いさえすれば、三人で〝見ざる聞かざる言わざる〟の一丁上がりだ。あの男は、根っからイカれてる……だがマルなりのそんな態度がかなりの救いなのだと、プロフェットも認めざるを得ない。

「あいつはやらねえだろうな、俺のためって意味が何かなけりゃ。今んとこ何もない。だから奴の背中を押す手を考えねえとならないわけさ」

「ほかの皆に言う手もな」

「そいつもだ」

「キリアンは？」

プロフェットは、ようやくトムへ向き直った。

「俺がかかってる医者は、ＥＥ社とはつながりがないし、俺の保険からも支払いはない。とは言え、キリアンが残らず探り出してないとは言い切れねえな」

トムはうなずいた。

「もうすぐ切り上げるか？」

「まあな」

「寝る時は俺を起こせよ」

プロフェットはもはや取りつくろう気もなく、おざなりに「そうする」と応じる。

その肩をさすって、トムが歩き去ろうとした。プロフェットは後ろへ手をのばしてトムの手首をつかんだが、まだ顔を合わせようとはしなかった。

「俺が監禁されてた時……」と語り出す。「目隠しをされてたよ。何日も。俺は、パニックには陥らなかった。自分に受け入れさせようとした。ほかの感覚を使おうと。知ってたからな、いつの日か、俺に残されるのがそれだけになると」

「それが今じゃお前は、暗闇になるとパニックを止められないんだな」

トムが、静かに言った。

下がって、プロフェットの顔を見る。その手首をプロフェットは離さない。

「お前がちゃんと受けとめてんのはわかってるよ、トム。今はな。だがいざその時になりゃ――」

「うるせえ黙れ」

「やっとしゃべる気になったら、今度は禁止かよ？」

「そうだよ。お前の言ってることは間違ってるからな」

プロフェットは食い下がろうとはせず、トムの手を離した。いずれどうなるかは、どうせわかりきっているし、残された二人の時間をここで無駄にすることもあるまい。二人には、これまでの八ヵ月がある。この先の日々もあるだろうが、足りることはないだろう。決して。

だが、思い出は残る。そしてプロフェットがこの仕事を片付けたら、その時は……。

その時は。

21

プロフェットの話で、すべてのピースが一気にはまった。プロフェットにEE社を継がせたがっていたフィル。ドクとの距離の近さ。自由を奪うギプスへのプロフェットの拒否感。そしてジョン——プロフェットを、今さら数える気にもならないほど様々に裏切った男。

二人ともに安らがない夜をすごした後、トムは早朝、EE社に顔を出しに向かった。先週、長期の休暇になるかもしれないとトムが報告してもフィルは意外そうな顔ひとつしなかった。それでも給料はとどこおりなく支払われているし、直接顔を見せるくらいはしておこう。

入っていくと、ナターシャから温かく迎えられた。プロフェットはどうしているかと聞かれる。ほとんど全員から。

フィルのオフィスにつく頃には、トムの内側にはすっかり怒りがたぎっていた。どちらかと言えばフィルよりもプロフェットへの怒りだったが、フィルだって無関係というわけではない。

オフィスのドアは少し開いていて、ドアの支柱を——中につっこみたい衝動をこらえて——軽くノックすると、フィルがちらと顔を上げた。

「トムか、やっと顔を出したか」入れと手を振る。「プロフェットはどうだ？」

「あいつがどうかって？」

聞き返した声はひどくざらついていて、自分で聞いても危険な兆しがあった。

フィルもそれを聞き逃しはしなかった――動きを止め、椅子を引いて立ち上がり、両手をデスクへつく。

「どうかしたか？」

「聞いたんだ、フィル――プロフェットの目のことをな」

フィルは苦しげな顔をした。

「俺がしていい話ではなかった」

「俺だってあんたから聞きたくはなかっただろうよ、それはたしかだね」

「なら、何の問題がある」

「ところが大有りだ。プロフェットがやりすぎたと見たからＥＥ社を辞めさせるのはまだわかる――そういう奴だから雇った筈なのにな。でも、視力を失っても戻る場所があると保証しといて、それを取り上げるってのは、全然別問題だ」

段々声が大きくなったがかまいもしなかった。

「あんたは、あいつの居場所を奪ったんだ。一番必要とされてる時にあいつを裏切った」

フィルが口を開きかけたが、トムは片手を上げて制した。

「言い訳はいい、あんたはあいつの最大の恐怖を逆手にとって、あいつを傷つけたんだぞ。二度と信頼が取り戻せると思うな」

「俺を責めようってのか。何様のつもりだ？」

「俺はプロフェットにとって何が大切か考えてるだけだ。あんたは？」

フィルが机ごしに指をつきつけ、一言ずつを、指で強調した。

「俺にそんな目を向けるな、青二才。俺ははるかに昔からプロフェットを見てきたし、どうせお前より先まで残るだろうよ」

「ＥＥ社の頭に据えれば、見えなくなったあいつを救えるとでも思うのか？」

「ああ、そう思うね。奴の豊かな経験で、数知れぬ命を救えるだろうとも思っている。その力を無駄になどさせていいものか」

「無駄にさせないって？　命令してあいつを働かせられるとでも？」トムは問いつめる。「あんたは、他人の人生を引っかき回してる。あいつの頭ん中を。そんなのはプロフェットはもう充分以上くらってきたってのに」

「何だ、昔々に消えた仲間探しの話か？　ふん、下らん。あんなことはとうの昔にあきらめるべきだったんだ、トム。お前なら少しはあいつの目を覚ませるかと思ったんだがな」

フィルの首筋に血管が浮き上がっている。

トムはずいと前へ出たが、肩に手がかかって強く引き戻された。ぶっ飛ばそうと振り向くと、ドクだった。手を下ろしたトムを、ドクがオフィスから外へ、さらに廊下の先にある無人の診察室へとつれて行った。実際の医務室はすぐ階下の、ドクのオフィスのそばにあって、こっちの診察室は簡単な問診や健康診断に使われている。

ドクがドアを閉めて、言った。

「さあ、いいぞ」

「いいぞって何がだ？」

「お前がプロフェットには言えないことを、全部ここで吐いていけ」

「ああ、あんたは俺より前からあいつの目のことを知ってたんだよな、さあ、どれだけ仲がいいのか威張ってみろよ」

トムはそう噛みついた。ドクが溜息をついた。天井を見上げ、お祈りめいたものを呟くと、視線をトムへ戻して言った。

「俺はな、ＳＥＡＬｓ残留のための健康診断に落ちるのがわかってたから、愛する仕事を辞めた。うまくいけばあと一年はやれたかもしれないが、膝にもう一発くらえば、杖だけですめば幸運というところでな、色々考えたがそんな未来はお断りだった。だから、辞めた。働き盛りにな。そんで医学部を卒業し、俺みたいなクソ野郎どもが肉体の限界を越えて踏ん張りすぎて人生をドブに捨てちまわないよう見張る仕事についたってわけだ」

何か、ひどく攻撃的なことを言いかかって、トムははっと気付く——。

「プロフェット相手にそれができないから、あんたは腹を立ててるのか？　仕事を辞めろとあいつに言ってすむ問題じゃないから……」

ドクの顎がこわばる。トムは診察台にもたれかかった。腰を預けて、脚の間にだらりと手を垂らす。

「俺がずっとそばにいるって、あいつは信じてくれないんだよ。最初は受けとめられるもんだ、と言いやがった。だがじっくり向き合ううちに、いつかって――」

はっきり言葉にすることすらできない。かわりに、猛々しく言った。

「俺はあいつを失うつもりはない。一人にしやしない」

「そりゃよかった」ドクがうなずく。「さあ、プロフェットには言えないことを吐け」

「そっちからだ」とトムは切り返した。

「俺は、あいつがお前のためだけに生きつづけるのを心配している。この世にいる理由がお前の存在だけになるんじゃないかと。そりゃ凄いし大した力だが、それだけじゃ駄目だ、トム。あいつには、何かを為すために生きてほしい」

ドクの言葉がトムの内側にこだまする。

「俺はそこまでは考えられない……カタが付くまでは――」

言葉を切る。ドクをちらりと見た。ドクが口を開く。

「俺は知ってるよ、トム。フィルも少し知ってるし、俺はもっと知ってるが、何がどうなっているのかの全容は知らん。とにかく、そいつがプロフェットにでかい傷を残した。俺はな、あいつは二度と誰にも心を開けないだろうと思ってたよ。今のお前に対するようにはな」

トムは両手をポケットにつっこむ。ひどく無力な気分だった。

「どうすりゃいいのかわからないんだ、ドク。あいつの目が見えなくなった後、俺はここで仕事を続けんのか？　俺が任務に出ることであいつを心配させたり、自分は行けないからムカつかせたりして？」

「あいつには無理なことをするからって、お前が自分の人生を捨てるわけにはいかないぞ」

「でも俺は、こういう仕事を捨てても生きられるかもしれない」

「お前が？」

「そう思う。ただ、プロフェットはどうだろう……あいつには、そんな生き方はできないと思う。それが、俺は何より怖いんだ」

表情から見るに、ドクも同じことを恐れているようだった。

トムは髪をぐしゃっとかき上げ、それから今日ＥＥ社に来た当初の理由に移った。

「プロフの昔の仲間のことを、どのくらい知ってる？」

「俺は奴らの海軍時代の軍医だったんだぞ。一緒にあちこち行った」

「彼らは皆、ＰＴＳＤをかかえてる」

「海軍、陸軍、海兵隊、傭兵、全員そうだ。お前も含めてな」

ドクはずけずけと言い切る。

「あんたも？」

その問いに、ドクが「俺は完璧さ」と眉を上げる。

トムは笑みをこらえた。誰に言われるよりも、ドクに言われるとそれを信じてしまいそうだ。

「皆のＰＴＳＤはひどいのか？　ヤバいくらいに？」

「奴らに会っただろ、違うか？」

「ごくまともに見えたけどな」

ドクが音を立ててうなった。

「そのセリフを吐くようじゃヤバいな。お前が、そんだけヤバいってことだぞ」

「ドク、真面目な話なんだ。ジョンもＰＴＳＤをかかえてたのか？」

「ああ」ドクの口調は、ジョンについて話したくないかのように切り口上だった。「さあ、こいつはどういう質問だ？」

「プロフェットのフラッシュバックが悪化してる」

「どのくらい？」

「毎晩だ。時には、一晩に何度も。ほとんどがジョン絡みだ。ジョンがそこにいると思ってる。ジョン相手に話しかける。それで朝になると、床に砂が散らばってるんだ、プロフェットがジョン相手に話してた場所にな」

ドクは、その話を長い間熟考していた。

「――お前は、プロフェットがジョンを作り出していると思うのか？　砂をばらまいて？」

「どう思う？　あいつが夢遊病になってて、俺がそれに気がついてないのか？　俺たちは交替で寝てるし、ストレスで俺の眠りはいつもより深いかもしれないが。畜生……俺は、あいつの頭がイカれてきて、俺自身もすぐ一歩後ろにいる気がしてるよ」

ドクがふうっと息をついた。

「ＰＴＳＤってやつは……その可能性がないとは言い切れん。プロフェットは、夢遊病なのかもしれない。箱にしまった砂を出してきて、夢でジョンを見た場所に撒いているのかも」

「そう言われると、五十パーセントくらい気分がよくなって、同じくらい悪くなる」トムは一瞬ためらった。「……幻覚だという可能性は？」

「目の病気のせいでか、ＰＴＳＤのせいでか？」

「両方。どっちでも」

「目のせいでってことはない、そういうもんじゃないんだ。幻覚は起きない。ただある朝、見えなくなってるだけだ」

それだけ。トムは手近な椅子に崩れるように体を沈めた。ほとんど初めて、どういうことか理解していた。衝撃だった。そして嘆きの涙があふれ出した時、ただプロフェットがここにいないことを感謝した。

22

数時間後、家に戻ったトムは少しだけ気分が軽くなっていた。大幅にとはいかないが、ドクにランチにつれていかれて話をしたし、その後は一人で映画に行った。

もう部屋に戻るのも怖くはないし、楽しみだ。

中に入ると、音楽が轟音で鳴っていなかったので、プロフェットだけだとわかった。レミーは学校の勉強に遅れないようプロフェットが雇った個人教師のところに通っている。こっちの学校への転入はできなかったが、プロフェットがニューオーリンズの教師を言いくるめて課題を郵送させていた。そしてレミーは、次々と合格点を取っているところだ。

一週間にもなっていないのに、もう、レミーがずっとここにいたような気さえする。

「よお」

プロフェットから声がかかった。こちらのドアに顔を向けて座っているし、横手に空になった皿もある。レミーが食べろとプロフェットに勧めて、見事なくらい無邪気かつ成熟したやり方でプロフェットの面倒を見ているのだ。

「よお」

トムは歩みよって、プロフェットの首の後ろをさすった。プロフェットがうなって前へ首を垂らす様子を楽しむ。

目の前のテーブルに、例の切り抜きが広げられていた。解けない巨大なパズル。一体この十年、プロフェットは幾夜この前に一人で座り、無感情で対するべき作業をしながら、絡みつく思い出に過去へと引きずりこまれてきたのだろう。

トムが朝に出かけてからずっとこうしていたのがわかった。肩と首の凝りもそれを裏付けている。

「俺も見ようか？」

プロフェットは溜息をついた。

「そうしてくれ。その前に、あと何時間か揉んでくれ」

トムは鼻を鳴らしたが、手は止めずに新聞の切り抜きにも目を走らせた。プロフェットは記事を時系列に並べており、テロ攻撃が起きたところにいつもプロフェットが作戦で居合わせたというランシングの言葉がトムの脳裏によみがえる。それはたしかに偶然ではなかったのだが、もしかして、順番が違ったということはないだろうか。

「何ヵ所か、お前がまずそこにいて、それから小さなテロが起きたり目撃された場所があるよな」トムは、それを指摘しにかかる。「もしかしたら、ジョンが任務中のお前を追っていた、と考えたことはないか？　あの男は誰よりお前を知っていると、そう言ったよな——お前の足取りを追えるほど。本当にそうだったら？」

「それで、あいつは俺の行く先々にぴったりのテロ計画を用意してたってのか？」

「ありえないほどのことじゃない。ちょっとあちこちに連絡を入れれば何とかなることだ。お前の任務地だって、最高に治安がいい場所ばかりだったわけじゃなし」

「ってことは何だ、ジョンは何年もかけて俺をハメにかかってたってのか？　テロ組織を仕切りながら？」

　プロフェットが鼻で笑い、椅子を引いて立ち上がったので、トムはぶつけられないよう下がるしかなかった。

　プロフェットはそのまま、動かずに切り抜きを見下ろして立ち尽くしていたが、テーブルが火に包まれたかのようにさっと下がった。

「それとも、俺にアリバイを作ろうとしてたか。それか、俺で遊んでるのか」

「最低だな」

　プロフェットが強く、シュッと息を吸う。

「まさにな。何もかも」

「で、キリアンの立ち位置はどこだ？　あいつはジョンの死体についてお前に嘘をついた……ってことは、色々知ってる筈だ」

「そいつを今、マルがつきとめようとしてんのさ」

「キリアンが最後にこの建物に帰ってきたのはいつだ？」

プロフェットは考えこんだ。

「俺がニューオーリンズへ行くより前だと思うね。こんだけ長く留守にするなら重要なものは残してないだろう。ただ、マルから状況報告が何もきやしねえ。あいつ、俺を無視してやがる――キングに定期連絡は入れてるが、それも最小限の報告だけだ」

「お前んとこにキリアンからメールは？」

「ない。それとああ、こっちからは連絡してみた。反応なしだ」

「ならここはとりあえず、あの男の部屋に入って家捜ししてみるか」

プロフェットは腕組みし、「何のために」とニヤニヤしながら返した。

トムが期待をこめて言う。

「奴の部屋を荒らせるから？」

「あのカウチを窓から放り出しただけじゃ足りないってのか？」

「お前はそういうの好きだろ」トムはうなった。「人の独占欲でサカるくせに」

プロフェットの目に、いつもの熱っぽさが宿った。

「ああ、また、ああいうのもいいな。そのうちな」

「そのうち」

トムはそううなずく。今は、これで充分。

その後レミーが帰宅すると三人で夕食にしてから映画を見て、そのうちレミーは宿題と絵の作業をしに消えた。

「あいつ、そのうち手に負えなくなるぞ」

ベッドで二人きりになると、テレビを見ながらプロフェットが言った。眠ろうとしているのだ。主に、そうやってトムに少しは本物の睡眠を取らせるために。

「そりゃそうだろ。今は最高にお行儀よくしてるだけで、そのうちこの家は十代の男の子どもに乗っ取られるぞ。それと女の子とな」

プロフェットはうんざりとうなった。

「キリアンを追い出して、家をもっとでっかくするか」

「それには大賛成だ」

「だろうと思った」

家族ごっこというやつは本当に厄介なものだ……プロフェットにも家族を、普通の人生を持つチャンスがあるのだとチラつかせ——同時に、それを見る能力を彼から奪おうとしてくる。

「プロフ、お前に電話だぞ」

トムから携帯を手渡され、プロフェットは発信者の番号を見下ろした。

家族といえば、まさに……。

「やあ、母さん」

トムの頭がさっとはね上がってこちらを見ると同時に、ジュディ・ドリュースが言った。

『ベイビー、具合はどう？』

ベイビー？　マジか。

「今日の薬はどうだ？」

『エリヤ、無駄口はなしにしましょう。わかった？』

母の声がどれだけ正常に聞こえるか、それはプロフェットがとまどうほどだった。彼女の声はまるで父が自殺する前や、二人がニューヨークからテキサスへ行くしかなかった時よりも前のようで……。ずっと、最低だったわけじゃなかった。最高とも言えないだろうが、多くの友人たちの家より、プロフェットの家はマシだった。

「了解」

『大丈夫なの？』

「問題ないよ」

長い沈黙の後、母が言った。

『私には教えてくれるんでしょう？　私には、言っていいのよ』

視力の話をしているのだ。母がそれについてたずねたのも何年ぶりのことか。本当に、今、頭が冴えているらしい――ちゃんと薬を飲んでるか、ついにぴったりの薬にめぐり合ったか。

「わかってるよ」

プロフェットはそう嘘をつく。

『よかった。いいこと、あまり長話はできないの――女の子たちを待たせてるから。今からベリーダンスのレッスンを受けるのよ』

「それは知らずに一生すごしたかった」と呻くと、母が笑った。

『大好きよ、ベイビー。またね』

電話を切りながら、プロフェットまで微笑んでいた。携帯を返されたトムが、じっとこちらを見つめている。

「何だ?」

トムは小さく肩を上げると、少しばかりためらいがちに答えた。

「ただ……お前や家族について、何も知らなかったからさ。俺の知る限り、お前は空から落っこってきたのと同じだ」

プロフェットは指でひょいとさす。

「ピンポーン。無人の広野に落っこってきて狼に育てられたんだ」

あきれ顔のトムが天井へ目を向ける。

「母さんは施設に入っててな。もう長いこと――基本、あそこにいるのが一番安全だからだ」

「お前の仕事のためか？」

「違う」首を振った。「双極性障害なんだよ。しかも薬をちゃんと飲まねえんだ。俺が子供の時なんか、こっちがそばで見張ってないとまったくさ」

昔から世話焼きだったんだなとか何とか言われるかとかまえたが、感心したことにトムは問い返しただけだった。

「ジョンの家に行ってたのは、自分の家庭がしんどかったからか、それともジョンの家庭が同じだったせいか？」

プロフェットは苛立ちの息を吐いた。

「お前は、自分のことを俺に知られんのが本当に嫌だよな？」

「正解を褒めてほしいか？　今の質問に答えると、両方とも少しずつ正しい。それと、家族の話をしねえのはてめえもだろうが」

「まあな、でもこの間、俺の過去の扉が開いた時にどんなだったかは味わっただろ」

「過去の扉が開いた時……」

くり返しながら、プロフェットは笑いを全力でこらえていた。

「おもしろくないだろ」

「笑ってないぞ」内心は爆笑だが。「どこのメロドラマだよ」

トムの表情がやわらぎ、頬をさすられて、プロフェットは自分がどれほどこの手に飢えていたのか思い知る。トムは、プロフェットが必要とするだけの時間と距離を与えてくれていて……時々は、ただ強引に押し倒してくれればいいのにと、プロフェットが願うくらい。

だが大体の時は、自分には無理だとわかっていた。目隠しを、フラッシュバックで再体験しつづけている。そしてほかのすべてを。

今、トムが聞いてくる。

「ジョンのせいで、お前は誰かに心を許せなくなったのか？」

「わからねえよ、T。あんまり考えたこともねえ」

「でもジョンは、お前にとって最初で、最後で、唯一の存在だったんだろ」

「ああ、だったよ」

トムにとって、レミーの親父のエティエンヌがそうだったように。

23

翌朝、未明に起きたプロフェットは、林の中を走ってからざっとトレーニングをこなした。

レミーは家の中でしっかり守られているし、今こうしてプロフェットは自分の足音を心に染みこませ、ゾーンへと入りこんでいく。

というかそうしただろう、背後でトムがぶつぶつと、ろくな理由もなく人間が外をうろつく気温じゃないとぼやいていなければ。

ついて行くと言い張ったのはこいつのほうで、それもベッドを出て林を走りたい情熱からではなく〝イカれた男を野放しにするな〟という義務感からだろう。トムの後悔など知ったことか——楽にすませてやる気もない。トレーニングはきわめて重要だし、体をなまらせていてはお互い話にならない。最後にどれだけ力を使い果たしてみじめな気分になろうとも。逆にそんな時こそさらに体を苛めるべき時だ、クソめ。

——新兵訓練教官みたいなセリフだな？

それか、ＣＭで人生の教訓を説くどこかの誰かさんか。

「グチャグチャ文句垂れるのやめてくれねえか？　俺のランニングが台なしだ」

「お前のランニングのせいで口なんか回らねえよ」

足を止め、振り向くと、トムは脇腹をストレッチしていた。

「つったか？」

トムがうんざり顔になる。

「いいや、俺はいつもこの姿勢で立ってるよ」

「朝に弱いな」

「朝とか夜とか俺たちにはもうないだろ、プロフ。寝られない時間がだらだらと続いているだけでな」

「かかってくるか？」

そう問い返しながら、プロフェットは体勢を変えた。眉をひそめたトムが、喧嘩ではなくスパーリングの誘いだと気付くまで待つ。なんせ、訓練のふりをして攻撃衝動を解消する手は山ほどある。

「……いいぞ。ランニングよりマシだしな」

「今はそう言うけどどな」

組み合いを始める前に、プロフェットは近接戦訓練で覚えたいくつかのコツをトムに教えてやる。トムがなじんできたのとはまた違うタイプの戦い方だ、これは。それから距離をあけ、互いの周囲を回った。

プロフェットの血が騒ぐ——ランニングで体が温まっていたが、目の前のトムの動きが別種の熱を生む。

肉体の欲求を無視しようとしても、まず不可能。だからただそれに近づくまいとしてきたのだが、肉弾戦での純粋な肉体の接触を甘く見積もりすぎていたようだ。なるべく距離を残して戦おうとしたが、トムはまるで従いやしない。プロフェットの意図に勘付いているかのようだ、この野郎は。闘牛のようにつっこんできて、プロフェットを自分の流儀でねじ伏せようとする。プロフェットが教えてやろうとしたことをことごとく無視して。

　体のどこを打たれても、その衝撃が股間まで響く気がした。トムの手がふれるたび、感電したような刺激がはじける。プロフェットは、拳をくらった唇を手の甲で拭った。血の味がする。心配するな、とトムが言う。この寒さじゃすぐ凍るさ……。

　だが二人とも汗まみれだ。上気している。頭に血が上りながらも——まだだ。そして、突如としてタックルされ、呻いて落ち葉の中に倒れたプロフェットを、トムが組みしいた。笑顔で。

　プロフェットは首を振った。

「大間違いだぞ」

「ん？　お前の上に誰がいると思ってる？」

「いい気になりすぎだ、T。これで勝ちだと思ってるのか？　俺がどれだけ簡単にお前をひっくり返して無力化できるか、殺せるか、わかってないのか？」

「ああ、これで勝ちだと思ってるよ」

　トムが囁き、プロフェットの唇を見つめる……プロフェットは、二人ともガチガチに勃っているのに気付いた。

「そして、ああ、お前なら簡単だってのもわかってる。何もかも、たしかなものなんかない。お前に出会うより前からそんなこと知ってるよ」

それ以上深入りしてしまう前に、プロフェットはトムを押しのけた。なにしろ脳内ではトムが落ち葉の中に裸で横たわっている——いい眺めだ、その葉の上でプロフェットも裸でトムをファックしているときては。

「何が来ようが俺が蹴り返してやるさ」

「そりゃよかった。これで俺も眠れるよ。ジョンを捕まえたら起こしてくれ、いいか？」

「は、は」

だがそこでトムが真剣な表情になるとプロフェットの目の前に指をつきつけ——勿論プロフェットは凄んだがそれも無視して——言った。

「お前が世の中のドラゴンというドラゴンを独力で倒していくつもりなのは知ってるが——」

「俺はてめえをジョンから守ろうとしてんだよ、クソが。お前に手出しすりゃひどい目にあうぞって、奴に教えてやる。これは縄張りの問題だ」

トムが目を細めた。

「俺の周りに小便でマーキングでもする気か？」

「必要ならな」

小馬鹿にした顔になったが、トムは何も言わなかった。お利口だ。今からプロフェットはあらゆる想定下で身を守るすべをトムに叩きこみ、学ばせてやるのだ。それはいつか、トムを守るだろう……いつか、プロフェットの手が届かないかもしれないところで。

トムがすでにプロフェットの知る誰より己を守れる男だということは、もはや問題ではない。すべてを教えてやるのだ、もう教えることのできなくなる日まで。そして、その時は……。

その時は、という部分が、いつもプロフェットを強烈に打ちのめす。もう慣れているべきなのに、そうはいかない。慣れる日を待つことすらもうできない、それはきっと、その時なのだから。

その時は――。

「何か言え。これでも飽きっぽいんだ」

トムがあくびしながらぼやいた。

「そりゃ俺のほうだよ」プロフェットが苛ついて言い返す。「今日はここまでだ」

「俺をあんな早くに起こしといて――」

「どうせ寝てなかったって言ってたろ」

「色々教えるって言っといて、途中でやめるなよ」

「教えることなんかもう何もなかったらどうするよ。俺があの母親みてえにイカれてるだけだったら」

そう、吐き出した言葉を、沈黙が包んだ。木々に囲まれて立ち、プロフェットはその告白を取り消したかったが、できなかった。するべきでもなかった。

トムの重い腕が、彼の胸を抱く。ぐいと体の向きを変えられて、二人で同じ方向を見やった。

「お前はもう目がヤバいんだから、それ以上ヤバいバリエーションを増やそうとしなくても充分だと思うぞ」

くるりと、プロフェットはその場で振り向いた。

「冗談にできることかよこれが」

「悪かったな」トムがニヤッとした。「大体、お前のイカれっぷりが薬飲んでどうにかなるシロモノかよ」

それを言うなり、トムは全力で駆け出した。

「ほうほう、今さらランニングやる気分になったかよ?」背中へプロフェットが怒鳴る。「つかまえてやるから楽しみにしてろ!」

「してるよ!」

トムが怒鳴り返した。

プロフェットは微笑む。やっと。それからトムを追いかけて、凍えるような林の中を駆け出した。

24

トムの携帯が、プロフェットの携帯と同時に鳴り出した。

「レミーだ」とトムは言う。

「こっちはマルだ、〈このガキに言ってくれ、俺に向けた銃を下ろせと〉だとよ」

「マジで？」

トムは携帯に出た。

「そいつは大丈夫だ、レミー――プロフェットの友達だ。お前が家にいるとは知らなかったんだよ、知ってりゃビックリさせたりしなかった筈だ」

いや、あえて脅かしにかかるくらいには性格歪んだ奴か。

『じゃあ銃を下ろしてもいい？』

「ああ、銃はしまえ。そいつは問題ない」トムは一言ずつに力をこめる。「今すぐそっちに戻るから」

「俺ならマルを銃口の前に立たせっぱなしにしといたね」とプロフェット。

「早く教えろよ」

トムはそうなり、二人して凍えるほど冷たい朝の中を家まで駆けていった。

部屋に入ってみると、マルがレミーのために朝食を作っているところで、レミーは彼から手話を教わっていた。

「最高だな」トムは呟く。「イカれ叔父さんが一人できたぞ」

プロフェットが鼻で笑った。

「な、お前とあいつは似た者同士だって思ってたよ。タトゥだのなんだの。その類の連中って、仲間意識を抱いたりするんじゃねえのか？」

「その類の連中？」とトムの眉が上がる。「ただのタトゥだろ、出身地か何かじゃあるまいし」

マルがさっと、レミーの視界に入らないところで中指を立ててみせ、プロフェットは感心したようにうなずいた。

「ほら、あれ見たか？　わかりやすくて簡潔だ」

「ムカつくな、お前――」

プロフェットの手に首筋をなで下ろされ、トムは肌が震えそうになるのをこらえた。ののしってやろうとしたが、視線が合った瞬間に骨抜きになる。毎回こうだ。

レミーが笑い出した。マルが立てたげえっと吐くような音に、ますます笑う。トムがマルへ中指を立ててやると、プロフェットがまるで、ほら効率がいいだろ、と言うようにうなずいた。

「その間、口を別のことに使えるしな？」トムはプロフェットの耳元にそう囁いてやった。

「レム、そろそろ先生のところへ行く準備の時間だろ？　俺が送るよ」

「はいはい」

レミーがキッチンテーブルから離れながら、マルに「戻ってくるまでここにいる？」とたしかめている。

マルがうなずき、トムは呻きを嚙み殺した。マルが持参してきたどでかいダッフルバッグもさっき目にしていたが、とにかくレミーがキッチンを出ていくまでは待ってから、言った。

「お前たちは仲間のそばに近づいちゃいけないと思ってたんだが、違うのか？」

それに対して、マルはただ肩をすくめただけだった。どういうわけかそれが呼び水になったようで、プロフェットがうっすらと怒りをにじませた声で問いただした。

「キリアンがしばらく音信不通だ。消えてる、マル。メールにも答えやしねえ」

マルはまた肩をすくめて、ますますプロフェットの怒りを煽る。

「マル、てめえ、あいつを、殺したか」

じっと見つめ返してから、マルは首を振った。ゆっくりと。

「ならいい」

そこでマルがｉＰａｄを取り出し、手話のかわりに打ちこみはじめる。〈殺してないと思う〉と打ち、トムからも見えるようにした。議論にトムも混ぜようとしてくれるとは、なかなかお優しいことだ。

　そう思ったトムの脳内を読んだかのようにマルがニヤついた。プロフェットが問いただした。

「殺してないと思う？　ほほう、そいつは一体、正確に、どういう意味なんだ？」

　またマルが肩をすくめる。

「とにかくこっちは、何としてもキリアンを見つけないと」

〈なんで？　あいつが恋しいか？〉とマルが打ちこんだ。

「まあそんなところだ」

　マルの表情に何か見つけたのか、プロフェットは言葉を切ってから「何かあったのか」とたずねた。

　マルが肩をすくめる。

　プロフェットは天井を見上げ、悪態をついて、トムの鼻笑いも無視する。やがて、マルに顔を向けて言った。

「俺がレミーを授業まで送ってく」

「俺が行くって言ったろ」

　トムがそうかぶせる。なにしろこの肩ばっかりすくめるイカれ叔父さんと二人きりにされるのは御免だ。

「知ってるよ、でもお前ら二人でここに残ってお互いをいびり倒してろ、いい気味だ」

プロフェットは二人に向けて敬礼の物真似をし、言うまでもなくマルは立てた中指で応じた。

トムは双方に向かって首を振ると、カウチに座りこむ。ジョンの話や、隊の仲間がプロフェットを現実逃避と見なしている話を聞きたいのだが、実に厄介そうな話題だ。

マルは、アムステルダムでキングがトムを脅しつけようとしたことを知っているのだろうか——あるいは気にするだろうか？　その時驚いたことに、マルがｉＰａｄを手に、トムのすぐ隣に座った。じっと前を見つめる、その姿は固く、緊張している。

まるで、今から三秒でこの建物を制圧するぞ、という勢いの緊張感だ。

「話してみるか？」とトムは水を向けた。

向き直ったマルから、てっきり小馬鹿にした目で見られるかと思ったが、かわりにマルは口を動かした。見ただろ、バックルームで——と。

まったくだ、あの光景をどうやっても脳内から消去できないのだが、それは言わずにトムはうなずいた。

——プロフには話してない。

トムはうなずいた。

「お前、本当にキリアンから連絡来てないのか？」

マルがじっくりとトムを眺める。黒く、こちらを貫くような目で。彼が見向きもせずに文字を入力していくタブレットへ、トムは視線を落とした。

〈キリアンについてのお前の心配は正しい、だが心配の向きが違う〉

「あいつにはプロフェットを押し倒す気はないって？」

　マルは肩をすくめた。

〈ヤるだろうな、チャンスがありゃ。でも違う、キリアンがプロフェットを見張ってた理由は別だ〉

「どんな？」

〈もし、プロフがジョン・モースの謎の底までたどりついたなら、その時……プロフを殺すのがキリアンの役目だ〉

　トムは大きく唾を呑んだ。

「プロフェットを殺す？」

〈もしプロフが、ジョン絡みの事情をひっかき回すようならな。キリアンは、その任務をやりたくないんだと思う。確実とは言えないが、多分……〉

「なら俺たちは、プロフェットとジョンを近づけないようにする」

〈そしてプロフェットのそばでキリアンの気配に目を光らす〉とマルが打つ。〈俺ならできる。俺がやる〉

　何か、奇妙な炎がこの男の目の奥に燃えていた。それが何か、トムにははっきりとはわからない。

「キリアンは帰ってくると思うか？」

〈現れる〉とマルが保証する。〈あいつにはこっちの力が必要なんだ。引き替えに、こっちにつく〉

「どうして奴が味方だと断言できる」

〈今、自分の所属機関から命を狙われてっからだよ〉

「根性悪いからな、あのスパイ野郎」

勝ち誇ったように言い切ったトムは、不意に気付く。そんな根性悪のせいでひどく落ちこむというのは、実は好きだからだ――トムにはまさにその経験がある。しかし……マルが？

「こんな質問をする自分が信じられないが……お前、キリアンに気があるのか？」

うなずくマルを見て、トムはカウチにもたれた。

「一体どうなってんだよ」

知るか、とマルが口を動かす。

トムは溜息をついた。

「よせよ、誰よりカラダだけですませられるお前が、まさかどうして……」

〈お前もだろ？〉

「それとこれとは問題が違う」

〈だから？　プロフェットも根性クソ悪いだろ？〉

畜生が。

「わかったよ、じゃあ……お前らは、関係を持ってるんだな？」

マルがうなずく。

「仕事に影響ありそうか？」

マルが指と指をつけてみせた。

〈少しだけ。ま、何の問題もない。情報もつかんだ。いいネタだ〉

「キリアンもつかんでる情報か？」

マルが肩をすくめる。

〈いや、本人は。あいつの情報屋はつかんでる。キリアンにかかっちゃ知られんのも時間の問題だがな、腕がいい〉

「あいつをほめるとは、お前マジでヤバいな……」

トムは目をこすった。

マルは、すっかり沈みこんでいた。まっすぐ前を見つめる顔からすると、トムがはじめに思っていたよりはるかに事態は深刻だ。

「何をつかんだ？」

〈いくつか。場所と地図を入手した。それと、もっと個人的な情報もな〉

「聞くのが怖いが、それを聞かなきゃ始まらないからな――」とトムは呟いた。

マルが彼を見つめる。自分の喉を指した。

「キリアンは、その喉を切ったのが誰だか知ってるんだな?」

うなずき。

「俺はてっきり……奴にやられたと――ほら、ジョンに」

マルがカウチに沈みこむ。うなずいた。〈俺もそう思ってた、でも……〉と打ちこむ。

トムは立ち上がった。マルと向かい合って、見つめる。もっと落ちついて対応するべきなのかもしれないが、しかしこれは――。

「お前、たしかなのか?」

マルがうなずいた。

「わかる前にあいつと寝たのか?」

また、マルがうなずいた。〈誰にも言うなよ〉

「ふざけんな、どうして――」

〈俺たちにはキリアンが要るからだ。あの男は本当にこっち側だ〉

トムは、マルの喉の傷を指してやる。

マルが下を見た。

「くそ、ヤバい」

マルの隣に座ると、トムは小刻みな呼吸を始めた男の背に手を置いた。マルの頭をその両膝の間に押しこむ。

「息をしろ、マル。ほら――呼吸に集中しろ」

マルがうなずき、呼吸をくり返した。彼の顔色がわずかに戻って体を起こすまで、トムは背と首筋をさすってやっていた。

「ああ、お前ならなんとかなるだろ。俺は誰にも言わないよ」

〈お前はわかってくれると思ってた〉

トムは首をかしげた。

「お前はいつから、俺たちがこうも似てるって気付いてた?」

マルが歪んだ笑みを浮かべて、指を一本立てる。一日目、と。

「んで、知らなかったのは俺だけかよ」

今回は逆だな、とマルが口を動かした。

プロフェットに隠し事をするのは嫌だった。だがトムの理解では、キリアンがマルを殺しかかったのは不幸な事故だ――ジョン絡みでの。たとえそうであっても、プロフェットはそんな言い訳には耳を貸すまい。少なくともすでに走り出した今は。トム自身、キリアンの喉を締め上げてやりたい理由なら山とあるのが本音だが、キリアンが本当にこちらに必要な存在なのなら、プロフェットに下手に知られると事態が致命的にこじれかねない。

そして、本当にマルがキリアンに気があるとなると……。

こんな事態を、どうにかできるのか？

「お前は真相がわかった時、どうして奴をぶち殺しに行かなかった？」

トムの問いを聞いたマルの目に何かが光る――まさか、この男の顔に見るとは思わなかった感情が。

「好きだから？　マジか？」顔をしかめたマルが否定しなかったので、トムはたたみかけた。

「たしかなのか？　単にしばらくご無沙汰だったから、そういう気分になってるとかじゃなく？」

マルがあきれ顔をした。

トムは溜息をつく。

「それか、あれだ、お前がその内なる殺人衝動を抑えられたのは、キリアンの力が要るってわかってたからこその理性ってのは？　全部片付いたらその時こそぶっ殺す？」

マルは、頭をカウチのクッションに沈めた。

〈複雑なんだよ〉

「だろうさ。ああ、そういや、隊員が皆プロフェットに腹を立ててるってのはなんでだ？」

マルが口を動かす――錯覚、と。

「プロフェットが現実を錯覚してると思ってんのか、お前ら？」

マルは溜息をついた。宙へ両手を投げ出す。

〈ジョンが生きてて、テロ活動に一枚噛んでるってのは、もう裏も取れてんだ〉

「そのジョンがキリアンを殺させようとしてることもな。お前らだって前、同じようなこと考えてたんじゃないのか」

トムは指摘してやった。マルがじろりと、己の良心を見るかのようにトムをにらみつけた。

〈話が違う〉

「そう思ってりゃいいさ」

マルは文を打ちこむ。

〈ジョンのこととなると、プロフは現実がマトモに見えないのさ——昔からな。言っとくが含みはないぞ〉

「恋に落ちる相手は自分じゃ選べない」

トムは呟く。

〈あいつはジョンに恋してたわけじゃない〉

さっと顔を向けるトムの前で、マルは打ちつづけていた。

〈あれはそういうんじゃない。もしかしたら、最初はちょっとはそうだったかもな。でもあれはマジでどっちかと言うと、イカれた友達同士が支え合ってたって感じだ。プロフェットも面倒な男だけどな、ジョンときたら……まるで別のレベルで厄介だった。それも、自由奔放とかそういうのじゃない。プロフェットの無茶さは一緒にいてこっちも盛り上がれるが、ジョンの

は、すり減らされる〉

　プロフェットも、似たようなことをトムに告白したものだ。だが今、マルから聞くと……。

「まさか、プロフェットがジョンを見逃すと思ってるわけじゃないよな？」

〈罪悪感ってやつは凄い力を持ってるもんだ〉

「自分の経験からか？」

　びしっと中指を立てたマルは、ムカつく、と口を動かしてから、打ちこんだ。

〈こいつは俺からプロフェットに話す〉と喉を指し、〈必要な時がくれば〉

「だな、それとお前がキリアンに惚れたってこともな——忘れんなよ。もしお前がプロフにとっとと話さなけりゃ、俺が言うからな」

　手ぶりをまじえて言いつのるトムをそっくり真似してふてぶてしい顔をしてみせたマルに、トムはしみじみと首を振った。

「しょうがねえな。でもプロフから、ここで何話してたのかって聞かれるぞ。二人きりでいたのに俺もお前も痣ひとつないときちゃ」

　何とかするさ、とマルが口を動かす。

「俺を嫌いなふりをしていたお前のほうが扱いやすかったな」

〈誰がふりだって？〉

　マルがにやつく。トムがあきれて目を上へ向けると、マルは打ちこんだ。

〈キリアンはそのうち顔を出す〉

その時が来るのを心配しているのか、それとも望んでいるのか、その様子からは読みとれない。

この二人の間には、ほかにも何かある。今見えていること以外にも、マルをここまで落とした何かがある筈だが、マルは語るまい。内部に情報源をつかんだのはありがたい一方、トムは心配だった。

マルの——このサイコ野郎のことが。

プロフェットは家に戻った。特にこっそり入ったつもりはないが、部屋ではマルとトムが頭をつき合わせて熱心に何か話していた。異常な光景だ。

「どうかしちまったか？」

プロフェットは声をかけた。

二人とも、さっと振り返った。マルはただじっとプロフェットを見つめ、仕方なくトムが口を開いた。

「マルが、サディークの居場所を特定した」

「それは、つまり範囲を絞った？」

「つまり、奴が訪れる施設の場所が特定できたということだ、来週以降に」とトムは補足する。「地図をプリントした」

マルが地図をさし出している。トムはそれを引ったくってプロフェットへつきつけた。ジブチの近く——ソマリアのまさに国境そば。

その時、炎が見えた。

「火がついてるぞ」

落ちついて指摘してやると、トムが視線を下げ、満足げにライターをかざしたマルを見た。

「何しやがる！」

トムがビクッとする。マルが声もなく笑っている間、トムは計画が記されている紙を駄目にせずどうにか火を消そうと悪戦苦闘していた。

証拠は燃やすに限る、とマルが手話で語る。トムを見つめてライターをカチカチ鳴らし、今にも火をつけたそうにして続けた——どれだけデカい証拠でも、と。

トムの悪態を聞き流し、プロフェットはマルにたずねた。

「その情報、キリアンからか？」

〈キリアンのお仲間からだ〉とマルが手話で返す。

「一体どうやってお仲間と仲良くなった？」プロフェットは問い返した。「キリアンは知ってんのかよ」

いる。

「キリアンはどこなんだよ？」

プロフェットははっきりと凄んだ。もはや忍耐の糸は無に近いレベルにまで引き伸ばされている。

返ってきたのは、案の定、マルお得意の肩の上下動だけだった。

「キリアンは、サディークの居場所を知ってんのか？」

マルが首を振って否定する。

プロフェットは目を細めた。

「キリアンはてめえの標的だったってのに、どうして目を離した？」

優先順位を変えたのさ、とマルが口の動きで応じた。

トムはと言えば、その言葉を読めたのかどうなのか、そ知らぬ顔をするのに失敗していた。哀れなくらいに。隊の連中の中にこいつを混ぜたのはいい考えじゃなかったかもしれない、今やトムまで連中に似てきている。

「てめえ――何か知ってやがるな？」問いかけながら、トムへ指をつきつけた。「いやいい、後で拷問して聞き出す」

トムが眉を上げ、ニヤッとした。

マルもお揃いの顔をする。

「ほほう？　一体どうなってんだてめえら？」とプロフェットは問いただす。

「どうって、お前の友達がヤバいマザーファッカーってだけだろ」トムが応じた。「こいつ殺し屋なのか？」

「直接聞けよ」

そう言われたトムはマルのほうを向くなり「人を殺したりするのか？」と聞いていた。

マルが手話で何か言う。プロフェットはちらっと見やった。

「マルいわく〈今日のところは一人も、でも日も早い〉ってさ」

マルが銃を真似して指を上げ、トムの眉間のど真ん中を撃つ仕種をした。

「かけらも笑えないぞ」とトム。

マルがまた手を動かす。プロフェットが通訳した。

「俺は凄え笑える、と言ってる」

ニコリ、とマルが笑った。

「クソッたれどもが。お前ら二人ともだよ」とトムがぼやく。

「ただのメッセンジャーを撃つなよ」プロフェットはカウチに座って、マルに指をつきつけた。

「本気だぞ、手出しするな」

マルが肩をすくめて、手をひらめかせた。

「今度はなんて言ってる？」

プロフェットの唇がピクッと、半笑いに動く。

「守れない約束はしない、だとさ」

トムがのしのしと部屋を出ていき、マルがあきれ顔で溜息をついてみせた。〈どんだけ繊細なんだよ〉

25

数時間後、凍るような雨が窓をパタパタと規則的に打つ中、プロフェットはレミーに飯を食わせ、宿題を片付けさせた――レミーのｉＰｏｄが耳をつんざく音楽を鳴らす中で。それから、キッチンテーブルをトムとマルとでふたたび囲んだ。

マルはレンとキングと連絡をつけ、サディークの身辺の盗聴情報について分析していた。数は少ないが、それでいい。テロリスト連中もさらにそれを傍受しているし、サディークは猜疑心が強くささいなきっかけですぐ計画を変える。レンがつかんでいる限り、サディークはまだ例の施設へやって来るつもりだ。最先端の研究所をそなえた、その建物へ。すべてが準備されたところへ。

だが彼らには、サディークが映像ごしではなく必ず実際に出向いてくるよう、餌を仕込む必要があった。

「あいつは気が乗らなきゃ行かなくてすむくらいの力をもう持ってるんだろ。そんな男の動きをどう操る？」

トムが問いかけた。

「核研究者の身柄を手渡してやるのさ」とプロフェットが説明した。「サディークは何年も、研究者たちをかっさらおうとしてきた。あいつは核の起爆トリガーを作れる人間を必要としている。あの切り抜きからもわかるように、サディークの組織も世界中の小規模テロに加担してきた」

「予行演習」

マルが口の動きで呟いた言葉を、トムが声にした。

「気の長い連中さ」とプロフェットが足す。

「この年月、サディークは一人の核専門家も手に入れてないってのか？」

「ああ、一人も」

プロフェットは静かに答えながら、サディークがゲイリーを連れ去る寸前までいったことを思い起こして、ひるんだ。キリアンの介入がなければ、ゲイリーは今も生きて、そして……サディークのために働きながら、いそいそと核爆弾のトリガーを作っていただろうか。

〈俺たちで隠してきたからな〉とマルが入力した。〈まずはCIAが対象を隠し、それを俺たちがもう一度隠す〉

「ランシングはそいつが気に入らなくてな」

プロフェットがそうつけ足すと、マルはうなずき、続けた。

〈駄目だったのは一人だけだ。奴らのほうが俺たちの到着より早くて、対象者は、つかまるくらいならと自殺した〉

「そいつは……」

トムが髪に指をくぐらせる。

プロフェットは手首をさすった——遠い雨に反応して早くからズキズキ痛み出していたそこを。

「ウサマ・ビンラディンの狩りで大騒ぎだった間、サディークはその時間を有効に使ってきた。ジョンもな」

「なあ、CIAの助力なしで、ジョンがこれだけ見事に身を隠せてきたと思うか？」

トムが問いかける。プロフェットは顔をしかめた。

「俺でも、隠れられるだろうよ。テロ組織の手を借りられるなら尚更、どうとも言えねえ」

横目でじろりと眺めたマルへ、プロフェットは片手を上げた。

「また現実逃避とかうるせえ、聞かねえぞ」

〈そんな話はしてない〉とマルが手話で応じる。

「で、計画は？」

トムが問いただした。マルの手話をプロフェットが通訳する。

〈サディークが欲しがってるものをやる。ハル以来、あいつが手に入れられていないものを〉

「隊の連中全員がサディークに顔を知られてんじゃなかったか？」

「その通りだ」

まったく、トムにしたい話ではない。どれほど汚いことまでするのかトムが気付いてないとも思っていないし、理解もするだろうが、何かを知るたび……その記憶はもう消せないのだ。積もったものはいつか人を変える。表からは見えなくとも、トムが生きるかぎり背負っていくしかないものだ。プロフェットの心の中で罪悪感が身じろぐ。

「なら、誰がサディークの前に出る？」

トムが追及する。プロフェットはマルを見た。

「最新の核専門家を使おうかと思ってな、アムステルダムで話した奴のことだ。俺たちが見つけて隠した男。だが……」

だがどうしても、無関係な犠牲を出したくはない——そうするべきだと幾度叩きこまれても。

トムが手をのばし、プロフェットの前腕をぐっとつかんだ。

「何か、ほかの手があるさ」

〈俺たちに借りのある奴もいる〉マルが打った。〈取り立てる頃合いだ〉

「まったく」トムが呟く。「聞かないほうがよさそうな話だな」

「間違いなく」とプロフェットも同意した。

「つまり、借りのあるどこかの野郎をエサにぶら下げるって？」トムは首を振っていた。「冗談だろ、プロフ？　本気じゃないよな」

「本物の核専門家を釣り餌にするよりゃマシだ。訓練を受けた人間を送りこむ。身元と外見は、例の核専門家のものをそのまま使ってな。どうせほとんど顔は割れてねえし、そこそこ特徴が似てりゃなんとか……」

マルが打ちこんだ。

〈俺たちじゃ駄目だ、奴らは顔認識ソフトを使ってる。トムも同じく却下。あのスパイ野郎も〉

「多分、な」とプロフェットが口をはさむ。「キリアンが、ジョンと同じ場所に居合わせたって証拠はまだねえ」

〈リスクは見すごせない〉マルが手話で返す。〈誰か、やる気がある奴を見つけないと〉

プロフェットがちらっとトムを見た。

「ディーン？」

トムは溜息をつく。

「ディーンならやるだろうな。でも、マジでか、プロフ？」

「盲目でも能力には問題ないと思わせればうまくいく。核の起爆トリガーの製造法を誰かに指導できれば、ほかは関係ないからな。あとはディーンが堂々としてりゃすむ。奴らにしたって、盲目の男が囮だとは思わねえだろうよ」

マルとトムの視線を浴びながら、プロフェットは肩をすくめた。

完璧な計画だ。

同時に、自殺行為に等しい危険な計画——そしてプロフェットにとってはあまりにも自身の真実に近すぎる計画。


「クソ」

プロフェットが監視カメラ画像を凝視していた。トムが目をやると、丁度ダークスーツ姿の男が建物に近づいて、呼び鈴を押すところだった。

「ＣＩＡ？」とトムが問う。

「間違いなく。おいマル、入れてやれ」

「よくあることとか？」

「初めてさ」そのプロフェットの答えではまるで安心できない。「このまま門前払いは一番ヤバい手だ。こいつが誰だろうと」

「ランシングのことで来たと思うか」

「お前はどう思うよ？」

問い返しながら、プロフェットはトムと玄関先へ向かった。マルはすでにそこに立ち、半ば開いたドアの横で腕を組んでいた。

「こいつ……いつもよりも、イカレてるんだぞ」

トムはぼそっと呟く。

「どこが？」

「プラスチック爆弾(C-4)と一緒に寝てるんだ」

プロフェットが肩をすくめた。

「いつものことだ」

「枕がわりにしてるんだぞ？」トムは言いつのる。「それもレミーの部屋の床で寝てんのに」

さっとマルへ視線をとばし、プロフェットはごく低い口笛を吹いた。

「こいつをここに置いとくのはマズいかもしれねえが、かまうかよ、俺はもう他人のルールに縛られんのはやめだ」

縛られたふりをするのは、だろ、とマルが口を動かした。聞こえてないような顔をして全部しっかり聞いている。それからドアを指し、銃で撃つ真似をしてみせた。

「駄目だ、マル」

　プロフェットがきっぱり却下する。

　マルが何か手話で言った。

「わかった、ああ、もし向こうが先に殺そうとしてきたら、好きにしろ。単に話をしにきただけで脅威とは見なせない」

　マルはまた何か手話で応じ、心底がっかりした顔だった。その不満はトムにもわかるが、わかってしまう自分が怖い。

　トムはその思いを押しこめ、マルがひとつうなずいて部屋に招き入れた男に意識を向けた。一八三センチというあたりか、短く刈りこんだ黒髪に高価そうなスーツ。高そうなサングラスをジャケットのポケットにしまう仕種で、手首の高級時計と、隠そうともしていないショルダーホルスターが見えた。

「何か?」とプロフェットがたずねる。

「私はエージェントのジョン・ポールだ」

　男はそう名乗る。プロフェットが「ＣＩＡ所属の?」と続けた。

「プロフェット・ドリュース。もしくは、エリヤ・ドリュース。現在は独立して働いている」

　ポール情報局員は、そう言ってからトムのほうへ向いた。

「トム・ブードロウ。元ＦＢＩ、元保安官補。現在はＥＥ社を休職中」

「ついにＣＩＡでもネット検索を教えるようになったのか。進歩だなあ」

プロフェットが甘ったるい口調で混ぜ返す。

「それで、こちらは？」

ポール情報局員がマルをちらりと見やると、マルがニッコリと――異常犯罪者風に――微笑み、男を一歩後ろに下がらせた。

お見事。トムももっとこの手をためすとしよう。

幸いマルは着こんだフリースのパーカーの前をきっちり締めているので、喉の傷は見えない。

トムはさっと考えをめぐらせた。

「こいつは俺の従兄弟で、パリから遊びに来た。英語はわからないんだ」

それからマルに適当なフランス語で話しかける。ケイジャン・フレンチだったかもしれないが、まあいい。マルはうなずき、部屋から出ていった。

「どうせ聞いてもほとんどわからないだろうが、ここにいても仕方ないからな」

ポール情報局員は眉を寄せ、信用しきれないという顔をしていたが、プロフェットの仲間の中でＣＩＡが発見できてないのはただ一人、このマルだけだとトムも知っている。マルは今でも戦闘中行方不明者（MIA）のリストに、実名のシェイマス・ドワイヤの名で載っている。

「あいつは一般市民だ」

プロフェットの声は断固として、マルの退出にどんな不服があろうともポールのそれ以上の追及を断つものだった。さらに、退屈しきった平板な調子で続ける。

「それで、何の用だい？」

「ここに来た理由は、ランシング情報局員の死についての調査のためだ」

「ランシング情報局員が死んだって？」

プロフェットの声には驚きがあらわだった。

ＣＩＡ局員も、明らかにそれに気付いた様子で、ゆっくりとうなずいた。

「もう知ってるものかと思っていたが」

「どうしてだ？　メル友でもなんでもねえぞ」

「非常に剣呑な関係にあった相手の死を聞いて、随分焦っているようだな？」

「どう思う、ポール情報局員？　俺をずっと追っかけてる奴らがランシングを仕留めたのかもしれないって、そこのところは考えてみたか？　俺が自分の命を心配をしてるかもって？　ランシングが死のうと屁でもねぇが、もっと情報は聞きたいね」

「悪いが、機密事項だ」

「なら一体何のためにここまでノコノコ顔出しに来た？」プロフェットが迫る。「それとも、ランシングの仕事をてめェが引き継いだか？」

「かも、しれないな」

ポール情報局員は少し背すじをのばした。必要とあらば危険にもなれる男だと、トムははっきり感じとる。

「君のパスポートの出帰国記録によると、ランシング局員と同時期にアフリカを訪れているようだが」

「この何年もあの男が俺の行動を追跡してたのは知ってんだろ、ああ？　今さら不思議に思うようなことか？」

プロフェットの問いにかぶせるように、コンコンと固いノックと、ドアが開く音がした。

「人が来る予定でも？」

ポール情報局員が聞く横を、マルがつかつかと、幸い誰に銃をつきつけもせずにドアへと向かった。そしてマルの表情を見たトムは、ドアの外にいるのが何者なのかはっきり悟る。

ありがたいことに視線を情報局員へ向けているプロフェットには気付かれてないようだ。もっとも大体の場合、この男はすべてに気付いているのだが。

キリアンは、全身を黒に包み、その黒髪は前にトムが見た時より短かった。当然の権利のように堂々とリビングへ入ってくると、ポール情報局員へ右手を差し出して名乗る。

「私はマーク・マクドゥガルだ。そちらは？」

それも見事なアメリカンアクセントで。

「情報局員のポールだ」

互いに握手を交わし、キリアンが言った。

「私はこの二人の弁護士だ。どうやら丁度いい時に来たようだね」

身分証明書を示す。きっとニューヨーク州の弁護士だと、そこに明示されているのだろう。

ポール情報局員はそれを見やり、次にプロフェットを見た。

「人が来るたびに弁護士を呼ぶのか？」

「あんたが来るのが見えたからな」プロフェットが言い返す。「それに彼はここの下に住んでるんだ、便利でいいだろ」

「では事情をうかがおうか」

キリアンがそううながし、ＣＩＡ局員がもう一度ランシングについての話をくり返すのを聞いていた。

「お気の毒な話ではあるが、それがこちらの男性二人にどう関係してくるのかな？」

キリアンを殴りたい理由など今でも山盛りのトムだが、さすがな奴だと認めざるを得ない。少なくとも、いい感じに話をはぐらかしてくれている。

「ランシング情報局員が最後に目撃されたのは、このプロフェットとトムの周囲だ」

「俺はあいつの顔は見てねえぞ」プロフェットがのどかに言った。「こっちに見つかってちゃ、いい諜報員とは言いがたいだろうしな？」

「ランシングは、プロフェットとトムより後に入国したのが事実なのでは？」

キリアンの質問に、ポール局員は返事をしなかった。

「あなたは、プロフェットかトムがランシング局員を殺害した可能性のある人間を目撃していないかどうか、平和的に確認しにきたという解釈でよろしいかな？」

「いいか、この野郎――俺が何を聞きたいかお前だってわかりきってるんだろ」ポール情報局員が凄んだ。「こいつらのどちらかがランシングを殺したんだよ」

「言うからには証拠があるということでよろしいかな？」

「長年の恨みがある関係だったんだ」

「目撃者は？」キリアンは両手のひらを示す。「二つとも答えはノーでしょうな、でなければとうにこの二人に手錠をかけてＣＩＡの焼き印でも押しているところだろうから」

「こっちがその気になりゃ二人ともすぐ引っぱれる」ポール情報局員が言ってのけた。「二度と消息もわからんようにな。こっちは本気だ」

「ご自由に」キリアンの口調は相手より軽いが、どうしてか、より危険だった。「お待ちしてますよ。今のところは、外まで送りましょう」

玄関を手で示されて、ポール情報局員は渋々と動き出した。

「あいつ、また来るぞ」

ドアが閉まると、プロフェットがぼそっと呟いた。

戻ってきたキリアンが唇に指を当て、言った。

「さらに何か質問されたら、答える前に呼んでくれ。それと国外には出ないように」

まだアメリカンアクセントでしゃべっていて、トムはこの男の顔を思いきり殴りつけてやりたくなる。前以上に。

プロフェットはキリアンの言葉を目を細めて聞いていたが、さっとマルへ、そしてまたキリアンへ視線をやった。「その通りにするよ」と答えてから、トムに口の動きで、盗聴器を探せと伝える。

四人は盗聴装置を調べにかかり、二つ見つけた——両方ともランシングのものだ。プロフェットがトムに言うには、あのお気に入りの諜報員には仕掛け方の癖があるらしい。

「いつまで経っても進歩のねぇ男さ。そんな必要もなかったんだろうな。これも奴のお遊びのひとつだよ」

トムは不意に、背すじがぞっとした。その間にもキリアンとプロフェットはまるで本物の弁護士と依頼人であるかのように今し方の来訪について話し合いながら、全員でキリアンの部屋に行こうと結論を出した。そしてプロフェットがベランダに盗聴器を出し、ドアを閉める。

実際キリアンは、用を片付けに階下の自分の部屋に戻っていった。玄関へ向かいながら、確認が済んだらプロフェットにメールすると呟いて、ちらりとマルに視線をやる。

マルとキリアンとの間に交わされた視線ときたら、ひどくむき出しで、二人とも互いをどうしたらいいのかわからないといった様子だった。まるで足元の氷が薄すぎて、踏み出すと、ひびが入る音が聞こえそうなほど。

まずキリアンが階下へ向かった。さすがにマルも追うほど馬鹿じゃないだろうとトムは見ていたが、実際、その気はないようだ。

だがトムとプロフェットが下へ向かう時になって、マルが〈目撃者？〉と口を動かした。くそっと、トムは内心毒づいた。この時代、金をもらったからっていつまでも口をつぐんでいるような律義な奴はいない。

「ホテルのフロントに男がいた」

マルが溜息をつき、ｉＰａｄに打ちこむ。

〈目撃者は消えないと。フックに手を打たせる。別の場所へ移そう〉

「ほかの証拠はない。監視カメラの映像も処分した」

血は？とマルが唇の動きで聞く。

「風呂場でやった。これでも、壁から血の痕跡を完全に消す手は心得てる」

トムはマルに指をつきつけ、はっきりそこを強調した。

およそ初めて――少なくともプロフェットの前では――マルが、トムを見て微笑んだ。手話で何か言い、プロフェットが通訳する。「誰にでもひとつくらい能があるもんだな」と。

今回、中指をつきつけたのはトムのほうだった。

26

プロフェットとトムが部屋に入っていくと、キリアンが開口一番、歯切れのいいブリティッシュイングリッシュで言った。

「あいつが、君らのかくまってる研究者の息子じゃないのはわかってるよ」

そりゃ素晴らしい――キリアンは先手を打って、どこかの時点でマルの偽装を見破ったのだ。マルが隠してやがったのもこのことか？

だがマルにはもう隠れる気がさらさらないのか、ほとんど突如として、キリアンの部屋の中に立っていた。腕組みし、銃を手に、ドアの脇で。

プロフェットはちらっとそれを見やってから、キリアンへ肩をすくめた。

「そいつはおめでとう。で、一体今のは何の真似だ？」

「今のは、きみらアメリカ人いわくの〝てめえのケツを拭いてやった〟ってやつだろうよ」

今度はキングよりも濃いアイルランド訛りでそう答えてきた。

「お前なしで俺がどうして無事やってこられたものやら」

プロフェットはこれ以上ないというくらい声に皮肉をこめてやった。冷静に、と己を制するが、いつまで持つかあやしい。

「ランシングを殺したのは、お前だな」とトムがゆっくり言った。

「大当たりだよ、ケイジャン」

半ば悦に入ったような笑みを向けられて、トムの手が握りしめられるのが見えた。キリアンが続ける。

「本当は、君が拷問で情報を聞き出す前に、あの男を殺すよう言われてたんだがね」

「予定を狂わせて悪かったな」

トムはかけらもすまないと思っていない声だった。

「一体どうやって俺の居場所を割り出した？」

プロフェットが問いただすが、キリアンは単に「携帯の発信器とか探しても無駄だぞ」とだけ返した。

「ならどうしてわかった」

「プロフェット、俺はなんでも知ってるんだよ」

くそったれが、まさしく。

「どうして、あいつを殺した」

「ランシングか、君とトムかの二択だったからさ。ランシングがすぐ戻ってＣＩＡに報告を入れたらどうする気だったんだ？」

「それを待ってたよ」

トムがぴしゃりと言い返す。キリアンがあきれ顔をしてみせた。

「ほほう、で、どんな計画が？」

「てめえの狙いはなんだよ」とプロフェットが口をはさむ。

「君を手伝おうと思ってね。こうなったら、直接」

「それってつまり、これまでずっと俺を間接的に手伝ってくれてたとか言ってるか？」

「ああ、その通りだ」

「ジョンのことで俺に嘘を教えたのも？」

「あんなのどうせ信じなかったろ」

キリアンがあっさり指摘する。

キリアンに体当たりして壁に叩きつけ、プロフェットはこの男の喉元に腕をぐいと押し当てた。

「いいから答えやがれ」

キリアンが、小さくうなずいた。

「俺は、君がジョンに近づきすぎたら殺せ、と言われていたんだよ」

マルが鼻でせせら笑ったが、壁際にもたれたままだった。キリアンが何か濃いアイルランド訛りで呟いたが、プロフェットは言葉をかぶせる。

「それで、こっちに河岸を変えることにしたのは、どんな心境の変化だ？」

「消されそうだったから、自分の組織を抜けたんだよ。それでもあきらめてくれやしない。それで俺は疑惑を抱いたわけだ、上がジョン・モースを欲しがる別の理由があるんじゃないかとね。表向きはジョンを殺そうとしているが、それが本心じゃないかもしれないと」

「でもお前は、ジョンを殺すために送りこまれたんだろ」

「おもしろい謎々だろ？」

キリアンの声はかすれていた。

「こいつをぶっ殺したいんだが」とトムがキリアンを指した。

「同好会へようこそ」

プロフェットが言いながら、キリアンの喉に腕をくいこませる。

マルまで片手を上げて立候補すると、キリアンの表情が険しくなった。

「プロフェットを殺せと命じられてたのなら、俺も標的だったんだろ？」トムが問いかける。

「どうして俺はまだ二本足で立っていられる？」

キリアンが視線を彼へ向けた。

「それはな、俺が気付いたからだよ。俺たち全員が血祭りのリストに入れられて舞台に上げられてるんだってな。SB-20は、ジョン・モースについて知る人間を一人たりとも生かしてお

きたくない。俺も含めて」

「つまりてめえは、自分のケツ惜しさに寝返ったか」

プロフェットの腕が、さらに少しキリアンの喉に食いこむ。

「そう単純じゃないのはわかってるだろ、プロフェット。大体、本当なら君はとうの昔に死んでる筈だったんだぜ」

「だからてめえは追われてんだろ——仕事のできねえ無能だからだ」

「君を殺さなかったからって怒られるのか？　まったく、アメリカ人というやつは理解不能だよ」

キリアンがわずかに首を左右に振る。

「てめえがこっちの味方だとどうやって信じろって？」

「ここで君を殺せば証明になるかな？」キリアンの口調は軽い。「いいよ、問題ない」

「大有りだ」プロフェットは言い返す。「口封じをする筈が俺を守る気になったのは、いつの話だ？」

「君とランシングの映像を渡された頃だね」

プロフェットは、キリアンをじっと凝視した。

「……トムにあの動画を送ったのは、てめえだな」

キリアンが両手のひらを示す。プロフェットに喉元を押さえられたままだったが。

「やっとわかったかい」

そして、プロフェットは問いを放つ。答えを聞きたいのかどうか己でもさだかではない、だが聞かねばならない問いを。

「俺はどこまで近づけた、キリアン？」

「近くまで」

それだけが答え。もうどうでもいいことかもしれないと、プロフェットも思う。ジョンが隣の部屋にいるのでもない限り、かつてどれほど近くまで迫っていようが、それが何になる。

「俺がてめえを信頼できると思うのか？　俺の仲間に、どうやっててめえを信頼しろと？」

キリアンが溜息をついた。

「この二年間そうしてきただろう、それと同じやり方でだよ。全部がゲームだったわけじゃない、プロフェット。俺たちは二人とも上手な嘘つきだが、そろそろお互いには正直になる頃合いだと思うね。違うか？」

「どうして、俺のために自分のクビを賭ける」

こいつのなめらかな弁舌を聞いてやろう。

「あの映像だよ」

キリアンは、単にそう答えた。理解するまでの一瞬、プロフェットがただ見つめつづけていると、キリアンが続けた。

「俺はあれを見た、プロフェット。機関から、君が有罪だという証拠として見せられたんだ。だが俺には逆効果でしかなかった」

「つまりてめえは、俺の側だったと？　最初からずっと？」

　プロフェットが腕を引いて数歩下がっても、キリアンは動こうとしなかった。

「俺は、最初からずっと、ジョンを仕留めたかったよ。サディークもな。それと勿論ランシングも——それはやっと実現したな。こいつも君を守ったことになるんじゃないか？」

　そう問いかけ、キリアンは続ける。

「俺も、サディークに関する情報はつかんでる。マルに礼は言わないがな」

　マルが鼻で笑って、一礼した。

「サディークのもくろみは、次の計画の準備か、こっちの——ＣＩＡのも——追跡を振り切りにかかるか」キリアンが説明する。「こちらからサディークを動かす必要があるだろう。奴の鼻先に、見逃せない人材をぶら下げてやるんだ。決定的な切り札だと思わせる」

「ああ、そこまではこっちも考えた。いい候補がいるか？」プロフェットがたずねる。「核専門家に化けるのは簡単じゃねえし、こっちは全員顔が割れてる」

「二人、当てがある。一人はサディークがまるで知らない男で、彼がサディークへの物資を調達する。もう一人の、核専門家のほうは——」

　指を上げ、キリアンはわずかに開いた寝室のドアへ歩みよると、言った。

「もういいだろう」

ドアが開いて、ゲイリーが歩み出てきた。

ゲイリー。

死んだ筈の。

「どういうことだ」

プロフェットは問いつめる。トムがキリアンを指した。

「こいつ殺していいよな？」

「いいぞ」

プロフェットの返事を聞いて、トムは銃をキリアンへ向けてかまえた。

「もう二度と君のことは助けないぞ」とキリアン。

「ああ無理だな、お前はここで死ぬからな」とトム。

「プロフェット、いいんだ、俺は無事だよ」

ゲイリーはもう以前の小生意気なガキの口調ではなかった。誘拐されてヘリごと爆破されればたしかに成長もするか。

プロフェットは一歩、ゲイリーへ近づく。そしてもう一歩。ゲイリーの肩にふれ、実在をたしかめようとする。大きく喉が動いたが、何の言葉も出てこなかった。

「本当にごめん、プロフェット」

ゲイリーが囁く。プロフェットはやっと言葉を押し出した。

「いや。俺が、お前を守れなかったから――」

「守る？　俺を？　俺はあんたをテロリストに売り渡して、結局は自分も売ったんだよ。自分でもわかってないようなことのために」

ゲイリーの声は激情でざらついていた。

「あんたは俺を救ってくれたんだ。俺と母さんのことをいつも忘れずに――父さんのことも――俺たちを何年も、安全にかくまってくれた。俺がそれを、台なしにしたんだ」

キリアンに借りを作りたくないのは山々だが、プロフェットは手をのばしてトムの腕を――銃をつきつけている腕を――押し下げた。トムは少し逆らったが、渋々従う。プロフェットはゲイリーから視線を外さない。目を離せば消えてしまうのを恐れるように。

ゲイリーへ、たずねる。

「今までどこにいた」

「色んなところに。キリアンが、友達を使って俺をあちこちの隠れ家にかくまってくれた」

「機関の人間ではないよ」とキリアンが補足する。

プロフェットはゲイリーに意識を向けたままだった。

「キリアンがお前に何と言ったのかは知らねえが、お前をこんなことに立候補させるわけにはいかねえよ」

ゆっくりと、明確に言いきる。誰よりも、キリアンに向けて。

「自分がやったことの償いくらい、俺にさせてくれよ」

「あのな、もし俺が二十代にやってきたことの償いなんぞする羽目になったら、エライことになるぞ……」

「今、してるんじゃないのか？」

キリアンがのどかに言う。プロフェットは身を傾けるとトムの腕を元の場所に戻し、銃口をキリアンへ向けた。

トムが微笑する。

キリアンは真顔。

プロフェットはまたゲイリーへ向き直った。

「お前はこの前、間一髪だったんだぞ。駄目だ、償うようなことは何もねえよ」

「いっそ夕食でも囲んで話さないか」キリアンが提案した。「もう少し文化的に」

「お前の死体の横でな」

トムの声には何か、プロフェットの顔をそちらへ向けさせるものがあった。

そう、ほんの半秒だったが、トムは芯から本気だった。目に炎がともるほど。キリアンへの嫉妬を隠したことはないトムだが、これは、メールのやりとりやカウチ絡みとはまるでレベルが違う。

トムは空いた手でキリアンを指す。ひとつうなずいた。無言のやりとりにキリアンの顎がこわばると、それからトムは銃を下ろした。

プロフェットがせっつく。

「トム、この話は後だ。とりあえずゲイリーをそっちにつれてってくれ、いいか？」

言われた通りにトムがゲイリーがキッチンへつれていく。プロフェットは歯を嚙み、キリアンへ目を戻した。

「俺に、ゲイリーが死んだと思わせたな」

「選択の余地はなかった。ああ信じさせなければ、君はゲイリーを解放するために駆けずり回ってたろ。この任務に罪悪感なんてものが入る隙はないんだよ、プロフェット。なのに君は最近、自分の感情を垂れ流しっぱなしだ」

プロフェットは目を細めた。

次の瞬間、キリアンの体がまた壁に押しつけられ、喉元にプロフェットのナイフがつきつけられる。唾を呑んだだけでも肌が切れそうなほどに。

「いいかその耳でよく聞きやがれ、このアイリッシュ・スパイ野郎。んなことはこっちは百も承知だ。てめえがしたこともわかってる。俺が現実逃避をしている情けねえ男だって思うか？それなら俺にも都合がいい。いいか、てめえを殺さなきゃならない時が来たら俺がためらうと思うな。殺したくなった時にもな。言っとくが、今、この瞬間、マジでぶっ殺してやりてえからな」

プロフェットの肩に手が置かれた。振り向かなくともトムの手でないのはわかる。

「こいつを救えって、本気かよ、マル？」

素早く一度、手に力がこもった、その仕種が答えだった。イエス。なら理由がなんだろうと
これはマルが戦うべき問題だ。その理由もいずれ聞けるだろうと、プロフェットは見なす。

「いいだろ」プロフェットは返事を絞り出した。「こいつがちゃんと働くようお前が見張れ。

もし、邪魔をするようなら……」

もう一度、力がこもる。イエス。

キリアンはもうプロフェットを見てはいなかった。その目は、彼の肩ごしに、マルをじっと
見つめていた。

「ゲイリーの生存を知る者は？」

プロフェットが問いつめると、キリアンはまたちらりと彼を見た。

「この部屋にいる人間以外にか？」

「上司には言ってねえんだろ？　そりゃ所属機関から嫌われるわけだよ」

ぼそっと、吐き捨てる。

「意外だろうが、この仕事に好感度は重要じゃないんでね」

キリアンが鋭く言い返した。

プロフェットはマルへ視線を投げた。

「一度だけだ。次は腕の一本でももらうぞ」

27

結局、ゲイリーは階下のキリアンの部屋に滞在させておくことになった。現状では、元の所属機関に追われているとは言え、キリアンがかくまうほうが安全だ。

自分の階へ戻ったプロフェットがキッチンテーブルの前に座る間、マルが隊の仲間に連絡して状況を伝えた。

回線を通して顔を合わせながら、全員がそれぞれ現状を把握しにかかる。

レミーはここには置いておけない、とマルが、レンとキングとの手話の後でそう口を動かした。フックは今は連絡がつかない、プロフェットとトムとランシングが揃ったところを目撃したフロント係の件を片付けている頃だ。

「今のところは大丈夫さ」とプロフェットが答えた。

まさか、とマルがきっぱり首を振る。〈たとえゲイリーがいなくても……どうせあいつもも

う下にはいないだろうけどな。俺がレミーをドクのところにつれてって、俺らが動き出す時までついてるよ〉

　プロフェットが見やると、トムもうなずいて言った。

「それが一番安全な手だろうな」

「わかった、ならいい。とりあえず俺はもう少しキリアンとお話し合いをしてくるよ」

〈俺がレミーを迎えに行ってくる。レミーの荷物はまた取りに来る〉

　マルが手話で伝えた。

　それをトムに通訳し、プロフェットは時計を指した。「だな、そろそろ授業が終わる。いつも俺かトムが迎えに行ってる」とマルに、教師の住所を並べ立てる。

　マルが出かけていくと、重いドアを閉めて、プロフェットはトムへ向き直った。

「さて……」

　トムが、彼を見つめ返す。白々しい顔をしやがる。

「よしとけ、トミー」

「何もしてないだろ」

「俺に嘘をつこうとしてるだろうがよ」

「ついに超感覚に目覚めたのか？　そりゃお前のペニスだけかと思ってたよ」

「俺のは敏感なもんでな」

「試してやるぞ」

「お前どうしようもねえな」

そう言いながらプロフェットは小さな笑みをこぼしていた。

「なあ、お前がキリアンを信用できねえのは知ってる、けどな――」

「ゲイリーが無事で俺もうれしいよ」トムがぶっきらぼうに言った。「かと言ってキリアンの歓迎パーティを開いてやる気にはならない。それでいいか?」

「充分だ」

「で、お前はキリアンのお友達を使う気なのか?」

「大して選択肢がねえからな。ミックとブルーなら手伝ってくれるだろうが、あいつらを危険にさらしたくない。ブルーは顔が売れすぎてるしな。俺の星回りじゃ、ブルーはきっとサディークから――それかサディークのために――何か盗んでるぞ」

「だがキリアンが協力するには、動機があるんだぞ」

プロフェットはうなずいた。

「ああ、生きのびる、っていう動機がな」


トムには、プロフェットの目の中にある葛藤が見える。

「ゲイリーには、自分で判断させてやれ。人生で初めて、真実が見えてるんだ。自分の意志でここにいる。何ヵ月も考えて決めた筈だ」

「あいつは復讐したいのさ」プロフェットが言い返した。「自分のしたことへの後ろめたさもある。そんなの、命を懸ける価値があるか？　あいつを守るのは俺の仕事だ。約束したんだよ」

「彼は大人だ。父親の報復をする覚悟がある」トムはそう指摘してやる。「これが俺やお前だったらどうだ、誰にも止めさせないだろ」

「クソうるせえ」

プロフェットが部屋を出ていく。トムは拳の横で、壁を軽く殴った。お互いとの争いなど、今は何より必要ないのに。結束と信頼が、ただの贅沢ではなく、必須である今この時に――二人の足元があまりに脆い。

それでもトムは、ゲイリーとその決意について、意見を引っ込めるつもりはなかった。

だからと言って今のプロフェットを放り出してもおけない。彼には支えが要る。トムは、プロフェットのところへ向かった。

「俺はお前の味方だ、プロフ。それはわかってるだろ。これをのり切っていく力になりたいから、言ってるんだよ。お前ひとりじゃ無理だ。それはもうやっただろ――結局、自分自身に全部はね返ってきたんだろうが」

「そう言われると気分が上向くね」

プロフェットが皮肉っぽく言った。

そう、この家にみなぎる緊張感の元は、マルとキリアンの二人だけではない。トムとプロフェットにとってセックスは日々のストレスを燃やす場であり、怒りを解消する方法でもあった――他人への、そして互いへの。それなのに、あまりにも長く離れすぎている。はっきりとほころびが見えるほど。

だが前回の出来事の後では、トムはプロフェットに何も強いたくない。プロフェットのほうから歩みより、受け入れてほしい。

「……お前は、俺に何をしろと言ってるのかわかってるのか、トム。俺はゲイリーの父親と約束したんだぞ。どうやってそれを裏切れる？　俺があんなことをした後で……」

「ゲイリーに真実を全部話してこい。ひとつ残らず説明して、本人に決めさせろ。ハルも、そのことでお前を責めたりしないよ」

「ゲイリーはもう知ってる」

「ならもう一度話せ、お前も彼も、気が済むまで」

口で言うほどそう簡単にいくわけがない。だがトムが正しいのは、プロフェットにもわかっていた。ゲイリーと、今夜一対一で話し合い、この葛藤をのり越えなければ。時は迫りつつある。サディークを狙えるチャンスはほんの一瞬しかない。

　認めたくはないが、ゲイリーを使うのは一番いい手だ。だが、サディークを罠にかける方法がほかにないわけではない。

　トムが、ごく静かに言った。

「キリアンは、そこまでは知らないと思う」

　プロフェットの目のことだ——はっきり言葉にできないまま。この男は、自覚している以上に迷信深い。

「そりゃよかった。もし俺が足を引っぱるようなら、お前が最初に気付いてくれ」

「そういう心配はしてないよ」トムの笑みは硬い。「なあ、お前とキリアンは似たような仕事をしてたようだな」

「笑える話さ、まったく」

　キリアンが、プロフェットを単なる疑惑の対象ではなく標的としてはっきり狙いをつけていた事実が、プロフェットにハルのことを思い出させる。

「その仕事、話としてはわかってるんだが、どうも実際に呑みこみづらくてな」とトムが白状した。「たしかに核専門家は、もし寝返れば脅威になるだろう。だが……もし彼らが敵の手に落ちて……その後、お前たちに救出されたら？　そういうことはないのか？　その場合はどうするんだ」

ある、と答えてもよかった——救出された研究者たちはその後幸せに暮らすのだと。だが世界はそういうふうにはできていない。

「うまくいきそうに見えるだろ——地獄を生きのびてきた人間には、生きる権利があるべきだと。だが理屈はこうだ、一度拷問に屈した者は次も屈する。狙いやすい獲物だ」

プロフェットは顔を歪めた。

「まったくな、もう全部しゃべった奴を今さら殺してどうなる、とか思うだろ？　でもな、まだそいつは、ほかのテロリストが利用できる知識を山ほど抱えた人間だ。奴らに狙われる。この先ずっと。彼らに、自殺未遂の痕を見たりもするんだ。死が救いになることも」

「フィルの下で、そういう仕事をしてたのか？」

「いいや。個人的にも、そういう仕事はやめたよ。俺はもっと、まだ救える相手やその家族のほうに集中することにした」

「今、ほかに何人いるんだ？」

「五人」とプロフェットは答える。「ハリケーンにつっこんでく寸前に、研究者の娘を一人救出した。父親がＣＩＡの管理下から脱けたがっててな」

「それでお前が手を打った」

「実のところな、俺はケイシーの身柄をＣＩＡに渡したよ」プロフェットは苦笑する。「それから、ハリケーン絡みで男に会いに行ったのさ。ケイシーの身辺が落ちついた頃を見計らってキングとレンが接触してな、先月、彼女を別の場所へ移した」

「ＣＩＡの手から家族をかっさらった？」

「ああ」

ケイシーからは数度、プロフェットに電話があった。トムもそれは聞いている。

トムがプロフェットの目を見た。

「いいね。連中はくそくらえだ」

プロフェットが、ふと質問を発した。

「お前は誰から尋問テクニックを教わった？」

「オリー」

答えたトムは、プロフェットの顔にたじろぎがよぎるのを見たが、もう一度見直した時にはそこには平静さしかなかった。

「誰もが知っとくべきだと、俺に言ってたよ。尋問のやり方を、そしてそれを生き抜く方法を」

「正しいな」プロフェットが指先でこめかみを叩く。「ここにあるものが鍵なんだ。肉体が折れないように、ここで支える」

「お前は相当しぶといほうだよな」

プロフェットはニヤッとした。

「てめえもな。俺のムラっ気にもびくともしねえ」

「俺たちには未来がある、プロフ。向かい風の時もあるだろう。お前に耳が痛いことも言うし、お前も俺にそうしろ。でなきゃ意味がない。俺たちの関係は、そんな無意味なもんじゃないだろ」

ここでこの問題をぶちまけてきたトムへ、プロフェットはいっそ深い尊敬の念を抱く。

「ああ、もう俺たちはたっぷり抱えこんじまってるよな、トミー」

「これが片付けば、もっと色々、手が届く」

「だな。お前は自分のタトゥショップ。俺は……くそ、わからねえよ。ジョンの件の先なんかとても考えられねえと思ってきたけどな、多分俺は、ビビって見ようとしてねえだけだ。もしそこに何もなかったら……」

「そんなわけないだろ、何か見つかる。お前がちゃんと見ようとしてこなかっただけだ」

「そうかよ?」プロフェットは挑む。「俺のことをそこまでご存知なら言ってみろ、そりゃどうしてだ?」

「捨てるしかなかったものを見るのが苦しいからだろ」

トムはあっさり答える。プロフェットがただ無言で見つめていると、彼は続けた。

「もう俺たちも二十歳とはいかないし、結局は不死身でも何でもない。そんな時、ここで暮らしながら、レミーが着々と世界を我がものにしようと育っていくところを見ているのも……いいなって、思うよ」

　プロフェットには何の異論もなかった。普通の暮らしに憧れながら、決して手の届かないものだと思って背を向けてきた。だが今、そんな普通の――少し違う形の日常の暮らしが、目の前にある。

「今の生き方からきれいに足を洗える気がしねえんだよ」

「割に合わねえよ、プロフ。たとえお前の目がイカれてなくてもな」

「イカれてるだと？」とプロフェットがくり返す。

「そのうち背負い切れなくなる。いつまでも言うぞ――お前はもう抜けろ。この十五年で、お前は普通の人間の一生分の善行はやり遂げたんだ。少しでも眠れる夜があるうちに、離れるんだ。それか、夜眠れる暮らしに戻れるうちに」

　トムの言うことが正しいと、プロフェットにはわかっていた。

「ありがとな、トミー」

「お前をこんなことで失ってたまるかよ」トムは、プロフェットのこめかみに指を押し当てた。

「ここで起きてることを、全部吐き出しちまえ」

「そこが問題なのさ。吐き出したいわけじゃない。消えてもらいたいだけだ」

「なら、いつか消える」

った。

「俺はお前のそばにいるよ、プロフ。もしお前がいつか……それは、俺には止められない。そうしないよう説得はするが、結局はお前が決めることだからな。でも俺は、離れたりしない」

どうしてその言葉が、思うほど自分を安心させてくれないのかプロフェットにはわからなかった。

「ゲイリーと話してくるよ」

「俺なしでキリアンのところに行かせるか」トムの口調は過保護きわまりない。「事前通告もなしだ。奴を不意打ちしてやりゃいい」

プロフェットは眉を上げたが何も言わず、この押しかけボディガードの後ろに続き、トムがドアをガンガンと叩くのも好きにさせた。

「開けろ、キリアン。誰が来たかわかってんだろ」

「身分証か何か見せてもらおうかね」

キリアンの声が答えると、トムは銃をつかんでのぞき穴につきつけ、言い放った。

「こいつで名乗ろうか」

さすがにプロフェットが間に入り、トムを脇へどかすと鍵を挿しこんだ。

開けたドアの向こうで、キリアンが唖然と、またたいて立っていた。

「俺の部屋の鍵を作ってたのか？」

「ああ」プロフェットが答える。「俺の部屋の鍵もお前のキッチンにあるだろ」

キリアンは頭を傾け、バレたと認める。

「ゲイリーに会いに来たんだな」

「まだいるか」

「今はね。あと数時間したら移す。安全なところに」

「ゲイリーと話したい。二人だけで」

キリアンが溜息をついた。

「たまに君は高潔すぎるね、生きづらいくらいに」

どうぞご自由に、という意味だととって、プロフェットは勝手に上がりこむ。トムもぴたりと続いた。キリアンはドアのそばに残る。

「ゲイリーは寝室だ――君を待ってる。トム、こっちで紅茶でも飲んで、尋問テクニックについて話し合おうじゃないか」

「お前で実践させてもらえるならな」

トムが凄んだ。

プロフェットはゲイリーに会いに急いだ。トムが拳をくり出すまで、そう時間は残ってなさそうだ。

28

ゲイリーはキリアンのベッドに寝そべってテレビを眺めていたが、もう飽き飽きしている様子だった。落ちつかない両足が揺れ、入ってきたプロフェットを見ても驚いた顔もしない。ベッドから起きて、ゲイリーは両手をポケットにつっこんだ。

「キリアンに、電話してくれってたのんだら、きっとあんたのほうから来るって言われてさ」

「読み通りだったな」としか言えなかった。

ゲイリーは、以前よりがっしりしていた。キリアンの隠れ家を移り住んでいた間にも鍛えていたのだろう。成長し、どこか苦悩の陰をまとって——だが同時に、落ちついて見えた。プロフェットがずっと見てきたあの怒れる少年とはまるで別人だ。

「あんたは何も悪くないよ、プロフェット」

「ゲイリー、俺は……」

「いいから聞いて。俺はサディークの話だけで、何があったのか勝手に知った気になった。嘘だって、考えればすぐにわかる話さ」

「俺はお前の親父を撃ったんだ」プロフェットはぶちまける。「それはサディークの嘘じゃない」

「知ってるよ、プロフェット」ゲイリーは悲しげだった。むしろプロフェットのために心を痛めているかのように。だが凛としても見えた。「父さんは、リスクをわかってたよ」

「同じじゃねえだろ、可能性があるってわかってるのと、それが現実になるのとは」

プロフェットはゲイリーから視線を引きはがして、さっと室内を見回した。分厚いカーテンがきっちり引かれて、外から見られる心配はない。まさにプロフェットの寝室とそっくりな作りで、窓枠に座るジョンまで見えてきそうで、つい首を振った。

ゲイリーの声がその幻想を破る。

「プロフェット、あんたがどんな人生をくぐり抜けてきたか、俺には想像もできないよ。俺なんか、ほんの少し体験しただけでも……」

サディークにとらわれた時の記憶に、ぞっと身を震わせた。

「あいつに近づくなんて、俺は馬鹿だったよ。あんたは立派な男だ、それを少しでも疑うなんて」

「お前の親父に、何があろうとお前を守ると約束したんだ。彼は死の直前、俺の目をじっと見て、言ったよ。〝忘れるな〟って。あれから忘れたことはない。今でもな」

「でも、もう俺の行動を決めるのはあんただけじゃない。父さんだってわかってくれる。俺に正しいことをしろと望む筈だ。親父は恐怖に屈しなかった、だから俺もそうなりたい」

プロフェットには返せる言葉がない。

「もし俺に何があっても、あんたのせいじゃない。サディークのせいだよ」ゲイリーがきっぱりと言い切る。あのガキが数ヵ月でこうも成長するとは。「だから俺にやらせてくれないか」

どうしてこれに反対できる？

「お前が本気なら……止めようとしても問題をこじらせるだけなのは、俺もわかってる。だからここは、お前ができるだけ安全なやり方をよく考えるとするか」

ゲイリーの顔が明るくなった。

「やった。どうせ俺はやるつもりだったけど、あんたが賛成してくれるならずっといい」


ゲイリーを残し、プロフェットはキリアンと話をしに寝室を出た。どうせもう練り上げている筈の計画を聞かせてもらうとしよう。

リビングへ入ると、トムは辺りをうろつき、キリアンはらしくもなく静かだった。二人してプロフェットのほうを向き、キリアンはかなりほっとした顔になった。

「これで気はすんだか？」

「こんなこと絶対にやらせたくないけどな……でもあいつからこの計画を奪いたくもない」

プロフェットはそう答える。キリアンの背後にいるトムがうなずいて笑みを向けてきたのが見えた。

「だから計画について聞こう。ゲイリーの前で話したくない」

二人はキリアンに手招きされて、ひとつ上の階へ移った。キリアンも、プロフェットと同様に監視カメラを仕掛けていて、ゲイリーがいる部屋の窓の外や建物の周辺全体、部屋の前、そしてゲイリー本人の姿まで映っていた。キリアンが角度をいじってゲイリーの膝から下だけしか見えないように調整すると、プロフェットはほっとした。まるで檻の中の動物のようにゲイリーが四六時中監視の目にさらされているのは嫌なのだ、彼のためであろうとも。

「ゲイリーを許せるか、プロフェット？」

キリアンから唐突にそう聞かれた。

「あいつを許す？」

「彼は君を罠にかけた。彼の存在こそが……」そこで言葉を途切らせる。「ゲイリーはもう少しで、止められない連鎖反応の引き金となるところだった」

プロフェットはぐしゃっと髪に指を通した。

「まったく、勝手な見方をする奴だな。俺から見ると、ありゃそんな出来事じゃねえよ。何も問題ない」

じっとプロフェットを見つめてから、キリアンは首を振った。

「君には毎度驚かされるね、プロフェット」

そこでトムがうなる。プロフェットはニヤッとした。

「話を進めようぜ」

キリアンもうなずく。

「計画はシンプルだ。それが一番うまくいく。まず今夜、俺のほうの人間が最初の接触にかかる。サディークの手下に会う。そして来週、サディークが例の研究所にいる間に、うちの人間がゲイリーをつれていって引き合わせる。そこからの予想としては、サディークが二人ともともらえるだろう。約束違反だがね。我々は近くで待機だ。そこで、ゲイリーがサディークの機嫌を取るまで待つ」

「研究所に入った後、ゲイリーの身の安全はどう確保する?」トムがたずねた。「サディークは、戻ってきたゲイリーに対して疑いの目を向けるだろ」

「だろうね。だがサディークは、ずっと求めてきた起爆トリガーを作れる存在を、手に入れずにはいられない」

「つまり、ゲイリーはトリガーの製作を始めるわけだ」とプロフェットが言う。

「その通り。発信器を身につけてるから、位置は把握できる」

キリアンの視線が玄関先の映像に吸い寄せられた。ドアからマルが入ってくるところだ。やがてその光景から目を離し、言った。

「お仲間に、メールでも打ったらどうだ。心配するなと」

　プロフェットはすでにメール中だった。三人が眺める先でマルがそのメールを受け取り、監視カメラをじっとのぞきこんでから、上のプロフェットの部屋へ戻っていった。

「向こうに発信器が発見されたら？」とトムが確認する。

「見えないように処理する」キリアンが答えた。「足の裏の、指の間に」

「埋め込み式（インプラント）のように？」

「そうだ」

　それが何より当然の選択のような、キリアンの答えだった。たしかに、現実的だ。プロフェットもそれでうまくやったケースをいくつも知っている。

「虫垂炎手術の傷の中にも二つ目を入れておく」

「スキャンされたら？」

　トムはその技術が気になる様子で、質問を重ねていた。

「引っかからない」キリアンがきっぱり言う。「そういう、特製品だ。横向きに挿入されて特殊なゴムでコーティングされてるので、手でさわっても傷の組織とそっくりの感触しかない」

　袖をたくし上げると、自分の治りかけの傷を二人に見せた。

「切開して取り出すまで、俺も五年間入れていた。大げさでなく、接触したあらゆるテロリストや犯罪者からスキャンされてきたがね、これでゲイリーがどこにいるかこちらは手に取るようにわかる。ゲイリーは準備万端だ——彼が核のトリガーを組み立てる。重要部位を除いてな。どのみち、計画が終われば始末するが」

「そんで俺たちが乗りこんでサディークをぶっ殺し、そこにいる組織の連中も片付ける、と。ジョンと奴らを切り離す」

プロフェットはうなずいた。

「その後、ジョンを追う」とトムが続けた。

「徹底的に」とキリアンもうなずく。

「ゲイリーをサディークに売りとばす役のお友達はどうするんだ？」プロフェットがたしかめた。「片付いたら潜るのか？」

「報酬を握らせて、そのまま泳がせておこう。こっちが次の手を打つ時、ジョンが利用できるようにな。使いやすい駒として」

プロフェットはゆっくり首を振った。

「そいつがこの計画に噛んでたって、ジョンが気付かないとでも思うのか？」

キリアンは薄い笑みを投げ、もう人影の消えた玄関の映像を見つめた。

「他人の考えることなんて、もう俺にはわからないさ」

29

またいつもの安らがぬ一夜がすぎた。眠ろうとするプロフェットをトムが見守りながら、互いにほとんど肌もふれない夜。そしてプロフェットは、夜明けの少し後に体を起こした。

トムはおだやかに眠っていて、じっと見つめながら、プロフェットはその顔を記憶に刻みこもうとする。近ごろますますこの回数が増えた。

やがて、バスルームで、走りに行く仕度をした。トムをわざわざ起こす気はない。二人の距離が開いてしまっているようにも感じるし、隔たりなど今は一番必要ない筈だが、現実にはどちらも少しばかり一人の時間を欲していた。

歯を磨く。小便をする。顔を洗う。顔を拭き、タオルをかけようとした時、視界がかすんだ。右目もだが、それより左目が。とにかく、畜生、現実に起きていることだ。

己をぐっと抑え、瞬(まばた)いたが、かすみは取れなかった。どのくらいそうしていたものか――どうせ毎度のパターンか、とにかく永遠のような気しかしない。また顔に水を浴びせ、目をすすぎ、何か――ゴミとか埃とか何かが――入ったせいであるよう祈ったが、何も変わらなかった。

薬棚に手をのばして、目薬を取る。目にさしてまばたきし、待った。壁の写真を見つめる——ディーンにつれていかれて何年も前に行った巡礼地ルルドの風景写真。ディーンは、プロフェットの信仰がどこに向いているかは問題ではないと言った。信じる心さえあればそれがすべてだと。

「信じたところで何の役にも立たねえらしいぞ、おい」

今、プロフェットはぼやく。ディーンの言葉が頭をよぎった。

——与えられた道の理由を問うことはできない。そこで自分の力を生かすすべを探すだけだ。

ぼやけて入り混じる白と黒を見つめ、プロフェットは喉につかえるものを呑み下す。ドクター・セイランは時おりかすみが来ては消えるだろうと、そしてある日、二度と消えなくなるだろうと言った。それでも中心視野を完全に失うよりはマシだろうが、かすみから失明まではそう遠い道ではない。

目をとじ、手のひらを瞼に当て、軽く押しながら、パニックを抑えようとした。予想外に息が荒くなり、つい毒づく。その声が少し大きすぎたか。それとも知らぬ間にずっとそこにいたのか、とにかく背後で、トムが静かに言った。

「プロフ、どうした?」

「俺の……」

手をのばすと、ありがたいことにトムがその手をつかみ、それからプロフェットをもつかみ、ぐっと抱きしめた。

「俺がついてる、いいな。とにかく息をしろ、プロフ。大丈夫だから」

大丈夫などであるものか。無理だ。そして視界が、カーテンがさっと上がるように戻り、トムの精悍な顔が見えてからも、心の底によどむ焦りは消えやしなった。トムと出会ってからそこに棲みついていた焦り。その正体が、プロフェットにはずっとわからなかった。

今、この瞬間までは。

「いいか聞け、な、トミー。聞いてくれ。最初のうちは、誰でも、そこまで突き詰めて考えないもんだ。一晩で変わることじゃない。でもな、俺がこれと生きてくために——俺がこんな俺と生きてくために、ひとつだけ、聞かせてくれ。もしお前が、それ以上耐え切れなくなったら、その時は俺を捨てると。そう約束してくれ。お前がそう誓わねえと、俺はやっていけない」

ついに、この時が来た……プロフェットの最大の恐怖が、彼の最後の防御が、崩れた。

トムにはただプロフェットにきつく腕を回し、名を囁くことしかできない。

「誓えよ、てめえ」

それだけを、プロフェットがトムの首筋に囁く。

心が破れそうだったが、それでもトムは言った。

「誓うよ、プロフェット。約束する。そんなふうに、完全に俺たちが駄目になる前に、俺はお前を捨てる」

「俺のせいでそんな生き方をさせるくらいなら死ぬぞ、俺は」

「わかってるよ。でなきゃ、こんな約束しねえよ」

「よし」プロフェットの手がトムの頰にふれる。「やらなきゃならねえことがあるな、まだ俺にできる間に」

　自己憐憫ではない、ただのシンプルな真実。この男を十年以上さいなんできたものをついに決着させるのだと思うと、それを支えたいトムの思いがいっそうつのる。

「もう幽霊とこれで全部おさらばしよう、プロフ。俺もお前も、あいつらを過去に埋めようとしたけど駄目だった。この際、あいつらを解き放ってやろうぜ」

「そして光のもとに導くってか、霊媒師ちゃん？」

「お前のそういうところ、ほんと最低だよな」

　だがそう言いながら、トムは微笑んでいた。

30

トムに約束をさせた後、プロフェットは走りに出かけた。一人で。一緒に行こうか、とトムは申し出たものの、断られるのを予期していたようだった。

今、木々の間の道を土を蹴って走りながら、ＡＣ／ＤＣをイヤホンでガンガン流しながら、プロフェットの中ですべての物事がほどけていく。

これで秘密は全部……ほとんど、さらけ出された。

――そしてお前は、お前の親父と祖父に……勝たせようってのか。お前はあいつらとはまるで違うのに。

その考えに、ぴたりと足が止まった。その場に立ったまま、冷たい空気の中で荒い息をつきながらその瞬間、人生で初めてプロフェットは、心から、自分がドリュース家のほかの男たちとは完全に異質であると悟る。似ていたことなど一度もなかった。

それに、馬鹿としか思えない――トムとこの先をのり切っていくために二人ともが必要としているものを、どうして拒みつづけている？

プロフェットは、部屋へと駆け戻った。二段ずつ階段をとばし、ポケットから出した携帯をどこかに放ろうとした。

そこで不在着信に気付く。耳を当てると、ドクが残していった言葉は、プロフェットがずっと待っていたものだった。

そう。今なら予兆というやつを信じられる。

シャワーを浴びる手間ははぶいた――プロフェットのランニングの間にトムは筋トレすると言っていたから、お互い汗だくだろうし、そろそろ向こうがシャワーに入ろうとする頃合いか。

寝室につっこんで来たプロフェットを、トムは少し怪しむように、だが興味をこめた目で見た。そして、希望をこめて。

「服が邪魔だな」

プロフェットはそう告げてやる。

トムがニヤリと、いかにもわかったような笑みを浮かべて服を脱ぐ。そんな顔ができないようにしてやる――もっといい顔をさせてやる。

「ベッドに行け。枕にもたれて」

そう命じ、トムがのんびりと従っている間に引き出しから必要なものを引っぱり出す――手錠、ロープ、潤滑剤（リューブ）。

潤滑剤をトムの腹の上に放り出し、トムの片手をヘッドボードに手錠でくくりつける。トムに手錠抜けを教えたのはプロフェットなので、さらにロープも使って縛りつけた。終わるまでわずかも動けないと、トムに知らしめるために。

感傷的になるつもりはないが、サディークとジョンを追う今、明日がどうなるかなど誰にもわからないのだ。後悔をかかえたままそこへ踏み出していきたくはない——このことだけは。二人をつなぐこの熱が、何よりも彼らの傷を癒してきたというのに。ちょっと前にセックスの入り口でビビったからって、それで無駄に苦しむなんてバカじゃないのか。

自分にいいものを切り捨てつづけて、人生を楽しむことなどできるわけがない。

そして、今……肉体をさらし、ピアスを見せつけるようにしているトムの姿は……実に楽しませてくれそうだ。

プロフェットを見上げるトムは、まだ笑みを浮かべているが、どうしたらいいかわからないようだ。それでいい、狙い通りだ。

「自分のをしごけよ」

命じながら、プロフェットは指にジェルを絞り出す。

プロフェットの動作を見つめながら、トムは自由なほうの手をのばして己の屹立をしごいた。動きの間に、ペニスのピアスを指でいじる。プロフェットに凝視されて呻きをこぼした。

「脚を開け」

命令して、プロフェットは膝の間に入るとトムの後ろの穴を指先でいじってやった。焦らして、軽く押す。

「イイか、ベイビー？」

トムは夢中でうなずき、ぬるりと滑りこんだ中指に性感を刺激されると、うなるように呻いた。

「よし。そのままじごいてろ。まだイクなよ」

さらに二本、指を足しながら命じる。トムがどれほどこの小さな痛みに、ヒリつく熱に溺れるかよく知っていた。

トムの腰がベッドから浮き、プロフェットの動きをせがむ。だが思い通りにしてやるものか。

「今俺に言われりゃ何でもやるな、お前は」

プロフェットはそう言葉に出してたしかめる。

トムはうなずいたが、目の焦点がすっかりぼやけてきていた。

その乳首をつまみ上げ、ピアスの輪を引っぱる。トムをとことん酔わせ、ぐずぐずにしてやりたい。これまでの分、それくらいは味わわせてやらないと。トムに……そして自分自身に。

プロフェットが離れると、トムが抗議の呻き声をこぼした。プロフェットはカーテンを閉め、ドアを閉め、電気も消した。

はっとトムが息を呑んだ音を聞きながら、自分の服を脱いでベッドに戻ると、両手をトムの腿にのせて脚の間に跪いた。まさに漆黒の部屋の中、トムの肉体を念入りに味わっていく。トムの息の音がプロフェットを導いた。きっとずっと、これは変わるまい。今、何よりもそれがプロフェットを支えてくれる。

変わるまい、ずっと。それがプロフェットに力をくれる。次の挑戦へと。

闇に、目をとじた。舌ですべてのタトゥを探り当てる。舌先で、指で、歯でその模様をたどり、トムの肌を甘噛みし、吸い上げる。小さな傷痕をたしかめ、トムの全身の地図を心に刻みこむ。よく知る肉体だが、まだ新たな発見がある。

いつまでも、きっと。

ついにトムが乱れ、イキたいと懇願し出すとプロフェットは彼を組みしいた。肩にトムの脚をかつぎ、胸板にトムの太腿の裏をぴたりと合わせる。両手をトムの胸に這わせ、乳首を引っぱり、ぷっくりと固く尖った感触をたしかめる。

「ああ、プロフ……それ、いい――」

トムが喘ぐ。さらにきつくひねってやると、トムのペニスがとろりと先走りをこぼした。プロフェットの固さがトムの尻を擦る。

それから、プロフェットは自分のペニスをジェルで濡らした。手早く。なにしろ彼だってご無沙汰だ。今すぐイキたいが、この一瞬ずつをとことん味わい尽くしたい。

「トミー？」

「たのむ、プロフ……」

「検査結果が出た、クリーンだ」

そう語りかけながら、プロフェットはトムの内側へと侵入していく。きつく、熱い場所へ、初めてコンドームなしで――。

トムが喘ぐ。体がはねた。プロフェットをもっと深く、早く、呑みこもうとあがく。

「こんなの、プロフ……凄え……たまんねえ、早く――お前を全部、中に……」

「欲張りが」

「お前相手には、尻軽だからな」

生き生きと賛成してきた。プロフェットが根元まで沈めると、二人は長い間、そのまま動かなかった。

それからプロフェットは肘で体を支え、ゆったりと、トムを揺すり上げる。唇でトムの至るところにふれた――顎のライン、首筋。上腕をなめ、腋の下をなめるとトムの体がビクッとはね上がった。

「くそ、ああ、てめえ、プロフ……！」

プロフェットはニヤリとする。トムの隠された倒錯を見つけるのが楽しくてたまらない。また腋の下をなめ、キスし、顔をうずめていたぶると、ついにトムが二人の体の間で激しく達した。

「このクソ野郎が……」

トムがうなる。

自分の手が震えているのに、プロフェットは気付いた。トムの脚もだ。すぐにまたトムがせがんで、プロフェットはかつてない激しさでトムを蹂躙する。この、肌と肌がじかに擦れ合う官能にもう長くはもたないと知りながら……そしてやたらと刺激的な言葉で煽るあたり、トムも待つ気はないらしい。

「イケよ、プロフ、お前でいっぱいにしてくれ——全部よこせ、中でイケよ、今すぐ……！」

いつトムに主導権を奪われていたのかわからないが、プロフェットの肉体はたちまちトムの命令に屈した。激しく達し、トムの内側を満たす間、全身が永遠のようなオーガズムに震えていた。


絶頂の間ずっとプロフェットを抱きしめながら、トムは己の内側でこの男が達する言葉にできない力を味わう。プロフェットの頭が胸元にもたれかかると、トムはプロフェットの肩から脚を下ろして腰にきつく絡めた。プロフェットのうなじをさする。

数分すると、プロフェットはトムの内側から己を抜き、トムの胸や腹にとび散った精液をなめはじめた。

「プロフ……くそ、それ……」

トムは自由な片手でプロフェットの髪を梳く。まだ片手を拘束されたままだったが、それでも主導してプロフェットの頭を動かし、肌をすみずみまできれいになめさせた。さらに下半身のほうへ押しやり、髪をつかんで、深くしゃぶらせる。プロフェットが洩らした細い呻きに、トムの陰嚢が反応し、すでに半ば勃っていた。

あまりにも久しぶりだ。その上、プロフェットの中にナマで入れられるチャンスは逃したくない。だが今は、プロフェットの口に奉仕を続けさせた。

「いいぞ、プロフ——しっかり固くしろ。そいつをお前にぶちこんでやる、何日も感触が消えないくらいに」

屹立をくわえたプロフェットが呻いた。髪をつかむ手を離しながら、トムは命じる。

「止めるなよ」

プロフェットは舌を休めず、ゆっくりしゃぶってトムを充分に固くした。至ってのんびりと、トムはロープから手を抜く。まったく、プロフェットは彼がエイトノットのほどき方を学んでいないとでも思ったのか？

プロフェットのうなじに手をのせ、ぐいと引いた。

「来いよ、プロフ。四つん這いになれ。目はとじたまま」

プロフェットがふうっと、驚いたような息を吸う。

「ああ、とじてるだろうって思ってたさ、ベイビー。そのままで来い。俺を信じろ」

言われた通り、信じたのだろう、プロフェットは指示のままに動いた。彼が四つん這いの体勢になると、トムはその尻肉を左右に広げ、舌を穴に差し入れて、プロフェットを追いつめる。このままギリギリまで焦らしつづけることもできたが、いや無理だ、トムのペニスはご褒美の時間を欲しがっている。

慎重に、ペニスを濡らし……ほんの一瞬、ピアスを外そうかと迷い、すぐにその考えを捨てた。バーベルピアスで角もないし——プロフェットはこれでたっぷり楽しめる筈だ。

注意深く、プロフェットを貫いていった。その刺激にプロフェットが肘をついて前のめりに崩れ、しまいにトムは枕にプロフェットの顔を押しつける。この男の呼吸の音を聞きながら、まさに二人が求めていたようなセックスを、ついに——。

二人は、前回の分を取り戻しているのだ。そしてトムの思う通りにいけば、すべての埋め合わせがこの一度ですむほど、濃密に。

プロフェットもガチガチに固くなり、今にもまた達しそうだ。

「またイキたいか、プロフ？　ここは禁じてやるべきかもな」

「トミー！」

かすれた、切羽詰まった叫び。トムを押し返す腰の動き。ピアスがプロフェットの内側を、深くまで貫くたび、痛みと圧倒的な愉悦がトムの中で混じり合う。プロフェットの体にはもはや恐怖の気配などひとつもなく、ただ弓のように張りつめていた。

「あんまりにも……長く――やっと――たのむ……」

まさか。これだけ早く、プロフェットが回復してきたということは……。

「お前、ずっとヌかずに、自分を罰してたっていうのかよ?」

「ああ」

「そりゃ……当たり前だな、お前の……機嫌が、悪かったのも」

突き上げの一度ごとに言葉が途切れる。激しく、狙いすました、肌と肌の、隔てるものが何もない生々しい快感……。

「二度と、こんなこと許さねえぞ……次は……ねえ」

「かもな――」とプロフェットも絞り出す。

「次やってみやがれ、お前を手近な家具の上に押し倒して、どこだろうが、誰がいようが、お前が歩けなくなるくらいぶちこんでやる」

「今ヤれよ、トミー」

プロフェットがうなりをこぼした。

そして、トムはその言葉通りにした。


体の内側でトムの絶頂を感じるのは最高だった。予想の通りに。ついに現実に、トムのペニスの脈動を、何の隔てもなく感じるのは……。

彼らを隔てるものはない。もう二度と、プロフェットにはそんなつもりはない。

トムの手が下にのびてきて、ぐいと強い手でプロフェットのものを数回しごき、再度の絶頂に追い上げる。熱く、凝縮されたオーガズムに、プロフェットの口から意味をなさない言葉がこぼれ出した。

ついに、もう何日も膝をついていた気がした末に、トムがプロフェットを抱いてベッドへ崩れた。プロフェットの髪に指を絡める。胸元に頬をのせると、トムの鼓動が耳の中で凄まじい速さで響いた。

「凄え最高だ、プロフ……」

トムが囁く。

気付くと、まだ両目をとじたままだった。慎重に目を開ける——まだ周囲は暗い。

いつか、ずっとこうなる。

「こんなのはお前だけだ、トミー……ほかには誰も」

トムの拳の背が、プロフェットの頬をなでた。

「それとな、ああ、パートナーとヤッたのは初めてじゃない。ほかにも大勢ヤッたけどな、ま、パートナー連中とはいつもとっとと手が切れた。うまくいったためしがねえのさ」

「それでお前は、俺を厄介払いするには俺と寝るのがいいと思ったわけだな」

「いいや。お前と寝るのが最悪の手だってのはわかってたよ」

トムは笑い声を立てた。

「そいつは褒め言葉だと取っていいのか？」

「そりゃあ、今の俺たちを見ろよ」

「だな。一緒に。家で」

家。マジか。プロフェットは別にその手の、「家に落ちつくタイプじゃない」とか一匹狼を自負する男ではなかった。ただ自分の居場所が好きなのだ。そして、誰かと一緒にいるのも好きだ。

そんなことを洗いざらい話すと、トムがはっきりと笑みを含んだ声で言った。

「ああ、お前はそういう感じだな――でも家庭的かって言うとなあ。もう俺の洗濯物にはさわるなよ。二度とな」

「赤いタオルが入ってるなんて気がつかなかったんだ」とプロフェットは抗弁する。

「洗濯係をしたくないから、あんなことしたんだろ」

「かもな。でもうまくいった」

「マジで話になんねえな」

突如として、プロフェットは仰向けにひっくり返されていた。プロフェットは――何かに、身構える。その時、トムが真剣に言った。

「俺がお前に会えてなかったら、プロフ？　俺は一体どこにいただろうな」

　真剣そのものの声だった。ひどく不安げな。

「俺はここにいるだろ、トム。会えただろ」

「たどりつけなかったかもしれない。すれすれまで行っただろ、俺たちは……」

　それにはプロフェットも言葉がない。

「とにかく、この先どうなろうと、俺は後悔はひとつもしない」

「俺もさ、トミー」

　そう。互いの無事を心から願いはしても、結局彼らは根っから、痛々しいほどに現実を知っている。

「あとな、お前は俺にあんな約束をさせたがったけどな——俺も約束したけどな——お前の目が見えなくなるからって俺が離れてくと思ってるなら、大間違いもいいところだぞ。残りの人生かけて、お前にそれを思い知らせてやるからな」

　プロフェットの息が、鋭く喉につまった。

「お前がまだ俺に言ってないことがあるのもわかってる。なんだかは知らないが、そうしなきゃならないことなんだってこともな。いいんだ、お前を信じてるよ。それはわかっといてくれ」

「わかってるよ、トミー」トムの頬にふれた。「お前を裏切るようなことじゃない。俺にはお前だけだ」

「俺もだ」

トムが目をとじ、プロフェットの手のひらのぬくもりにひたってから、また目を開けて言った。

「お前を愛してるよ。一体ほかの誰がお前に勝てるって言うんだ」

プロフェットは少し体を引く。「誰がお前に勝てるって?」と、トムの心臓の上に手をのせて、同じ言葉を返した。

31

マルが何を隠しているにせよ、プロフェットはそろそろ我慢の限界だった。特に、マルとキリアンとの間の緊張感がこうもやたら濃密だときては……。

こいつらをよく知らなきゃ、キリアンがマルに惚れていると思ったところだ。キリアンは相変わらず気取り屋だったが、マルを見る時はどこかしら、ほんの少し、恋の病みたいな顔をする。一方のマルは、トムが指摘したとおり、いつもより少しアブなくて、少し独占的な感じで……だがキリアンはそれも承知の上だ。

つまりは、どこかの時点でマルは自分の正体をバラした、と。どんな理由でか。そしてマルは見合う理由もなくそんなことはしやしない。

なのにプロフェットは自分の目のことやジョンとのゴタゴタ、トムとの関係の変化に気を取られて、それを深く見ようとしなかった。これまでは。

というわけで、マルが軍で教わった通りに、計画のあらゆる不確定要素を煮詰めるために部屋に現れると、まずプロフェットはテーブル上の地図を脇へ押しやり、マルを見つめた。

いつものように、マルはうんざりと目を回してみせ、口を動かす。何か？と。

「お前がゲイリーのことを知ってりゃ俺に隠したりはしなかっただろう、ってのはわかってる」

マルが手話で答えた。

〈お前をそんなしんどい状態でほっといたりしない。何だろうと、プロフ〉

「だがお前とキリアンの間で何か起きてるな。一体何があった、お前ら？」

マルが肩をすくめた。

「今日はそれで逃げられると思うなよ」

今度はマルは片手の指で円を作り、その中に指を抜き差ししてみせる。万国共通のセックスのサイン。

「それはもうわかってんよ」

〈ヤるヤられるっつっても意味は色々あるけどな〉と手話が応じる。〈ま、そっちはどうでもいい。それに状況はコントロールできてる。見りゃわかる〉

プロフェットはゆっくりと首を振った。

「コントロールできてる気はしねえな」

〈俺はコントロールしてる──俺とキリアンのことはな。いいか？　今はそれを信用して、お前は自分の現実逃避を何とかしろ〉

「俺が知らなかったと思ってんのかよ、お前、その喉はジョンに切られたんだろ──そう確信してんだろ」

マルがぎょっとしてまたたく。この男には滅多にないことだ。

「わかってるよ、俺のために黙ってたんだろ。でもな、ふざけんなよ、てめえがやったのは情報隠しだぞ」

マルが後ろにもたれる。手話で返した。

〈そのやり口を誰に教わったと思ってんだ？　覚えてるだろ、俺たちが新兵訓練の時──〉

「そこまでだ」と片手を上げた。「そうやって話をそらそうとしてんのがバレてないとでも？この手の目くらましなら俺は専門家さ。マル、キリアンと何があった？」

プロフェットはマルと向き合い、指をつきつけていた。危険な動きだ。マルは今にもカッと火がつきそうだった。

〈今は言えない、プロフェット。もしかしたらずっと〉

「でもトムは知ってる、そうだな?」

〈どうして俺があのブードゥー野郎に言うんだよ?〉

まったく、どうしてだ。


トムが帰ると、部屋には誰もいなかった。プロフェットはマルと会った筈だしテーブルに二人分のコーヒーカップがあったが、姿はない。だが警報装置はオンにされていたので、多分二人とも訓練に出ていったのだろう。

トム自身、林のランニングからの帰りだ――時にプロフェットとの訓練でキレそうにもなる彼だが、プロフェットが教えてくれることを軽んじているわけではない。なのでこうして一人で習練し、生まれもった鋭い周辺感覚を訓練でさらに研ぎ澄まそうとした。時おりやってくる予感から、危機の種類を嗅ぎ分けられるように。

プロフェットを支えたい――これまで以上に。トムが強くなれば、その分プロフェットも強くできる。

もしプロフェットが、サディークやジョン相手の作戦への実働参加が自分の手に余ると判断したなら、彼を後に残し、トムが隊の連中と一緒に作戦を遂行するのだ。本音を言えば、今もプロフェットにはそうしてほしい。

　シャワーを浴び、スウェットとTシャツを着ると、「夕飯に何があるかとキッチンへ向かった。日常をいつも通りに保とうとしていた。四十八時間のうちにアフリカ東部行きの飛行機に乗り、かつてトムを殺そうとしたテロリストと対決しに行こうとしている今こそ。

　その時、プロフェットがずかずかと部屋につっこんできた。振り向いてその顔を見た瞬間、トムは自分が厄介な立場にいるのを悟った。

　たちまち、股間に熱が集まってくる。プロフェットはいつも攻撃的な気分になると――そして原因がトムでない場合――その衝動をトムに叩きつける。その一秒ずつを、トムは心から愉しんでいた。プロフェットに屈服し、この男がトムの肉体に吐き出す激情を残らず受けとめる。それは同時に、トムの欲求をも満たして……そして、二人ともが必要とするものを与えてくれる。

　ともあれ、まずプロフェットはキッチンの入り口で足を止めた。目の色がひどく濃い。

「てめえに話がある」

「ああ、お帰り」

「てめえは……マルのことを知ってんな」

「マルがイカれたクソ野郎だってことか？　知ってるよ」

トムは平然とそう応じたが、その間にもプロフェットがすべるように迫ってくる。この男が何かを狙う時の動きは実に美しく、その猛々しさがまたトムを固くする。

「てめえはマルとキリアンのことを知ってやがったな、トミー」

トムは息を吸い、プロフェットはどこまで知っているのだろうと思う……今、カマをかけられているのだろうかと。

「マルから聞いたよ」

「バックルームで、あいつがキリアンをヤッてるとこを見たんだろ？」

「暗くてな」

プロフェットがさらに迫る。

「あいつらがヤッてるところを、見たんだろ」

トムは壁際に追いつめられていた。

「もしここでイエスと答えたら、ご褒美はもらえるのか？」

「ご褒美？」

「ああ」

プロフェットの唇の端が上がった。

「お前がほしいもんをくれてやるよ」

「じゃあヒントだ——ああ、知ってた」

「こっちもヒントだ——何も白状しなくてもお前を満足させてやるつもりだったよ」

プロフェットの手に胸元を押されて、ついにトムの背がキッチンの壁にぶつかった。キスの最中にも、プロフェットがトムのTシャツを裂いていく。その音を聞きながらトムはプロフェットの唇の中に呻いた。プロフェットのTシャツを荒々しく剝がすと、プロフェットの体をぶるっと震えが抜けた。手をジーンズへのばしたが、プロフェットに手首をつかまれ、脇へ払われる。一歩下がるやプロフェットはトムの体をぐるりと回し、壁に向かせて、背中側で両手首をつかんだ。トムの髪をわしづかみにし、壁から引きはがして、その体勢でリビングのカウチまで行進していく。哀れに酷使されている、キリアンのものではないカウチへ。その背もたれにトムを押し倒した。

トムは両手で体を支えた。プロフェットがスウェットを引き下ろす。プロフェットの手が尻を左右に開き、舌で割れ目を、そして穴を容赦なくいたぶられると、トムは布地に指を食いこませながらカウチへ腰を擦り付けた。

「今イッたらケツをひっぱたくぞ」

プロフェットが警告したその口調はまさに、今すぐ達しろとトムに命じていた。

オーガズムが激しく全身を駆け抜け、絞り出されて、トムの脚が崩れそうになる。勃起はまだ萎えてすらいない。一瞬の間も与えずプロフェットがトムの尻を四回勢いよく叩き、彼を喘がせた。

「もっとか、トミー？」

「ああ、お願いだ……」

「くそ、ほしがる時のてめえのおねだりは、マジでたまらねえな」

プロフェットも、トムと同じほどにこれを必要としているのだ。彼の一撃を受けようと、トムは尻をつき出す。肌が熱くざわついて、体を走り抜けた痛みがそのまま快楽へ化けていく。浮遊感に包まれていた。飛翔しているかのような。プロフェットの固い屹立で貫かれた時には、また達せそうなくらいだった。

「トミー……」

その声は生々しく、切れ切れで、懇願のようだ。トムは肉棒を己の内側で締めつけ、プロフェットを絶頂に押し上げる。もうそれしかできなかった。

汗みどろで、指一本すら動かす気になれない。プロフェットがトムをカウチへ横たえ、ブランケットで包んでくれた。頬にキス、そして囁き……最高だと、完璧だと……トムが自分の人生に現れてくれたのがどれほどありがたいかと。

トムは、ゆっくりと地上へ引き戻されながら、そのすべてを聞いていた。プロフェットの言葉が彼をしっかりとつなぎとめ、気付くとプロフェットにしがみついて、無茶なくらいの力で抱きしめていた。プロフェットは気にもならない様子で、そばに座ってただトムを甘やかしている。

立ち上がろうとしたプロフェットを、トムが引きとめかかった。

「待ってろ、トミー」と言って、プロフェットはほんの少しだけ消えていたが、濡らしたウォッシュクロスとタオルを手に戻ってきた。二人の体を拭い、またトムの隣へ「よお」と落ちつく。

トムは顔を上げた——まだ半ば恍惚としていたが、プロフェットのためになけなしの理性をかき集める。

「事態は、問題ないか？」

「ああ、大丈夫だ。でもお前とマルが何か隠してるのはわかってるからな。それが作戦に関わるものじゃないのもわかってる——マルは俺にそんな真似はしねえからな。お前もだ」

そう、トムはそんなことはしない。もっとも、マルとキリアンの間のことは作戦の足元をすくいかねない問題ではあるのだが——その一方で今はマルがいわば、キリアンの手綱をきつく握った状態になっているし、生きのびるためには一人たりとも欠かせない。

だがもしキリアンが裏切って、プロフェットを犠牲にしようとしたら……。

いやキリアンは、自分の軌道にマルが飛びこんでくる前からずっと、プロフェットを守ってきた。トムはそこに賭ける。あの男は、プロフェットと同じくらい強い保護欲の持ち主だ。もしかしたら、マルも同じところに望みをかけているのかもしれなかった。

キリアンと組みたくなどないが、お互いの存在が不可欠だというのはプロフェットにもわかっていた。それ以外に出口はない。

そして皆が、サディークの居場所に関する情報はまだ正確と見ていた。マルは情報源の一人のふりをして——それもキリアンの情報屋の一人に化けて——キリアンの上司トレントに接触していた。つまり今のマルは、手の中にキリアンの命運を握っているも同然。

「何かブードゥーアンテナにビビッときてねえか？」

プロフェットは、リビングのカウチからトムにそう問いを投げかけた。

「キリアンについてか？　引っかかってほしいくらいだよ」とトムがぼやいた。「まったく、ピリピリしすぎだろ」

数時間の訓練をこなしてやっと、プロフェットはそうピリピリした気分でもなくなる。訓練は彼にとって、迫りくる作戦への準備であると同時に、精神安定剤でもある。

彼とトムは元通り、順調だ——最高にありがたいことに。

32

午前中には部屋を出る予定だった。飛行機は手配済みで、それもキリアンのお友達――ゲイリーを売り渡す役割の男――のおかげだ。数時間後にはプロフェットとトム、マル、キリアンがもう乗りこむ。これでたとえ明日の離陸を誰かに見張られていたとしても、目につく動きはないという計画だ。

昨夜トムは、スパイ映画の中身が誇張されているのはわかっていたが、スパイが正体を隠そうとしてどこまでやるかの点では大げさじゃないな、とぼやいていた。

「トランプで作った城みたいなもんだからな。俺たちはそれを守るしかない」

プロフェットはそう説明した。訓練の一瞬一秒を使って、彼は作戦をイメージし、飛行機が着陸した瞬間から緻密に手順を練り上げてきた。研究所の見取り図も見た。それでも確実ではない。ゲイリーはイエスやノーの信号を伝えようとはするだろうが、それが無理な状況であれば、ゲイリー側の作業が終わったところで一気に作戦に移るしかない。

「今回、ツキを引けると思うか？」

そうトムに聞かれる。プロフェットはクッションの上で身じろいだ。

「それって……ジョンが現場にいるとか、そういう意味か？　いや、ジョンとサディークが同じ国内にいたことがあるかどうかさえ怪しいもんだ」

「ヤバいぞ、プロフ――」

トムの手が腕にかかり、プロフェットははっと監視用モニターを見やった。すべての警報装置をかいくぐった男が今、キリアンの部屋の前に立ち、銃を抜いている。

「バックアップをたのむ、トム——それとキリアンにメール」

言いながら立って、プロフェットはこの数週間の置き場だったテーブルから銃を取った。ドアを開けた時、トムが手ぶりで男がキリアンの部屋に入ったと示し、携帯をかかげた。

「知らせた」

「よし。ここに残って建物全体をチェックしてくれ」

トムは反論もせずに監視カメラの切り替えボタンを押していく。その間にプロフェットは階段の手すりを滑り下り、キリアンの部屋のうっすら開いたドアの向こうに耳をすませた。

死んだように静まり返っている。プロフェットの首筋の毛が立った。その瞬間、サイレンサーで抑えた銃声が鳴った。プロフェットはドアを開け、銃を構えて部屋の左手へ向かい——死体の前に立つキリアンを見つけた。

「誰だよ？」

プロフェットはうなる。キリアンが軽く返した。

「SB-20の俺の元上司さ」

「こいつが来るってわかってたのか」

「あるいはね。この先まで追跡されるより、ここで片付けるほうがいいだろうとは思っていた」

「で、何がどうなってるか、いつ俺に言う気だったよ？」

「こういうことをか？」キリアンが死体を手で示す。「これは君の問題じゃない。トレントは結局のところ俺の問題だ、ジョンが君の問題であるようにね」

それに反論はできなかった。サディークに関するお膳立てがトレントに邪魔された様子はなかったが、トレントの配下はキリアンの足取りを追ってくる。プロフェットは自分や仲間以外の誰にもサディークとジョンを狩らせるつもりはない。

今週、マルはSB-20の諜報員たちにキリアンの居場所の偽情報を流し、これまではそれが効いていた。フックもサディークの情報網に介入し、あのテロリストに計画変更のきっかけを与えないようにしてきた。

そして今、キリアンは言い切る。

「サディークが終わるのも時間の問題だ。奴は利口だが、こっちの方が一枚上だ」

プロフェットは首を振った。キリアンには言えないが、こうしてサディークに接近できるのもジョンがサディークから手を引こうとしてるから――ジョンがあの男を見捨てたからだと、そんな気がしてならなかった。たしかにそれでも、プロフェットやマルでなければ誰もここまではたどりつけなかったかもしれないが……。

「納得いってないようだな」

「このザマでか」とトレントの死体を指した。「始末が悪い。俺は住んでる場所でのゴタゴタんだな」

は嫌いでな、特にレミーがいる今は。コトが片付いたら、てめえはとっとここから出ていく

「コトが片付いたら、俺には君と同じくらい、命を狙ってくる敵ができるんだがね。いや足りないか、俺の知る限り、君のほうがずっと多くの国で手配されているからな。いくつかの州と」

プロフェットは、細めた目でキリアンを見据えた。

「これを始末しとけ。一時間後に発つ、こいつの後に誰かやってくる前に」

「素晴らしい判断だと思うね」

「ゲイリーはどこだ？」

「安全だよ」とキリアンが答える。「ここではないどこか」

「そいつはよかった」

プロフェットは歩き去ろうとしたが、ドアまで来たところでキリアンが「君には俺が必要だろ」と言った。

くるりと振り向くと、プロフェットは引き返し、死体をのり越えてキリアンに詰め寄った。

「お前はそこを間違えてる——俺は、こいつをやり遂げるために誰も必要としてない。皆が関わりたがってるだけだ。それで、あいつらの気が済むからな。でもジョンを一番知ってるのは俺だ。犠牲になるべきは俺だけなんだよ」

「もう君は充分な犠牲を払ったと、君の友人たちは思ってるのかもな」

「ならてめえは？　どこに立ってる、キリアン？」

「君はまだ生きてるだろ、プロフェット。とうに死んでいる筈の今も」

　プロフェットは、その言葉の重みを計る。

「てめえがマルに何をしたのか、サディークが片付いたら、絶対につかんでやるからな。そん時はてめえこそ長生きできねえかもな」

「脅しか、プロフェット？　お互いつき合いも長いのに」

「約束だよ。言っとくが、俺は約束は忘れねえ男だ」

33

　長く、機内で緊張みなぎる一夜をすごした全員が、落ちつかず、自分の考えに沈みこんでいた。危険な状態だ、トムを囲むこの戦士たちには。まさに彼らこそ戦うための男たちだろう。こうして集まって任務に向かう姿を見ていると、トムにも彼らの受けた訓練というものがよくわかる……そしてプロフェットが、いかにトムにＦＢＩとＥＥ社の訓練を越えたものを叩きこもうとしてくれたのか。

それはむしろ、言葉で聞くより、見て感じとるものだった。離陸直後からのプロフェットの身ごなしや、マルが手話をやめてさらに簡潔で明快な手ぶりに切り替えた姿に。

そしてキリアンの様子に。彼は背すじを立てて座り、じっと前を見ている――それでも機内のことを何ひとつ見逃してはいないと、トムは感じる。

ゲイリーは自分の席に座っていて、時にプロフェットがその横に座った。一度は笑い声まで聞こえてきたのは、いい兆しだ。キリアンの友人のルイスが伴ってきた副操縦士はサリーという退役軍人の女性だった。現地では、サリーが機内に残って引き上げ予定時間まで待つことになる。空港には、彼女のバックアップ要員も待機済みだ。

飛び立ってからおよそ十五時間後、プロフェットがトムの隣に座った。

「調子はどうだ？」

トムはじっと、プロフェットを見つめて聞いた。

「……俺に、何を隠してる」

「この機で着陸はしない――いやゲイリーとルイスはするが、俺たちのほうは別の方法で降りる」

「新しいやり方でも開発されたとか？」

「いいや」

ゆっくりと、トムにプロフェットの言葉の意味が染み込んでいく。

「言ったよな。俺は久しぶりだって」

「わかってる。だから一緒だ、タンデムで飛ぶ」プロフェットはぐっとトムの膝をつかんだ。

「ゲーム開始にはぴったりだろ」

トムは大きく息を吸った。

「マジでそう願いたいね」


マルとキリアンはそれぞれのハーネスを身につけ、一方のトムはタンデムの装備でプロフェットにくくりつけられるところだった。

自分のハーネスを装着して座りこんでいるプロフェットが、ポンポンと太腿を叩き、精一杯のケイジャン訛りで「お膝にお座り、ベイビー（べべ）」とトムを呼んだ。

トムはあきれ顔を向けつつ、言われた通りにしてプロフェットに二人のハーネスを固定させた。

「まかせとけ、俺に乗っかるのは気持ちいいぞ」

プロフェットが囁く。トムは肩ごしに視線をとばした。

「そいつで下までずっと俺をつついてる気か？」

「そうなるだろうな、ああ」

のどかな返事だった。

二人で立ち、ガサゴソと扉へ向かった。キリアンとマルはすでにそこに待機して、互いにひどく近くに立ちながら……それでいて大きく隔てられている。この空の旅の間、トムはずっと二人を観察してきた。主にはプロフェットがこの二人をじっくり見ているのに気付いたからだが。

無論、キリアンとマルもそれに気付いていたので、状況は何というか……奇妙なものだった。笑えたくらいだったかもしれない――サディークのところへつっこんでいく最中でさえなければ。そして、今から飛行機を飛び降りるところでなければ。

ついにマルが機体の扉をぐいと開け、叩きつけてくる圧倒的な轟音がトムをＦＢＩアカデミー時代に引き戻す。ごくりと唾を吞み、闇を見つめると体がざわついた。

マルが最後にひとつうなずき、キリアンへ向き直った。二人の間を何かが行き交う――あまりにもあからさまな何かに、トムにまでプロフェットの体がピクッとしたのが伝わってきた。開口部へ顔を向けた瞬間、マルの口元に笑みが浮かぶのが見えた。一瞬動きを止め、その姿が扉枠の中に浮かび――そしてマルは飛んで、たちまち消えた。すぐにキリアンが同じ場所に立ち、雲が白い筋となって光る不気味な暗闇の中へと、マルを追って瞬時に消えた。

そして、トムとプロフェットも二人で床の縁まで歩いていく。自由落下中はトムは何もする必要はなく、宙に出たら腕と脚を伸ばすだけで、すぐにプロフェットも同じ体勢に入るという。聞くだけなら実に簡単そうだ。

耳元で、プロフェットがカウントダウンを始めた。
1、とカウントされてトムは息を吸うと、腕を胸の前で交差させ、指先を肩にのせた。
2、でそろって身を屈めると、「3」はすぐだった。考える間もなく虚空に身を躍らせる。背に感じるプロフェットの力とともに。その力がトムを宙へ押し出しながら、二人の重心をうまく保つ。彼らはひとつになって動かなければ。
まあ、そこは慣れたものだが。

スローモーションの跳躍。虚無へ向かっての。そして一瞬、世界が凍りついたかのようだった。

だが次の瞬間、二人の体はふわりと前に一転し、トムは完全に方向感覚を失う。視界は闇だ。プロフェットに身を預けていると、長い時間のようだったがおそらくほんの数秒のうちに、二人の体は水平になった。プロフェットに肩をつつかれ、思い出して手足を大きくのばす。その時になって、苦痛に近いほどのアドレナリンと陶酔感が、ドクドクとトムの血管にあふれてきた。

全身を叩く風の中に両手両足を広げる。浮遊感が何分も続いたかのように思えたが、実際にはほんの半秒くらいだったのか。二人の体が落下の勢いを増した。まだ抑えが利いている。今のところは。

下から殴りつけるような風が二人の全身を支え、浮かせる。轟音は凄まじく、とても何ひとつ聞こえない……同時に、奇妙な安らぎが満ちていた。

感覚が圧倒されそうだ——高まる圧力、何も見えない中での飛翔……まるで、オーガズムに達するのを許されぬまま快感ばかりが限界以上に高まっていくような。

プロフェットがパラシュートを開いた瞬間、ぐんと強く上に引っぱられ、激しい減速が眩暈を呼んだ。上下の感覚がやや乱れて、そういえば訓練でもこの段階が危険だと教わったのは覚えている。だが今はプロフェットがついている。トムは何も見失ったりしない。もう二度と。

パラシュートは勢いよく降下し、出来合いの降下地点めがけてプロフェットが方向を操る。また眩暈に誘われ、トムの耳でポンと音が鳴った。眺めは信じられないほどのものだった……虚無の黒い穴めがけてまっすぐ落ちこんでいくようだ。ある意味、その通りか。それでもプロフェットが二人の軌道を導き、眼下にキリアンかマルが置いたライトの光が見えてきたかと思うと、大きく開けた空き地が二人めがけてさっと迫ってきた。

すべてがあまりにも一瞬だった——たった今浮遊していたかと思うと、次の瞬間には地面にぶつかるような着陸。時速何百マイルものスピードに思えたが、勿論そんなわけはない。そしてついに、完全な落下停止——激しい鼓動だけを残して。

パラシュートがだらりと垂れ、二人の体は地面に滑りこむ。己の体の重みを感じながら、よろよろと前に歩いた。

プロフェットが二人からハーネスを外す間、トムは笑みを浮かべていた。まだあの恍惚の場所を漂っているようだ。プロフェットが二の腕をつかみ、大丈夫かとトムの体をチェックしながら、笑い出した。

「この変態野郎が」

「ああそうさ」


トムの心はしばらく、あの自由落下から完全には着地できなかった。サディークの配下がゲイリーの身柄を確保する予定の、小さな飛行場へと向かうまで。

着陸地点近くでプロフェットがくすねてきた車に乗りこんで二人で滑走路へ向かったが、目標へ静かにしのびよるために一マイル手前で車を捨てた。その頃にはトムもすっかり復活していて、個人所有の滑走路に彼らの飛行機が、サディークの部下に囲まれて着陸するのを見た。

闇の中、機からゲイリーとルイスが下りてくる。ゲイリーは手錠をかけられて。

トムとプロフェットは薮の中に伏せ、威圧的にふるまうサディークの部下たちにライフルの狙いをつけていた。まだテロリストたちはゲイリーに銃口を向けてはいない。キリアンの友達のルイスはそうはいかなかった。二人ともざっと身体検査された後、ルイスが帰ろうとしたところでちょっとした口論になった。キリアンの計画通り、テロリストはルイスを解放する気はないのだ。ルイスも手錠をかけられ、ゲイリーと並んで、待機していた車へとつれていかれた。ゲイリーが例の研究施設へ向かったかどうかは発信器で確認するほうがいいだろうと、トムとプロフェットは事前に同意していた。沈黙の中、そこで二時間腹這いで待ち、サリーが飛行機の機首を返して飛行場へ向かうのを見送ってから、プロフェットはキリアンに連絡を入れた。

イヤーピースにザザッと雑音が入った後、キリアンの声がした。

『こっちは定位置についた。ゲイリーの発信器(チップ)は完璧に作動している。連中は施設に向かっている』

となると、トムとプロフェットも研究施設に向かって、計画の次の段階へそなえることになる。二人は盗んだ車へ戻って田舎道を走り、施設から数マイル離れたところで停めた。ここならどんな監視範囲にもかかるまい。

施設に近いところに、身をひそめる場所を見つけた。ここで数時間、おそらくは丸一日以上、待機することになる。

そこに落ちつくと、トムは施設を囲む物々しいワイヤーフェンスごしに、なんとか見える明かりを見つめた。

「全部、気配みたいなもんだった、トミー。予兆ばっかりで」プロフェットが体を横に倒し、トムと光へ顔を向けた。「それが今、現実になろうとしてんだよ」

プロフェットの言葉が、トムには伝わっていた。ずっと、現実のものではあった。だが今や、手が届くほどまでに近づいてきている。問いはついに答えを得る。そして誰かが死ぬ。

「……俺は、お前を守りたいよ。この世のすべてから」

プロフェットは微笑み、わずかの皮肉も含まない声で「俺もさ」と答えた。

その言葉だけでいい、それだけでトムはこの作戦を最後までやり通せる。

キングとレンは近くでいざという時にそなえていた。マルは、施設の西側でキリアンと待機している。トムとしてはあまり賛成できない組み合わせだが、マルは嫌がらなかった。キリアンも。

それから二十四時間、トムとプロフェットは施設の北側にある塹壕めいた穴に身を隠し、あらゆる動きと、サディークの影に目を光らせた。

ゲイリーが中から何の合図も送れない状況は、織り込み済みだ。あらかじめ、プロフェットはトムにどんな気配を読むべきか教えこんでいた。護衛たちの慌しい動き、施設に不自然に多く入っていく車……そして勿論、トム自身のブードゥーの予兆。

「何か変な感じがしたら、すぐ言えよ」

プロフェットはそう、要求した。トムもそのつもりだが、多少の緊張を除けば、落ちつきと集中しか感じない。

そして、予想をさらに数時間すぎたところで、ゲイリーからやっと二つの信号が届いた。一つは、施設内の配置は事前に検討した見取り図と同じ、というもの。そしてもう一つ、核の起爆トリガーの組み立てを開始したと。

トムはふうっと息をついて、そのメッセージがもたらす安堵に身を浸した。

「まったく、一体お前がどうやって耐えてるんだかわからないよ……この、待つだけの時間」

プロフェットがトムへ顔を向ける。表情は真剣だった。

「お前が、俺を信頼してるのは知ってる」

「命も預けられるよ」

「それを忘れんな」

そう言うなり、プロフェットはトムの耳から通信用のイヤーピースを取り、自分のも外して、両方ともを地中へ埋めた。マルとキリアンにつながっている衛星電話も電源を落とし、中の追跡装置も切った。

それから、プロフェットが顔を寄せ、トムの耳元に囁いた。

34

三時間後、カチリと銃の撃鉄を上げる音に、プロフェットは身を固くした。トムのほうを見る余裕もなく、すぐに頭から袋をかぶせられ、首に銃口が押し当てられていた。

拘束の直前まで、ずっと完全な闇の中でトムの隣にいたのだ。昨夜と同じに。だがこの闇は……当たり前だが、種類が違う。プロフェットの悪夢そのもの。

（お前がそうさせてんだろ）

テロリストの一人がぐいと彼を起こし、穴から出して跪かせた。

プロフェットはさっと相手の銃を握り、体当たりで地面へ転がしてやった。たちまちさらに何人かに押さえつけられる。

「友達の命が惜しいか？」

中の一人からの言葉が、プロフェットの動きを止めた。軽い小競り合いの音がして、どうやらトムがやり返そうとしているようだが、周囲の鋭い命令からして失敗したらしい。

少しの距離を、半ば引きずられた後、プロフェットは車のトランクに放りこまれた。一人で。トランクがバタンと閉まると、息のリズムを保とうとした。身じろいで、車内のほかの動きが聞こえないか耳をすます。

トムは、連中と一緒か。つまり向こうはプロフェットのほうが手強いと見ているのだ。以前ならプロフェットもそれに同意しただろうが。

車はぐるぐると円軌道を描いていた。すでに施設の位置くらい知っているが、それでもプロフェットの方向感覚を失わせ、集中力を削ろうとしている。不安にさせようと。

昔ながらのマインドファック。

やがて乱暴にトランクから引きずり出された。両足首を鎖でつながれ、こづかれて何も見えないまま、のそのそと歩かされる。気温の変化で、建物に入ったのがわかった。床はコンクリートだ、もう土ではない……そして静かだった。施設まわりの監視映像を流しているらしきモニターの低いうなりだけ。ドアが開く音、そしてプロフェットが中へ押しこまれる。薬品の匂い、ひそめた声、それに続く沈黙。

膝をつかされる。「さっさとしろ」という怒鳴り声とトムのうなり声がして、どうやら三メートルくらい先でドサッと倒れる音がした。

頭にかぶせられた固い袋が光をまるで通さないとわかった時点で、プロフェットはもう目をとじていた。今、そのまま周囲の会話に神経を集中させる。調べ尽くした見取り図から、今いる部屋を脳裏に描こうとした。

隣のトムは静かになっており、耳をすませてずっと待つ間にも、ひりひりと周囲の空気が張りつめていた。

さっき耳にした低い話し声から判断するに、ゲイリーは同じ部屋の中央あたりにいて、サディークの配下や助手代わりの他の研究者に囲まれている。ゲイリー。そしてサディーク。三つのドアの外には見張りが一人ずつ。

いきなり、袋が頭からむしり取られた。一気にあふれる光に視界が少しにじみ、プロフェットはまたたく。だがサディークの姿は、どこにいようとすぐわかる。この男とじかに顔を合わせるのが初めてだろうが何だろうが。

「ようこそ」

サディークが両手を広げ、プロフェットは部屋に視線を走らせて、ゲイリーらしきぼやけた姿を見つけた。視界の端のほうに、サディークをにらみつけているトムも映る。

「わからないとでも思ったか？」

サディークが微笑んだ。ゲイリーに向き直り、何でもない金属のパーツを、核爆発の引き金となるそれを手で示す。ゲイリーは動きもせず、焦れたサディークが身をのり出してトリガーを自らつかんだ。

プロフェットとトムへ向き直り、サディークはそのトリガーを手から手へと移す。

「チームの仲間全員が外にいるのもわかってる。どう思う、賭けてみるかね、うちの部下が彼らに狙いをつけていつでも撃てる状態かどうか？」

「てめえの頭の中は考えないようにしてるんでな」

プロフェットは至っておだやかに応じた。両手首は背できつく縛られている上、さっき荒々しくその拘束で引き立てられた。またギプスが必要になりそうだ——間違いない。だが今は、もっと目先の問題だ。

「今のところはまだ見ているだけさ。それにしても隣にいるその男、また君のために命を賭けたんだな。君にそんな価値があるのかね」

「てめえが一生かかってもかなわないほどのな」

トムがぼそっと呟く。サディークが聞き返した。

「ではここで彼と運命を共にする気か？　帰りたくはないと？」

「ここからてめえが俺だけ無事に帰すとでも？」

「ありえない話じゃない。プロフェットの身に起きていることは当然の業(カルマ)というやつだよ。ごく単純な話だ。目には目を、と言うだろう」

サディークが用いた言葉の皮肉さに打たれて、プロフェットは一瞬目をとじた。

「俺はこいつのそばにいる」というトムの言葉に、プロフェットはまた目を開く。

「なら、一緒に死ね」

サディークの言葉は何気なく、冷たく、それがどんな脅しよりも残酷だった。

プロフェットは反応すまいとこらえた。トムの言葉に……トムのためなら彼自身もためらいはしないが、その同じことを、今トムにさせているのだということに。

再度またたくと、視界が晴れた。

サディークが向き直ってゲイリーを指さし、プロフェットに告げた。

「ここにいる君の友人は、また君を売ったぞ。ほとんど、ここに足を踏み入れた瞬間にな。実にいい子だな。おかげでずっと君らを見張っていた」

「そいつは友達じゃねえ――ただの仕事だ」プロフェットはうなった。「それと、ご苦労さん」

「君の親友は、実によく君を知っているよ。君が彼をよく知るようにね。本気で、これが罠だと私が気付かないと思ってたか？　ジョンが最初から見抜いてなかったとでも？」

サディークの口から出たジョンの名に、赤くたぎる怒りがプロフェットの全身を貫いた。当然、サディークは見逃さない。ゲイリーへとまた顔を向けた。

「作業を続けろ」

「ゲイリー……」

プロフェットは首を振って、わずかに左へ傾ける。

ゲイリーはじっと彼を見つめた。まばたき。

「ほかの道なんか最初からないんだよ、プロフェット。もっとお利口にならないと」

ゲイリーが言う。その足元にトムが唾を吐いた。

サディークがまた微笑み、何か言おうと口を開ける――そして、前へよろめいた。その手から起爆トリガーが落ちて、床でバラバラになり、サディークはがくりと膝をつく。その目と、プロフェットの目の高さが同じになった。

今回笑みを浮かべたのは、プロフェットだった。

プロフェットの「開始（ゴー）」という合図は静かだったが、まぎれもない号令だった。部下たちがサディークを救おうと集まってくる混沌にまぎれてゲイリーがプロフェットとトムへ近づき、彼らの拘束を切った。

「下がってろ、ゲイリー」

命じてから、プロフェットがトムへうなずいた。トムは手近な男に突進して相手を地面へ叩きつけ、銃を奪う。脳天に二発。プロフェットも別の相手に同じことをしていた。

男たちはサディークを助けようと必死なあまり、守りが手薄になっている。どうなるにせよ、もう彼らの命運は尽きたのだ。

建物のどこかから銃声がこだました。予想通り、数秒後にマルがドアを蹴り開けて姿を見せると、さっと状況を見渡して満足げにうなずいた。この二日間ゲイリーの作業に協力していた科学者たちのほうを指す。三人いた。二人の男と一人の女。

トムが彼らへ近づき、笑みを見せた。わかっている、と言うようにうなずくと、三人がほっと肩の力を抜いた。

手早く、次々と始末した。頭に一発ずつの弾丸。問答無用で。三人とも、何年も前からサディークのために働いてきたことが確認されている。つまりは望まぬ捕虜ではないということだ。

彼らは知りすぎている一方、ジョンの追跡に役立つ情報は何も持たないという——サディークはその区別はつける男だ——微妙な立場にある。家に帰せばまたどこかに潜る危険性が残るし、ここで尋問する時間がない以上、殺すしかなかった。

「撮影準備はできてる」とプロフェットがマルに言っていた。レンが操作するビデオカメラへ目をやる。「位置につけ」

トムはプロフェットとともに邪魔にならない場所まで下がった。キリアンの仲間のルイスがマシンガンを手にやってくると、すでに死んだ連中へ弾丸を浴びせる。この映像を、後でレンが流出させる予定だ。ゲイリーは部屋の隅で丸くなって必死にうずくまっていたが、ルイスにつかまれると暴れ出した。ルイスが腕でゲイリーの喉を締め上げながら、ドアのほうへ銃口を向け、ゲイリーを引きずっていく。

「カット」とプロフェットが合図した。

最後にもう一度、室内を見渡してから、床に崩れているサディークへ歩みよる。

「トリガーに塗った毒は魔法みたいに効いたよな。ただ、念には念だ……」

銃をつきつけ、サディークの頭に二発、撃ちこんだ。

トムは、うなずいて賛同した。

「あと、もう少しだな」

プロフェットの表情が、わずかにやわらいだ。

「あと少しだ、トミー。まだ、あと少し」

サリーが、施設のすぐそばに飛行機を着陸させた。無茶なやり方だがチームにとっては一番安全だ。これだけのことをやらかした後、また飛行場まで車で引き返していくのは自殺行為に等しい。

あの映像を見てもほとんどの人間は、何が起きているのかわかるまい。だがジョンならこの研究施設をたった一人の男だけで制圧できたわけがないと悟る筈だった。

機体が水平になり、空を順調に進んでいくと、プロフェットはほっと安堵の息を吐き出した。離陸して三十分後、皆の様子を見ようと立ったところで、キリアンも立っているのに気付く。

キリアンは、研究施設で激怒していたし、その表情を隠しもしなかった。そしてひとまず事態が沈静化した後、プロフェットが見ていたのはマルだけだった――キリアンから目を離せない、あるいは離したくない様子のマル。

キリアンだけが、作戦変更を知らされていなかったのだ。マルが言い出したことだった。プロフェットはあの隠れ場所で初めてトムにその計画を耳打ちし、わざと捕まるのだと説明した。

火力での制圧もいいが、それよりプロフェットは決定的な瞬間、ゲイリーのそばにいたかった。トリガーに毒を塗布するのは、ゲイリー自身が出したサディーク無力化のアイデアだ。ゲイリーが表面に毒を付着させてから、プロフェットに見せつけようとサディークがトリガーをつかむまでの数秒、誰もトリガーに触れないという前提で。すべて、プロフェットがトムに教えこんだように、ほんのさりげない合図を通じて行われた。うなずきや、首の傾けといった。気配ばかりでのやりとり。まるで予兆のような。

「よくやったな」

プロフェットは、自分の席で長々と体をのばしているトムへ声をかける。

「俺たちでな」とトムはつけ加え、プロフェットの腿を軽くなでて微笑んだ。

そこにつかつかとキリアンが迫ってくる。マルもついてきた。トムまで立ち上がっていて、プロフェットはとりあえずキリアンが口を開くのを待った。

もっとも、まずキリアンがしたのは、プロフェットをにらみつけることだ。

「君のテストに、これで合格かな？」

じっと見つめ返すプロフェットを、キリアンが――そしてトムとマルも――凝視していた。

「まだてめえとの話は片付いてねえ。だが、今回のことなら、ああ。合格だ」

「俺はゲイリーを裏切るようなことはしない」キリアンの声は固かった。「君らもな。これだけ君らの命をせっせと救ってきた後で、どうして今さら……」

視線をプロフェットとトムから、マルへと移した。

「俺は、お前の側についたんだ」

マルはただうなずいた。一瞬、まるでどちらも何か言いたそうな様子で、だがこんなことに巻きこまれたくもないプロフェットは立ち上がると、トムをつれてゲイリーのいる席へ歩みよった。

二人が来るのを見て、ゲイリーも立ち上がった。目の下に隈(くま)ができていたが、今は興奮状態でとても眠るどころではないだろう。

プロフェットは、ゲイリーの肩をぽんと叩いた。

「よくやった」

ゲイリーが抱きついてくる。まるで、またもう一度、あの時の子供を腕に抱いているような気がした。時が戻ったかのように。

「サディークのことは、もう片付いた」

プロフェットの肩に、ゲイリーがこくんとうなずいた。

「でも俺はずっとお前を見張ってるからな。前よりずっとな」

そう、ゲイリーに言ってやる。

「だと思った」ゲイリーは顔を上げた。「で、次も俺を使うの、それとも殺しとく?」

トムが小さく笑った。プロフェットは鼻の付け根をつまみ、答える。

「勘弁しろ、ゲイリー。ありゃ証人保護って言うんだ、殺しとか言うな。それと、まだ決めてねえよ」

「ありがとう、俺にこれをやらせてくれて。俺にとって……とても、大事なことだったんだ」

喉がきつく締まったようで何も言えず、プロフェットはただゲイリーの肩を叩いた。

だが今やこれで全員の首に、ＣＩＡに――あるいは他の機関に――追われていた頃以上の巨額の賞金が懸かった。ジョンや、サディークの裏にいる黒幕が彼らに狙いをさだめてくる。その事実が全員を、不吉な膠（にかわ）のように、ひとつの運命の中にからめとっていた。

35

三週間後。

トムが家に戻ると、プロフェットが誰かに「その口をとじやがれ」と言っているのが聞こえた。

――やっぱり来たか。

荷物を置いた時、寝室の窓が閉まる音が聞こえた。上着を脱ぎ、あちこちに雪をまき散らさないようブーツも脱いで、裸足で寝室へ向かったトムは、ベッドに座って一人で震えているプロフェットを見つけた。

窓を見やる。プロフェットが閉めたのだろう。砂があった——前回見つけた同じ場所、窓のそばに。

時々、プロフェットは睡眠中のフラッシュバックの間に動くことがある。かなりの確率で、銃火から逃れるようにベッドの脇に転げ落ちたり、トムを守るように覆いかぶさってくる。だが箱まで歩いていって、中の砂をつかみ、床に撒くというのは……。

「よお、プロフ」

低く、声をかけた。

プロフェットが顔を上げたが、数秒、実際にはこちらを見ていないのがわかった。はっきりとは。トムはただ待って、プロフェットがフラッシュバック——の残り——を振り払って、溜息をつくまでを見守った。

「……よお、T」

「大丈夫か?」

プロフェットはうなずいた。それから首を振る。何かを拳にきつく握りこんでいて、トムは近づいて正面に膝をつき、その拳を手のひらでさすった。

「何を持ってるんだ?」

プロフェットが指を開き、トムに砂を見せると、自分でも心底とまどった様子でその砂を見つめた。

「ジョンのフラッシュバックの時、前もお前は同じことをしてた」とトムは切り出す。「俺は、ここに来て窓のそばに砂を見つけるたび、タンスの上の箱の中に戻してきた。あの中にあったものだろうと思ってな。ジョンの記憶と、何かつながってるんだろ？」

　プロフェットはまた手を見下ろし、それからトムを見た。

「俺は……この砂は、窓のそばにあったんだ。フラッシュバックでジョンを見るたび、窓のそばにあるんだ」

　トムは息を止めた。

「あの箱から砂を取ってジョンを見た場所に撒いているのを、自分ではまるで覚えてないのか？」

　プロフェットが困惑の表情になった。

「いやそれは……そうじゃない。いやつまり、たしかにあの箱の中には砂が保管してあるよ、トム。大した量じゃない。思い出の品だが、ジョンとは何の関係もないんだ。初めて床に砂があるのを見た時は、俺も……ああ、フラッシュバックの中でイカれて砂をばらまいたかとも思ったよ。だけどな……」

　トムは立ち上がると、プロフェットの箱の中を見た。プライバシーに踏みこみたくはないが、プロフェットも止めはしなかった。

　箱の一番奥にあった小さな瓶に、砂が詰まっていた。瓶口まで一杯に。栓もされている。そのほかに、箱の底には大量の砂が溜まっていた。

その砂すべてが、この瓶の中におさまるわけがない。ありえない。

静かに、トムは銃を抜いて窓へにじり寄った。だが数十センチ下にある火災用避難階段の入り口は無人だった。その上をうっすら雪が覆い、この雪の勢いではすでにどんな足跡もかき消されてしまっただろう。

窓の掛け金を開け、外から窓をこじ開けた痕を探す。何もない。

だが、窓を囲む黒い壁をなぞって、トムはまた凍りついた。ペンキが乾いていない……痕跡を隠そうとしたように――。

「トム？」

「たしかに、お前が見たのはジョンだったんだな？」

「ああ」

「命にかけて誓えることか？」

「なんでだ」

プロフェットへ向き直り、トムは指についた黒いペンキを見せた。

「ジョンの姿は、お前の幻覚じゃないのかもしれない、プロフ。少なくとも一部は」

プロフェットはトムの話を最後まで聞かなかった——裸足で部屋をとび出し、一段とばしに階段を下り、重いドアを開けて、裏の路地を見て回った。足の裏の雪も意識に入らないほど、全身の感覚が麻痺している。

建物の脇を見上げ、ジョンがつたい下りただろうルートを目で追った。プロフェットなら三十秒でたどれる。最後の数メートルを飛び下りれば、もっと短くすむ。慣れた人間ならもっと早い。それか、逆に屋根の上へと身を隠すか。

「プロフ」

トムが背後に立ち、銃を抜き、プロフェットの靴を持っていた。

プロフェットはトムへ向き直る。

「あいつはいつも認識票（ドッグタグ）をつけてなかった、トム」

トムは一瞬眉を寄せ、そして言った。

「お前の車の中にあるからか」

「あいつはそのことは知らない。それか知ってて、車にタグを戻しとく時間はないと思ったか……」

プロフェットは、すっかり濡れた髪をぐしゃっとかき混ぜた。路地奥のゴミ回収箱を見やる。角向こうの店との共用だ。まさか、と駆けていくと、蓋を開けて中をのぞきこんだ。

ゴミしかない。男一人が隠れる場所などない、だが……。

続いて、ゴミ回収箱の裏側ものぞきこんだ。隙間に手をつっこみ、探り回って、プロフェットはビニール袋を引きずり出す。わかっていて探さなければ決して見つからなかっただろう。震える手で袋を開け、砂漠迷彩の戦闘服を取り出した。胸ポケットの上にネームテープが縫い付けられている。

——モース。

プロフェットは静かに呟いた。

「あいつはあの日、これを着てた」

「どうしてわかる?」

指で、襟元の穴を探ってみせた。

「俺の弾丸さ。ハルを殺した後、あやうくあいつを撃つところだった。わざとじゃねえけどな。あいつの首をかすめたんだよ。血が出てた。あいつはそれを指で払って、最新ファッションだなって笑ってた」

煉瓦の壁にもたれ、プロフェットはずるずるとしゃがみこんだ。布地を握りしめながら。

トムが屈み、彼をのぞきこんだ。

「プロフ、ここにいるのはヤバい」

「あいつがまだ近くにいると思うのか?」

「思わないのか?」

プロフェットは周囲を見回した。

「いいや。そんなリスクは冒さねえよ」

だがこの戦闘服を元あった場所に返しておけば、またジョンは戻ってくるのだろうか？　プロフェットの家へ、トムとレミーとマルがいるあの場所へやってくるだろうか？　キリアンがいるところへ。ドクが来るかもしれない場所へ。

駄目だ、無理だ。それがどれだけいい手に見えても……あそこはプロフェットの家なのだ。もう自分のフラッシュバックにジョンを踏みこませてなるものか。だが、フラッシュバックの最中にあの男を仕留めようとするのはリスクが高すぎる。いいや、奴とは条件が対等のところで向き合わなければ。

トムが奇妙な顔でこちらを見ていて、その時初めて、プロフェットは自分がハミングしていることに気付いた。

「お前のその歌を聞くのは久しぶりだな」

トムが、そっと言う。

あの映像の中の歌。プロフェットがジョンを思い出すメロディ。

もしいつか（If I Ever）……。

言葉なく、プロフェットは袋に戦闘服を押しこんで小脇に抱えた。

トムを引っつかんでキスをする——激しく、長く、トムに溺れるように。トムの手でうなじの後ろをさすられ、その腕に抱かれて、プロフェットは一緒に歩き出した。トムに支えられて。

二人の部屋へと。

ヘル・オア・ハイウォーター3
夜が明けるなら

2017年7月25日　初版発行

著者　S・E・ジェイクス［SE Jakes］
訳者　冬斗亜紀
発行　株式会社新書館
〒113-0024 東京都文京区西片2-19-18
電話：03-3811-2631
［営業］
〒174-0043 東京都板橋区坂下1-22-14
電話：03-5970-3840
FAX：03-5970-3847
http://www.shinshokan.com/comic

印刷・製本　株式会社光邦

Printed in Japan　ISBN978-4-403-56031-6